PATRICIA McGERR

탐정을 찾아라

패트리셔 매거 / 김석환 옮김

해문출판사

탐정을 찾아라

제1장

9월말의 그 밤, 산장 2층 정면 침실에 있는 창을 들여다보면, 마음이 찡할 정도의 가정적인 분위기가 눈에 비칠 것이다. 난로에서 훨훨 타는 장작의 희미한 빛에 네 기둥이 달린 구식의 큰 침대에 누워 있는 필립 웨더비와, 그 옆의 작은 흔들의자에 앉아 있는 그 아내의 모습이 보였을 게 틀림없다. 차근차근히 살펴보면 볼이 붉게 물들어 있고 숨이 가쁜 것으로 미루어보아 필립이 병을 앓고 있다는 것을 알 수 있다. 그거야 그렇다 치고, 들여다보는 사람이 남자였다면 조금은 선망의 마음을 금할 수 없을 것이다. 그 여자의 근심스러운 듯한 눈, 가끔씩 남편의 이마에 땀에 젖어 늘어진 머리카락을 쓸어올려주는 다정한 손길, 그리고, "주무세요, 필, 주무세요." 라고 중얼대는, 가슴 깊은 곳에서 나오는 노래 부르는 듯한 태도가 부러워지는 것이다.

만일 창에서 들여다보는 사람이 있다면, '저런 여성에게 간호를 받을 수만 있다면, 병이 들어도 후회하지는 않을 거야.' 라고 생각했을 것이다. 왜냐하면 마거트 웨더비는 굉장한 미인이었기 때문이다. 황갈색 금발이 어깨에 탐스럽게 흘러내렸으며, 눈동자는 그 어두운 곳에서는 짙은 갈색이지만 햇볕이 드는 곳에서는 호박색으로 빛났다. 입고 있는 잠옷은 그 나긋나긋한 몸매와 풍만한 곳을 돋보이게 해준다. 행동에는 울적함과 동시에 활기찬 모습이 모두 나타 났다. '브뤼네 힐데 그대로다!' 들여다보는 사람은 아마 이 렇게 중얼거렸을지도 모른다. 혹은 그런 정도로 고전적 교 양이 없는 사람이라면, 휴하고 휘파람을 불어 그 감명을 표 현했을 것이다.

그렇지만 창 밖에서 누군가가 들여다보고 있었다는 것은 아니다. 사실, 그날 밤에는 이 산장의 주위 몇 마일에 걸쳐 마거트에게 딸린 하녀 톰린슨 아주머니 이외엔 아무도 없 었다. 그 톰린슨 아주머니는 지금 3층의 살풍경한 방에서, 집안은 따뜻한데도 불구하고 앉아서 오돌오돌 떨고 있었다. 콜로라도의 로키 산맥 위에 세운 이 작은 호텔에는, 지배인 부부가 4~5일 전에 고향에서 연락이 와서 돌아간 이후로 이 세 사람밖에 없었다.

"이런 때에 휴가를 달라고 해서 마음이 괴롭습니다, 사 장님." 말이 많고 몸집이 작은 이탈리아 남자가 쩔쩔매며 변명을 했었다. "누이의 병이 심상치 않다고 하니 집사람 을 데리고 다녀와야만 하겠습니다."

"물론이지. 염려하지 말게, 조." 무릎덮개로 몸을 감싸고 서 오후 햇살을 쬐고 있던 필립은 포치의 그네 의자에서 기지개를 켜며 일어섰다. "우리들 일은 염려할 것 없네. 내 시중은 아내가 들어줄 거고, 톰린슨도 내 대소변을 봐주니 말이야. 나처럼 시중을 잘 받는 사람도 또 없을 거라네."

"호텔엔 아무 문제 없을 겁니다." 조는 장황하게 이야기 를 계속했다. "9월에 들어서고 나서 요 2주간은 손님도 별 로 없으니 말입니다. 저, 문을 좀더 빨리 닫아 버려도 좋지 않을까 하고 생각해 본 적도 있을 정도거든요. 이번주 말에 4~5명 예약한 분들이 있습니다만, 거절하는 전보를 쳤습니다. 정말 괜찮으시겠습니까?"

"괜찮아요, 조." 마거트가 고양이 같은 우아한 발걸음으로 방을 가로질러와서 남편의 어깨에 다정하게 손을 얹었다. "식량은 2주일 분은 넉넉히 있고, 톰린슨 아주머니는 요리솜씨가 훌륭해요. 게다가 주인어른은 내가 정성을 다해 간호할 거예요. 누이분의 상태가 좋아질 때까지 이쪽 일은 잊어버리고 천천히 와요."

"예, 그렇다면 감사합니다. 하여간 일주일 이내에 돌아오겠습니다." 조는 호텔로 들어가려다가 출입구에서 멈추어서서는, 남편의 뺨을 다정하게 어루만지고 있는 마거트를 물끄러미 바라보았다. "사장님은 행복한 분이야. 정말로 행복하셔."

마거트는 그 이후에 약속대로 부지런하게 필립에게 정성을 쏟았다. 지금도 잠에 떨어진 듯한 남편에게서 눈도 떼지 않고, 남편의 미미한 움직임에도 신경을 쓰고 있는 것이다. 남편이 잠이 잘 안 오는 듯이 뒤척이면 그녀는 몸을 굽혀 그 이마에 차가운 손을 대주는 것이었다.

아내 쪽으로 얼굴을 돌리고서 필립은 눈을 뜨고 아내의 눈을 쳐다보았다. 그리고는 곧바로 눈을 내리감았다. 그는 몇 번이나 입을 열어보았지만, 말로 나오지는 않았다. 가까스로 입술을 핥고 그가 말했다.

"마거트." 간신히 생각난 듯한 목소리였다. "당신에게 할 얘기가 있소."

"내일 하세요." 그녀는 다정하게 대답했다. "오늘밤엔 쉬어야 해요. 이야기는 내일 하세요."

"아니오, 오늘밤이 좋아. 내일은 너무 늦을지도 몰라. 지금 들어주었으면 좋겠어. 마거트, 아까 갖고 왔었던 우유 말인데, 그 속에 뭐가 들어 있었지?"

"그야 수면제가 들어 있었지요." 뜻밖의 질문에 깜짝 놀랐는지 그녀는 눈을 동그랗게 떴다. "의사에게 찾아갔을 때, 잠을 잘 수가 없다면 먹는 게 좋다고 했었던 것을 당신도 아실 거예요. 게다가 당신은 어젯밤에도 못 주무신 것 같아서요."

"단지 수면제뿐이오?"

"무슨 바보 같은 말을!" 그녀의 목소리는 아직 침착했다. "그 밖에 내가 뭘 더 넣었다는 거예요?"

"마거트, 당신이 꾸민 연극은 훌륭해." 필립은 얼버무렸다. "전보다 무대가 좋아진 탓일 게요. 여름에 이 산장에 왔었던 사람들이, 모두 당신을 아름답고 사랑스러운 아내라고 홀딱 반해 버린 것은 나도 알고 있어. 하지만 나를 더이상 속일 수 있을 정도로 훌륭하지는 않지. 그러니까 이제부터는 서로 털어놓고 얘기합시다. 당신이 지금까지 본심으로는 나 같은 것은 아무렇지도 않게 생각한다는 것도 알고 있고, 나와 결혼한 것도 돈이 목적이었다는 것도 알고 있소. 어디라도 갈 수 있고, 갖고 싶은 것은 무엇이든 살 수 있기 때문이지. 하지만 내가 병이 들고 나서부터는 당신이 점점 나를 가볍게 다루어왔다는 생각이 들었소. 뉴욕에서 살고 싶어하는 당신을 이런 깊은 콜로라도 산속에 꼼짝 못

하게 처박아두었으니, 당신이 마치 함정에라도 빠진 듯한
기분이 드는 것은 알고 있소. 게다가 당신이 나를 보는 눈
매엔 나 같은 건 죽어버려서 한 번 더 자유로워지고 싶어
하는 것이 여실히 나타나 있었지. 지난 주 내 점심상에 나
온 그 알약——그것은 내가 복용하던 비타민제가 아니었
소. 다른 알약이었어."

"그건 랜더스 선생이 준 약이에요." 그녀는 얼른 대답했
다. "그때까지 먹던 약이 그다지 효과가 없는 것 같다고 그
분에게 이야기했거든요."

"그래?" 의심스러운 듯이 그가 말했다. "그럼, 그 약은
괜찮았었겠구먼. 하지만 나는 그 약은 먹지 않았소. 만일
내가 죽는다면 당신이 자유와 내 재산 모두를 손에 넣을
거라는 생각이 문득 머리에 떠올랐기 때문이지. 당신도 똑
같이 생각하고 있을 게야. 그래서 확실히 확인될 때까지는
새로운 약은 먹지 않는 게 현명하다고 생각했었지. 나는 그
알약은 숨겨놓고 로키 로드스라는 사립탐정을 하는 친구에
게 장거리전화를 걸었소. 로키는 오늘밤이나 내일 아침에
이곳에 올 것이오. 그렇게 되면 그 알약에 독이 들어 있는
지 아닌지는 금방 알 수 있게 되겠지."

"독이라고요!" 마거트도 시비조로 말대꾸를 했다. "내게
어떤 누명을 씌울 생각인지 알 순 없지만, 나 역시 그렇게
호락호락 당하지는 않을 거예요. 우선, 어디서 내가 독약을
손에 넣을 수 있다는 거죠? 마을 약국에서 스트리크닌을
샀을 거란 말예요?"

"어디서 어떻게 손에 넣었는지는 나는 모르지." 그는 힘

없이 대답했다. "당신은 덴버에 여러 번 쇼핑 한다고 외출했었기 때문에 그런 때 사올 수 있었을 테지. 사실을 밝혀내는 것은 로키의 일이오."

"탐정?" 그녀는 괴로운 얼굴로 말했다. "나는 전혀 기억도 없는 일로 나를 조사하러 여기에 온다는 거예요? 신문에서 무척 떠들어대겠군요!"

"아니오." 남편은 딱 잘라서 말했다. "아무것도 세상에는 알려지지 않을 게요. 로키는 내 친구거든. 이 호텔에서 여름을 몇 번이나 함께 보낸 적도 있고, 낚시나 잡담도 곧잘 함께 즐겼지. 그러니 내가 얘기한 것을 다른 곳에 가서 떠들어낼 염려는 없다오. 게다가 당신을 경찰에 넘기거나 뭐 그런 야단스러운 일을 할 계획도 없소. 내가 원하는 것은 조용히 이혼하는 것이오. 당신이 얌전히 내 재산을 포기하리라고는 생각지 않았기 때문에, 나는 그 알약을 숨겨놓고 당신이 비타민제 대신에 그것을 넘겨줬다고 카드에 기록해 놓았소. 그것이 증거물 제1호가 될 것이오. 반드시 로키가 당신에게 이혼 얘기를 꺼낼 때 도움이 되겠지 —— 재산을 나누어주는 일 없이."

"협박해서 쫓아낼 계획이군요." 귀에 거슬리는 목소리로 그녀는 말을 되받았다.

"얼마든지 마음내키는 대로 얘기하시지." 그도 감정을 섞지 않고 반박했다. "그 알약에 독이 들어 있지 않다면 당신은 아무런 염려도 할 것 없소. 그렇지만 독이 들어 있다면 —— 그래, 당신이 필요한 서류에 서명한 다음 그 알약은 없애버리겠소. 아니, 당신이 순순히 내 요구대로 따라준다면 그런 일에 로키의 손을 빌리고 싶지도 않소. 단, 당신이 말썽을 일으킨다면 경찰에 부탁해서 결말을 내달라고 하겠소."

"알았어요. 완전히 계산된 일이로군요, 그렇죠? 나를 원하는 대로 옭아맸다고 생각하고 있군요." 앙칼진 목소리가 되는 것을 겨우 억누르면서 말했다.

"그런 셈이지." 그도 조용하게 고개를 끄덕였다. "잘 알겠지만, 나는 충분히 생각할 여유가 있었소. 당신은 남에게 보이기 위한 연극을 할 때 외에는 완전히 내 존재를 잊어버리고 있었어. 당신과 결혼한 내가 바보였다는 것은 나도 인정하오. 당신 같은 미인은 본 적이 없다고 생각했기에 어떻게 해서라도 당신을 손에 넣으려고 했었소. 가족이나 자라온 환경에 대해서 당신이 말한 대사는 내가 아내로 맞고 싶은 여자의 조건을 모두 갖추고 있었소. 지금에 와서 생각하면 그것도 어디까지가 정말인지 의심스럽지만 말이오. 게다가 당신의 정체를 알고 나니 당신을 사랑스럽게 생각할 수 없게 됐소. 지금 나의 유일한 소원은 당신에게서 자유로워지고, 당신과 손을 끊는 것뿐이오. 이런 것까지 얘기할 생각은 아니었소. 로키가 알약 확인을 끝내고 그 다음 단계의 준비를 끝낼 때까지는 탐정을 부른 것은 비밀로 해놓는 게 좋겠다고 했소. 그렇지만 오늘밤 당신이 매우 유심히 나를 바라보고 있는데다가, 어쩐지 갑자기 졸음이 오고 머리가 무거워지는 걸 보니 당신이 또 나를 해칠 새로운 방법을 사용했는지도 모른다는 생각이 문득 들었던 게요. 만일 내가 말한 대로 그 우유 속에 독이라도 넣었다면 일찌감치 손을 쓰는 게 좋을 게요. 해독제를 알고 있다면 그것을 주든지, 의사를 부르든지 하구려. 탐정이 급히 달려 오는 도중이라고 했는데도 지금 여기서 나를 죽이는 것은 별로 현명한 방법이 아니니까. 당신에게 살해당하면 내가 두려워하고 있었다는 것을 로키가 경찰에게 말할 게요. 그럼, 해부를 하게 되고 독이 발견되겠지. 당신은 이제 달아날 수 없소. 그러니까 때를 놓치기 전에 내 목숨을 구해 주는 게 좋을 게요."

"어머, 필, 무슨 바보 같은 소릴!" 마거트는 너그럽게 웃으며 남편의 이마를 리드미컬한 손으로 어루만지기 시작했다. "그런 꿈 같은 일을 생각하는 것도 병 탓이에요. 그렇게 마음을 흥분시켜서는 안돼요. 우유에 수면제가 들어 있었다는 것은 얘기했죠? 잠이 오는 것은 당연해요. 하지만 그 독약 얘기는 정말 우습네요. 그러나 헤어지고 싶다면 헤어져도 좋아요. 헤어지는 데에 조금도 말썽을 일으키고 싶지 않아요."

"좋소." 그는 대답했다. "당신이 얘기를 알아들어서 다행이오. 내일 아침 변호사들에게 전화해서 모든 준비를 해놓으라고 하겠소. 그리고 나서 로키에게 이젠 도움이 필요없다고 하겠소. 그러나 그 알약만은 넘겨주지 않겠소. 당신과 얘기가 완전하게 매듭이 지어졌다고 생각될 때까지 그것은 안전한 곳에 숨겨놓겠소."

"그럼, 이제 얘기는 만사 매듭이 지어졌군요." 그녀는 명랑하게 말했다. "자, 마음을 즐겁게 하고서 조금 전에 드린 수면제가 효과가 있도록 하세요. 당신에게 가장 필요한 것은 푹 쉬는 거예요. 그러니까 쉬세요, 필. 주무시는 거예요."

그는 아내를 살피듯이 한 순간 바라보다가 잠시 뒤 베개 위에 머리를 떨어뜨리고 눈을 감았다. 그녀는 남편의 숨결이 깊고 평온한 숨소리가 될 때까지 이마를 어루만지고 있었다. 잠시 뒤 그녀는 침대에서 창가로 걸어가 어두운 창밖을 바라보았다. 남편의 단조로운 숨소리 이외에는 아무 소리도 들려오지 않았다.

'그래, 더 이상 기다릴 필요가 없어.' 그녀는 마음속으로 중얼거렸다. '이 사람은 지금 자고 있어. 이 사람이 두 번 다시 눈을 뜨지 못하도록 하는 거야. 베개를 이 사람 얼굴에 대고서 2~3분 간 가만히 있으면, 그것으로 끝나는 거야. 이제부터 나는 자유의 몸이 되는 거야. 이 황량한 산속의 움막에서 나가 동부로 갈 수 있어. 뉴욕이든 어디든 내가 좋아하는 곳은 어디라도 갈 수 있는 거야. 아, 하나님, 밝은 불빛 아래서 나와 똑같은 도시의 얘기를 나누는 사람들과 만날 수 있다면 얼마나 좋을까요? 게다가 돈 고생을 하지 않고 산다는 것은 태어나서 처음 있는 일이야. 나는 부자가 돼. 더구나 그것은 이 반 년 동안 막장에 들어간 듯한 생활을 한 대가야. 그렇지만 돈이 아무리 있어도 이익은 고사하고 본전까지 날리는 낭비는 하지 않을 거야.'

그녀는 또 침대 위의 남자를 뒤돌아보았다. 남자는 천장을 보고 누워서 입을 조금 벌리고 자고 있었다. 깊은 숨을 들이쉬고 나서 그녀는 남편 옆으로 다가갔다. 손바닥에 땀이 배거나 이빨이 딱딱 부딪치지 않도록 이를 악물어야만 하는 것을 그녀는 마치 남의 일처럼 느끼고 있었다. '담력이 또 없어지는 것은 아니겠지.' 하고 그녀는 깜짝 놀랐다. 뱃속에 나비라도 있는 것 같았다. 옛날, 새로운 연극을 시작하는 첫날은 항상 그랬었다. 어쩐지 떨리는 것 같았다. 이 일을 어떻게든 해내지 않으면 일이 틀어져 버린다. 만사 계획을 잘 세워놓았는데, 지금 와서 틀어져 버릴 수는 없다.

그녀는 침대 곁에 서서 자고 있는 남자를 내려다보았다. '그렇게도 당신은 나와 헤어지고 싶어요?' 그녀는 마음속으로 남편을 힐책했다. '결혼 이후 이렇게 참고 견뎌온 나를 당신은 그 탐정과 둘이서 단돈 한 푼도 주지 않고 쫓아낼 계획이었단 말이죠? 경찰이라든가 증거라든가 하는 말을 꺼내서 내 계획을 변경시킬 수 있다고 정말 그렇게 생각하고 있나요? 나 역시 그렇게 간단하게 협박에 넘어가지는 않아요. 당신이 방금 말한 것은 오늘밤 당신을 죽이지 않으면 안된다고 확실하게 알려 주었을 뿐이에요. 그것도 지금 곧! 이 일만 끝낼 수 있다면 그 탐정은 언제 와도 좋아요. 와봤자 당신은 이미 죽어 있겠죠. 의사는 심장발작이라고 할 거예요. 다른 증거를 잡을 수 있다면 한번 해보세요. 게다가 당신은 요전에 드린 약을 먹지 않았던 것을, 당신이 현명한 탓이라고 생각하고 있겠죠. 그것을 먹지 않은 것은 나도 기뻐요. 독약을 사용하다니, 내가 모험을 했지. 하긴, 그렇다 해도 나는 빠져나갈 수 있었을 거예요. 어차피 시체 해부 같은 건 하지도 않았을 테니 말이에요. 랜더스 선생이 당신의 심장이 약하다는 것을 모른다면 문제는 다르지만. 게다가 덴버의 그 약국에서도 역시 내가 아주 급하게 아코나이터(진정제)가 필요하다고 하고서, 의사에게서

처방전을 받긴 했지만 단골 의사가 간 곳을 모른다고 한
내 얘기를 완전하게 믿어주었죠. 하긴 내가 원하는 양을 충
분하게 손에 넣기 위해서는 약국을 네 군데나 돌아다녀야
만 했지요. 만일, 내 사진이 신문에 실리면 그 약국들 중 내
얼굴을 기억할지도 몰라요. 확실히 모험을 했지요. 하지만
이번 방법은 틀림없답니다. 자연사가 아니라는 증거는 아
무도 발견하지 못할 거예요.'

"이젠 됐어, 이젠 됐다고." 그녀는 꼬리를 물고 이어지는
생각에 짜증을 섞어 한마디했다. '이렇게 쩔쩔매고 있을 때
가 아니야. 어차피 할 마음이라면 빨리 끝내 버리자. 왜 이
렇게 신경이 곤두서 있는 건지 나도 모르겠어. 아마 담력이
없어서 그렇겠지. 독 같은 걸 사용한 것도 그것 때문이야.
아무도 보지 않는 곳에서 이 남자가 혼자 마셔 버렸다면
그 방법이 내겐 훨씬 쉬웠을 테니까. 하지만 이번 방법이
더 나아. 게다가 아무런 번거로움도 없고. 곧 모든 게 끝나
버릴 거야. 단지 베개를 집어들기만 하면 돼.'

그녀의 숨결은 조급하고 짧게 헐떡였다. 입안이 바싹 말
라 깔깔해지자 억지로 침을 삼켰다. 가슴에서 메슥거림이
심해지고, 온몸에서는 힘이 빠져나가는 것 같은 느낌이 들
었다. 가까스로 의지를 불러일으켜서 남편 맞은편으로 손
을 뻗어 그쪽에 있는 베개를 집어들었다. 다음에 그녀는 베
개 양쪽 끝을 꽉 붙잡고서 조심스럽게 남편 얼굴 위에 갖
다댔다. 남편의 머리 전체를 덮듯이 양쪽 끝을 꽉 눌렀지만,
얼굴에 닿아서 상처가 될 만한 곳에는 조금도 힘이 가해지
지 않도록 조심을 했다. 자신이 하는 일도 일이지만 기술적

인 미묘한 점에 온 신경을 쏟는 바람에, 그녀는 한 순간 자신이 사람을 죽이고 있다는 것도 잊고 말았다. 그녀의 행동은 감정에 방해받지 않는 기계적인 것이었다. 베개가 생각한 대로 고정되자 그대로 돌처럼 움직이지 않고 상당히 오랫동안 가만히 있었다. 한 번인가 베개 밑에 깔린 머리가 픽하고 움직여서 잡고 있던 손에 약간 움직임이 전해져 왔다. 분명치 않은 시선과 답답해 하는 짤막한 소리. 그래도 그녀는 돌처럼 움직이지 않고, 아무것도 생각지 않는 듯이 가만히 있었다. 그녀의 시선은 꼼짝않고 난로 위에 걸린 커다란 송어에 쏠려 있었는데, 송어의 흐리멍덩한 눈이 그녀를 노려보고 있는 것 같았다.

잠시 뒤, 한 5분, 아니 10분쯤 지났을까? 그녀는 베개를 집어들고서 정성껏 구김살을 펴고는 침대 위 원래의 위치에 놓았다. 남편이 숨도 쉬지 않고, 움직이지도 않은 채, 꼼짝않고 드러누워 있는 것을 확인했다. '뭐야, 대수롭지도 않은 일이잖아?' 그녀는 의기양양하게 생각했다. '어째서 이 양반을 두려워해서 망설였을까? 아무것도 무서울 게 없는데.' 더구나 지금 그 일도 끝났다. 이전부터 바라던 것이 모두 눈앞에 어른거리고 있었다. '앞으로는 이제 내 머리를 괴롭히는 것은 아무것도 없을 거야.'

양손이 조금 떨리고 있는 것을 깨달은 그녀는 약간 놀랐다. '이상한데, 마음은 이렇게 침착한데.' 하고 그녀는 생각했다. 피로가 파도처럼 온몸을 덮쳐 방 반대쪽 구석에 놓인 의자에 몸을 묻었다. 의자 등받이에 기대어 눈을 감고서 몸속의 힘이 빠져나가는 대로 맡겨두었다. 자신의 숨결이 아직 빠르다는 것을 깨닫고는, 일부러 느린 템포로 숨을 들이 마시고 내쉬기 시작했다. '문제 없어.' 하고 그녀는 마음속 으로 중얼거렸다. 장례식이 끝날 때까지는 이 신경을 안정 시켜야 해. 지금은 단지 천천히 쉬기만 하는 거야.

갑자기 벨이 울렸다. 마거트는 깜짝 놀랐다. 손을 꽉 쥐 고 이를 악물며 몸속의 근육을 팽팽히 긴장시켰다. '침착해 야 해.' 그녀는 단단히 자신에게 타일렀다. 정신차려야 해. 어떠한 소리에도 놀라서는 안된다. 현관에 누군가가 왔으 니 내가 인사를 해야 한다. 게다가 침착한 태도로 말이다. '곤히 잠자고 있는 남편을 남겨두고 일어나서 나온 여자처 럼 보여야 해. 흥분하거나 두려워할 이유는 아무것도 없어.'

그녀는 방에서 나와 조용하게 문을 닫았다. 허리에 감긴 시퐁 벨트를 고쳐매면서 커다란 나비 모양을 만들고는, 손 가락 끝이 떨리는 것을 간신히 가라앉혔다. 한 번 더 벨이 울렸지만, 이번에는 근육의 경직도 극히 미미하여 느낄 수 없을 정도라는 것을 느끼고는 그녀는 안심했다. 이제 만사 생각한 대로라고 그녀는 가슴을 펴고서 자신을 갖게 되었 다. '이젠 세상 사람과 얼굴을 마주쳐도 상관없어.' 갑자기 여기서 그녀는 생각이 났다. 필이 부른 탐정이라도 만날 수 있다고 말이다. 무슨 이름이었더라? 로드스였어. 로키 로 드스. 지금 현관에 온 사람은 틀림없이 그 사람이야. 그렇 지만 이젠 때가 늦었어. 필은 이미 죽었으니 아무것도 찾을 수가 없지. 탐정이 솜씨를 발휘할 기회도 없겠다고 생각하 며 그녀는 조소하듯이 입술을 삐죽 내밀었다. 그녀는 가슴 을 펴고 머리를 들었다.

　잠시 뒤 의혹에 대해서는 자신이 완벽하다는 안심감에 싸여 그녀는 계단을 내려갔다.

제2장

무거운 현관 빗장을 벗기고 문을 열자, 어두운 그림자 속에서 한 남자가 나오더니 로비로 들어왔다. 느슨하게 벨트를 맨 레인 코트를 입고 모자는 쓰지 않았다. 흐트러진 머리엔 비가 물방울이 되어 빛나고 있었다. 그는 한 손에 들고 있던 갈색 여행가방을 로비 바닥에 내려놓았다.

"안녕하십니까?" 남자는 예의바르게 인사를 했지만 그 어조나, 스커트에서 얼굴까지 흘끗 쳐다보는 눈매, 게다가 입 왼쪽 끝을 약간 올리는 것 등이 그녀의 몸매에 감탄했다는 마음을 다분히 전하고 있었다. "실례합니다. 이렇게 밤늦게 귀찮게 해드려서 죄송합니다. 하지만 길을 잃은 것 같습니다. 게다가 양동이 물을 쏟아붓듯이 비가 쏟아져서 차의 엔진이 역화를 일으키고 말았지 뭡니까? 그래서 이곳 간판을 봤을 때는 기뻐서 춤을 출 정도였습니다. 오늘밤 묵게 해주신다면 감사하겠습니다만."

남자가 얘기하고 있는 동안에 마거트는 잠자코 상대의 평가를 끝마쳤다. '그렇게 싫은 남자는 아닌데. 평범하지만 귀여운 점도 있어. 그 일로 이곳에 온 것이 아니라면 좀 재미있는 생각도 할 수 있을 텐데. 하여간 내게는 진 것 같아. 이 사람은 나중에 도움이 될지도 몰라.'

"미안합니다만." 그녀는 여느 때와 똑같은 정중함으로

대답했다. "호텔은 휴업중입니다. 묵으시려면 다른 곳을 찾아보시지요."

상대가 잘못 알고 이곳에 들어온 첫번째 남자로 위장한다면, 이쪽도 그런 식으로 상대하려고 생각했다. '기꺼이 당신이 꾸며놓은 연극대로 해드리지. 이 남자가 어떤 사람인지 내가 알지도 못하고, 또한 의심할 염려도 없으리라고 이 남자가 생각하고 있다면, 이쪽도 이쪽의 역할을 완수하는 것이 오히려 재미있지.'

"저, 제 말 좀 들어보십시오." 남자는 장기전에 돌입할 태세를 갖추고서, 애원하는 제스처로 양손을 폈다.

"이 폭풍 속으로 사람을 내쫓지는 않으시겠죠. 저 천둥소리를 들어보십시오. 저 빗발을 한번 보십시오. 게다가 저는 비맞는 것에는 알레르기같이 약하답니다. 방이 꽉 찼다면 부엌 구석에서 모포 한 장이라도 괜찮습니다."

"만원은 아니에요." 그녀는 대답했다. "하지만 지배인이 여행을 가서요. 이곳에 남아 있는 사람은 제 남편과 저뿐이라서——"

"남편?" 남자는 부자연스러운 낭패의 모습을 보이고는 앵무새처럼 흉내내며 말했다. "이 호텔의 따님 정도로 생각했었는데요. 전 셸던이라고 합니다. 잘 부탁합니다. 이런 일을 흔히 당할 수 있지요. 제가 누울 수 있을 정도의 마른 장소는 제공해 주실 수 있으시겠지요?"

"좋아요." 그녀도 양보했다. "묵기만 하신다면야."

이 남자도 어지간히 연극을 잘한다고 그녀는 입으로는 말하지 않았지만 찬사를 나타냈다. 무사태평한 자연스러운 모습이었다. 만일 이쪽에서 탐정이 오는 것을 기다리고 있지 않았다면 길을 잃고 헤매는 여행자라는 이 연극에 꼼짝없이 속아버렸을 것이다. 게다가 이쪽 역시 그렇게 서투르지도 않았다. 밤늦게 깨우러 온 낯선 손님에 대해서 알맞을 정도의 저항을 보이고, 게다가 비밀 같은 게 있다고 생각하게 할 정도도 아니었다. 이 남자가 이곳에 묵을 계획인 것은 확실하니까, 어차피 이 남자를 쫓아낼 수 없다면 고상하게 다루는 것이 최상이다.

"그럼, 제 소개를 하는 것이 좋겠군요. 제 이름은 셸던, 마이크 셸던입니다. 시카고 신문사에서 근무하고 있지요. 이렇게 이 산속에서 길을 잃고 헤매고 있다가 화요일까지 돌아가지 못하면 저는 목이 잘리고 맙니다."

"전 웨더비 부인이에요." 그녀가 손을 내밀자 셸던이 그럴싸하게 점잔을 빼 그 손을 잡았다. 그녀는 자기 이름을 들어도 아는 기색을 조금도 나타내지 않은 이 남자 솜씨에 혀를 내둘렀다. '역시 진짜 탐정은 이런 거구나.' 하고 그녀는 생각했다. 가명을 사용하며, 가짜 직업을 대고 말이다. 이 남자는 필에게 자기가 가도 모른 척하라고 말해 두었던 모양이다. '그 필도 안됐지만 나를 속일 수는 없어. 이 남자가 연극을 하고 있다는 것을 나는 금방 알아차렸거든. 하지만 이 남자 정도야 문제없지.'

"그럼, 콜로라도엔 처음이신가요?" 얌전한 태도로 그녀가 물었다.

"물론입니다. 캘리포니아에 갔다가, 돌아갈 때는 경치가 좋은 길을 택하려고 했었는데 이렇게 구불구불하고 복잡한 길이라고는 생각지도 못했습니다. 지도마다 거꾸로 인쇄되어 있더군요. 적어도 이 근방에 와서는 그런 생각이 들었습니다. 하지만 언제까지나 이런 곳에서 얘기를 한다면 부인이 감기에 걸려 버리겠어요. 나를 친절하게 도와주신 것만도 고마운데, 감기에 걸리게 되면 제 입장이 말이 아니죠. 어디에 묵게 해주실 건지 가르쳐만 주시면 내일 아침까지는 이 이상 폐를 끼치지 않겠습니다."

그가 가방을 집어들자 마거트가 그를 계단으로 안내했다.

"'송어 방'으로 들어가세요. 작은 호텔이기 때문에 객실은 12개밖에 없어요." 그녀는 설명을 덧붙였다. "어느 방이든 각각 다른 물고기가 벽에 걸려 있는데, 그것이 방 이름이 되었답니다. 이 계단을 올라가서 오른쪽 두 번째 방입니다. 하녀에게 커피라도 가져가게 하지요."

"아니, 괜찮습니다." 남자는 사양했다. "이 이상 폐를 끼치고 싶지 않습니다. 이런 시간에 뛰어들어온 것만으로도 폐를 끼쳤는걸요. 그러나 —— "

"괜찮아요." 그녀는 남자의 사양을 부드럽게 무시해 버렸다. "아직 그렇게 늦지도 않았어요. 여기서는 일찍 자는 것이 달리 아무것도 할 일이 없기 때문이죠. 하지만 틀림없이 톰린슨 아주머니는 아직도 잠자리에 들지 않았을 겁니다. 차가운 빗 속을 오래 드라이브하셨다면, 뜨거운 것을 마시고 싶으실 거예요. 곧 하녀를 시켜 보내드리겠어요."

"그거 정말 고맙습니다. 그렇지 않아도 마시고 싶던 참이었습니다."

그녀는 계단 아래에 서서 올라가는 남자를 바라보고 있

었다. 갑자기 그녀가 외마디 소리를 질렀다. 남자가 계단 위로 올라가서는 성큼성큼 필이 있는 방문 쪽으로 걸어갔기 때문이다. 손잡이에 손을 걸치고 돌리려고 할 때 마거트의 외마디 소리에 뒤돌아보며, 그 얼굴을 내려다보았다. 그녀는 계단을 뛰어올라가서 남자의 팔을 눌렀다. 숨이 끊어지고, 잠시 동안은 말도 나오지 않았다. 잠시 그렇게 하고서 그녀는 침착성을 되찾았다. '이런 비명을 지르다니, 내가 어떻게 된 거지?' 마음속으로 그녀는 크게 자신을 나무랐다. '이 신경을 단단히 누르지 못하면 만사 엉망으로 깨져버려. 이 남자는 필의 방은 알지도 못하고, 또한 가장 중요한 것은 필이 아직 살아 있다고 생각하고 있어. 이 남자는 단지 착각을 해서 방을 잘못 알았을 뿐이야. 하지만 이 남자가 이 문을 열고 필이 죽어 있는 모습을 봤다면 어떻게 됐을까? 이 남자에게 당황하는 모습을 보여서는 안된다.'

"죄송합니다." 아직도 조금 숨을 헐떡이며 억지로 목소리를 명랑하게 꾸미고서 그녀는 말했다. "놀라게 할 생각은 없었어요. 하지만 여기는 주인 방인데, 주인은 건강 상태가 좋지 않아서 이제 막 겨우 잠이 들었어요. 당신이 문을 열고 주인을 깨워버리면 그 양반은 오늘밤엔 이제 더는 잠을 자지 못하게 된답니다. 무슨 일이 있어도 잠을 자야만 해요. 당신이 묵을 방은 이 맞은편입니다. 오른쪽이에요."

"대단히 죄송합니다." 그도 잠자고 있다는 남자를 염려하듯이 목소리를 죽여 말했다. "이 주변의 산을 걸어서 돌아다닌 탓에 머리가 혼란스러워진 것 같습니다. 그럼, 제

방은 이쪽이군요?"

마거트가 고개를 끄덕이는 것을 보고 그는 필의 방과 맞은편에 있는 방으로 가서 문을 열었다. 그는 방에 들어가면서 뒤돌아보고, "안녕히 주무십시오. 묵게 해주셔서 감사합니다." 하고 말한 뒤 문을 닫았다. 그녀는 남편의 방문에 1~2분쯤 기대어 그대로 서 있었다. 잠시 뒤 마음을 가라앉힌 것이 확실해지자, 복도 막다른 곳으로 가서 3층으로 오르는 뒷계단을 올랐다.

'난 대단한 멍청이가 될 뻔했어.' 하고 그녀는 몹시 답답하게 생각하고 있었다. 그녀로서는 어느 누구라도 손가락 하나 까딱 못하게 할 재치있는 계획이라고 생각하고 있었다. '그렇지만 그 모든 지혜를 짜내야만 하는 가장 중요한 때에 그렇게 당황해서 여학생처럼 소리를 지르다니! 하긴 뭐 상대편에게 아무것도 눈치챌 수 없도록 잘 얼버무린 것 같아. 만일, 저 남자가 다소 눈치챘다고 해도 내가 좀 히스테리를 일으켰다는 것이 법정에 증거로 나올 것도 아니니까. 게다가 아무리 저 남자가 의심스럽게 생각하더라도 하나도 염려할 것이 없어. 필이 나에 대해 의심스러운 것은 이미 죄다 저 남자에게 알려주었을 테니까. 그러니까 내가 앞으로 어떠한 일을 하든 더 손해볼 것도 없어. 하지만 조심해야 해. 앞으로는 절대로 실수해선 안돼. 입을 잘못 놀렸다간 지고 말아. 저 남자에게 '송어 방'이라고 말하긴 했지만 실은 '연어 방'이었다. 그렇게 말한 것도 그 기분나쁜 송어가 내 머리에 강렬하게 남아 있기 때문이다. 심리학자가 흔히 하는 말이 있지. 무엇인가로 머릿속이 가득차게 되면 그럴 생각이 없어도 그것을 입에 담기 쉽다고 하는 것 말이다. 그렇게 생각하면 내 머릿속은 필을 살해한 것으로 가득차 있다. 대화를 할 때 가장 무심코 입 밖으로 나올 가능성 있는 것으로는 죽인다든가 베개라고 하는 단어다. "부디 질식해 죽으세요." 라든가, "커피에 아코나이트를 넣으시겠습니까?" 라고 말할지도 모른다. 이제부터는 말투나 하는 행동에 무엇이든지 조심하지 않으면 안된다. 하긴 걸려 있는 재산도 크기 때문에, 고생도 있고 보람도 있겠지.

그녀는 계단 위의 방으로 들어가 문을 닫았다. 톰린슨 아주머니는 60대 중반 정도 된 땅딸막한 여자였다. 그녀는 창가에서 등이 딱딱한 의자에 앉아 있었다. 마거트가 들어가자 좀 의자에서 뛰어올랐다.

"나예요, 토미. 그렇게 흠칫흠칫 놀라지 말아요. 아래에 남자 손님이 한 사람 왔어요. 커피가 마시고 싶다는군요. 당신이 좀 갖다 주고 와요."

"주인님은?" 질문이기는 하나 그렇게는 들리지 않는 이 말에 이어 겨우 안심한 듯이 그녀는 계속해서 말했다. "그럼, 주인님은 별고 없으신가요?"

"아니, 주인님이 아네요. 그분은 자고 있어요. 푹 자고 있다고요."

"어머!" 신음하는 듯한 목소리였다. 마거트의 얼굴을 설명을 구하는 듯이 들여다보는 그 눈에는 공포가 떠올라 있었다.

"토미, 바보 같은 행동은 하지 마세요." 마거트는 엄하게 말했다. "해야 할 일은 정확하게 해요. 이런 말은 벌써 10

번 이상이나 했을 거예요. 당신도 역시 내가 더 이상 이런 곳에서 생활할 수 없다는 것은 잘 알 테죠. 필의 몸에 좋은 기후가 있는 곳에는 어디를 가든 나는 싫어요. 나는 간호사로 전락한 기억은 없다고요. 나는 이제 겨우 스물넷이에요. 내 인생은 아직도 길어요. 나는 그 인생을 다시 시작하고 싶어요——내 청춘을 이런 곳에서 썩히고 싶진 않아요.”

“알아요, 알고 있어요.” 상대의 대답은 가냘펐다. “그렇지만 그 외에도 다른 방법이 있을 것 아니겠어요? 나하고 둘이서 여기를 빠져나갈 수도 있어요. 웨더비 씨는 우리들을 막을 수는 없어요.”

“그럼, 어떻게 해서 먹고 살지요?” 마거트는 격심한 어조로 물었다. “내 쪽에서 나간다면 저 사람이 단돈 한푼 주지 않는다는 것은 알고 있는 사실이지요? 게다가 오늘밤 저 사람은 별거수당도, 재산분배도 없이 나를 쫓아내겠다고 했단 말이에요.”

“하지만 어떻게 해보면 될 텐데.” 톰린슨 아주머니는 이야기를 계속했지만 그다지 힘은 들어가 있지 않았다.

“그 사람을 만나기 전에 한 것처럼 말인가요?” 그녀의 목소리에는 조소하는 듯한 여운이 있었다. “잠시이긴 했지만 난 그런 생활에는 이젠 진절머리가 나요. 나는 돈을 갖고 싶어요. 그것도 젊어서 돈의 고마움을 충분하게 맛볼 수 있는 동안에 갖고 싶단 말이에요. 그런데 돈을 손에 넣으려면 방법은 세 가지밖에 없어요. 가수가 되든가, 부자와 결혼하든가, 그 돈을 상속받든가……첫번째 방법도 해봤어요. 브로드웨이에서 대스타가 될 생각이었지요. 그렇지 않으면 영화계에 들어가서라도 말예요. 하지만 내게는 이루어질 수 없는 꿈이라는 것을 당신도 알고 있잖아요. 7년이 지나도록 2류 지방순회극단에서 시골 처녀역만 하는 형편이었으니까요. 지선(支線)에 들어가서 즉석 가설흥행장이나 하고, 싸구려 호텔에서 묵고, 드럭 스토어에서 먹고, 게다가 틈만 있으면 무대감독이 나를 어두운 구석으로 끌고 가서는 추근거렸지요. 내가 또 그런 생활로 되돌아가고 싶어할 거라고 생각해요?"

"아니, 그렇게는 생각지 않아요. 그런 생활은 당신에게는 맞지 않아요."

"그럼, 나의 미래에는 어떤 장미빛 꿈이 있는 건가요?" 마거트는 쌀쌀맞게 이야기를 본론으로 되돌렸다. "굶어죽든가, 기차에 뛰어들든가, 그렇지 않으면 당신과 같은 처지가 되는 거죠. 옷 시중이나 들고, 그렇지 않으면 배우들 일 뒤치다꺼리나 하는 하녀. 당신도 역시 처음에는 자신의 이름이 조명 아래에서 빛나리라고 생각했었겠죠."

"하지만 나는 당신처럼 예쁘지 않았어요." 달래는 듯한 말투였다. "당신 같은 재능도 없었고."

"그래요, 하여튼 내게는 때를 놓치기 전에 손을 떼는 재치만큼은 있지요. 웨더비를 만났을 때 그런 기회는 다시 없다고 생각했죠. 돈도 있고, 또 내게 완전히 빠져 있었기 때문이죠. 내게는 어떠한 일이라도 해주겠다고 했고, 나는 그것을 믿었어요. 둘이서 여행을 할 생각이었어요. 겨울에는 마이애미, 여름에는 케이프 코드로요. 캘리포니아에서 버뮤다를 돌아 남미까지 여행을 하는 거예요. 내가 옛날부터

꿈꿔 왔던 것이 드디어 손에 들어오게 되었죠. 그렇지만 어떻게 됐죠? 결혼한 지 2개월밖에 안됐는데 그 사람은 병이 들었어요. 병원에서는 기흉요법(氣胸療法)을 하고, 나는 그 사람에게 죽 붙어만 있는 바람에 외출복을 입고 어디 나갈 수도 없었어요. 밍크 코트나 다이아몬드가 가득찬 보석상자는 있었지만, 눈에 보이는 상대자들은 만족스럽지 못했어요. 주위에 있는 것은 시골뜨기 촌놈들뿐이었죠. 뉴욕의 일류 호텔에다 더블 룸을 잡아놓고 지낼 수 있는 몸이, 1백 마일(약 160km)을 가도 아무것도 없는 이 산속 외딴 집에서 살아가다니요. 이번 여름에 내가 이야기한 상대는 학교 선생과 보험외판원뿐이었어요. 게다가 그치들도 모두 비린내가 났죠. 이런 생활은 한이 없어요. 그 사람은 마치 영원히 살아 남으려는 것처럼 자신의 몸을 소중히 돌보았어요. 하여튼 그런 식으로 하다가는 그 사람이 죽는다고 해도 그 사람의 은행구좌가 나에게 도움이 되는 시대는 지나가 버리고 말겠죠. 그렇기 때문에 돈과 결혼하려 한 것이 크게 실패했다는 것을 알았어요. 남은 단 하나의 방법은 재산을 상속받는 것이에요. 그래서 오늘밤 만반의 준비를 갖췄다는 뜻이에요."

"당신이 그런 일을 하리라고는 꿈에도 생각지 못했어요." 톰린슨 아주머니는 가슴에 팔장을 끼고서 가슴이 아픈 듯이 앞뒤로 몸을 흔들었다. "당신이 한 얘기는 이해해요. 하지만 정말 그렇게 했다가는 일이 잘못되지 않겠어요? 만일에 그런 일을 정말로 했다면 그것은——살인이니까."

"그런 것은 알고 있어요." 마거트는 그 앞을 가로막고 서

서 격렬한 어조로 말했다. "그렇지만 당신도 역시 공범죄
예요. 그 사람을 잠들게 하는 우유를 만든 것은 당신이니까
그것을 잊지 말아요."

"알고 있어요. 내가 한 일은 알고 있어요." 그녀는 신음
했다. "하지만 나는 내 일을 생각하는 게 아니에요. 나는
이제 늙은이이니까요. 이제 와서 나는 어떻게 되도 상관없
어요. 하지만, 젊은 당신은 큰 상처를 입기 쉽답니다. 만일
들키면 어떤 일을 당할지 아세요?"

"콜로라도 주에는 틀림없이 가스 사형실이 있을 거라고
생각해요." 마거트는 넉살좋게 거리낌없이 말했다. 상대방
여자는 움츠러들었다. "토미, 그런 낙천적인 얘기는 말아요.
아무에게도 어느 것 하나 들키지 않아요. 누구건 잘만 하면
잡히지 않아요. 게다가 나도 미리 여러 각도에서 잘 생각해
서 한 일이라고요. 내 생각으로는, 무엇이든지 무대장치를
미리 정확하게 세워놓는 것이 가장 중요해요. 자연사답게
보이고 싶다면 미리 그런 일이 발생할 것이라고 모두가 생
각하도록 불어넣는 거예요. 그렇게 하면 그 사람이 죽었을
때 모두들 올 것이 왔다고 생각하겠죠. 난 이 2주 사이에
세 번이나 랜더스 의사에게 전화해서 남편의 건강이 염려
스럽다고 얘기해 두었어요. 남편이 현기증이 일어난다고도
하고, 두 번 정도 정신을 잃기도 했다고 얘기했죠. 그러니
까 그 의사는 남편 심장 부근이 나쁜 모양이라고 믿어버렸
던 거예요."

"랜더스 의사가 그 사람을 진찰하러 올지도 모르잖아요.
그러면 심장을 진찰하고서 대단치 않다는 것을 알게 될 텐

데요. 만일 그렇게 되면 어떻게 할 거예요?"

"그 점은 손을 써봤어요." 마거트는 가슴을 펴고 말했다.
"필에게 초대면인 의사를 만나게 해서 깜짝 놀라게 하고
싶지 않았기 때문에, 조만간에 의사가 자기를 진찰하러 왔
다는 것을 알아채지 못하게 하면서 자연스럽게 필을 만나
도록 점심때 부르려는 묘안을 준비했어요. 물론 아직 그런
얘기까지는 하지 않았지만, 사전공작만은 완전히 해놓았다
는 뜻이에요. 그러니까 그 사람이 죽었다는 말을 들으면 랜
더스 의사는 곧 심장발작이라고 믿어버리게 되는 거죠. 질
식사는 심장마비와 똑같은 징후를 나타내기 때문이에요.
그렇기 때문에 사망진단서를 받는 것은 문제없죠. 그리고
이 근방 사람들은 내가 상당히 연극을 잘 해냈다는 것을
인정해 주어야 할 거예요. 필이 현기증을 일으키는 것이 염
려스럽다고 말해 놓아서 급사할 경우를 대비해 놓았거든요.
게다가 완벽한 아내의 역할을 철저하게 연기해 놓았어요.
조와 마리아도 내가 절개 있는 아내의 귀감이었다고 증언
할 거예요. 하지만 아무도 심문 같은 건 하지 않을 테니, 그
런 증언을 할 필요도 없겠지요. 다만 문제는 저 아래에 있
는 탐정놈뿐이에요."

"탐정!" 톰린슨 아주머니는 퍼뜩 몸을 일으키더니 지금
까지의 모습에서 깨어났다. "벌써 경찰이 왔단 말예요?"

"토미, 경찰이 아니에요. 침착해요. 탐정이라니까요. 한
사람뿐이에요. 지금은 죽고 없는 남편의 친구죠. 실은 그
웨더비가 불러들인 놈이에요. 이상하게 들리겠지만, 남편
은 나를 믿지 않았어요. 그렇기 때문에 그이는 혼자서 사립

탐정을 하고 있는 그 남자에게 전화를 걸어 내가 무서운 일을 꾸미고 있다고 얘기한 거예요. 그래서 그 친구라는 사람이 그 양반을 지켜주려고 급히 달려온 거죠. 다만 위험한 고비에 맞지 않았을 뿐이죠."

"설마 사실이 아니겠죠?" 톰린슨 아주머니는 공포로 말을 떨며 얘기했다. "이 집에 탐정이 와 있다고 하는 것이나, 주인님이 죽었다는 것이 설마 사실은 아니겠죠? 그 남자는 무얼 하고 있나요?"

"탐정? 무슨 단서라도 찾고 있겠죠." 할머니가 떨고 있는 것과는 반대로 마거트는 태평스럽게, 오히려 들뜬 기색마저 보이고 있었다. "하지만 이상한 사람이에요. 필이 벌써 죽어버렸을지도 모르는데 비를 맞고 달려온 손님 모습을 하고 있거든요. 그자는 틀림없이 자기 방에 틀어박혀 무서워 움츠러들었을 거예요. 나에게 있어서는, 그자가 자칭한 대로 신출내기 기자와 똑같을 뿐이에요."

"하지만 자기 방에서 가만 있지 않았다면요? 그 남자가 웨더비 씨의 방에 들어갔다면? 그 남자가 주인님을 발견하고는——" 그녀는 그 뒤는 말하지 않았다.

"만일 발견했다면?" 마거트는 태연한 얼굴로 되물었다. "필이 죽었다고 소란을 피워야만 하겠죠. 그 남자라 해도 우리들과 똑같아요. 더구나 왜 남의 방에 몰래 들어갔는지 변명을 하는 데만도 그 남자는 고생을 할 거예요. 아무튼 우리에게 불리한 것은 아무것도 찾을 수 없어요."

"어떻게 그렇게 확실하게 얘기할 수 있나요? 혹시 실수를 했는지도 모르잖아요. 지금도 계속 이 방 앞에서 귀를 기울여 엿듣고 있지 않다고 어떻게 장담하죠?"

"자, 토미, 그만해요." 마거트는 화를 내며 소리를 질렀다. "발소리를 내지 않고서 이 계단을 올라올 수 있는 사람이 있다는 거예요? 설마 당신이 이렇게 신경이 날카로워지리라고는 생각 못했어요. 당신만은 믿을 수 있겠다고 생각했는데, 그런 상상이나 하며 떨고 있으니……그 탐정은 우리들에게 손가락 하나 까딱 할 수 없어요."

"하지만 주인님이 당신에게 살해당할 것 같다고 그 남자에게 얘기했다면?" 톰린슨 아주머니는 머뭇머뭇거리며 말했다. "그것만으로도 경찰에게 여러 가지 심문받을 증거가 되지 않겠어요? 그 남자가 시체를 해부하도록 탄원할지도 몰라요. 만일 그렇게 되면 자연사가 아니었다는 증거가 나타날지도 모르잖아요."

"그만둬요!" 마거트는 이를 악물고 쥐어짜는 듯한 어조로 말했다. "하지만 필은 그렇게 겁쟁이는 아니었어요. 내 계획의 훌륭한 점은 아무도 나를 심문하지 못한다는 거예요. 외관상으로는 전부 내게 유리해요. 사람들은 내가 그 사람에게 한 연극을 믿을 것이고, 모두 불행한 미망인에게 동정을 보내겠죠. 그런데 그 남자가 와서 나의 모든 계획에 구멍을 뚫은 거예요. 틀림없이 당신이 말하는 대로예요. 그 정도는 나도 생각해 왔어야 했어요. 만일 그자가 사람들에게 떠벌이고 다니며 쓸데없는 추리를 하기 시작한다면 내 계획은 온통 엉망이 되고 말아요. 그 남자가 그런 행동을 하도록 내버려둘 수는 없어요. 이런 곳에 와서 나의 모든 계획을 수포로 만들어 버리는 행동은 용서할 수 없어요. 상대편이 손을 쓰기 전에 우리가 선수를 쳐서 막아야겠어요."

"어떻게 할 작정이에요?" 상대방의 화난 기색을 보고, 톰린슨 아주머니는 움츠러들었다. "그런 끔찍한 짓을 해서는 안돼요──설마 당신은──아아, 안돼요, 정말 옳지 못해요!"

"왜 안된다는 거죠!" 마거트는 큰소리로 화를 냈다. "어차피 여기까지 와 버렸는데, 필요하다면 무엇이든 할 수 있다고요. 내 일을 방해하면 끔찍한 일을 당하게 될 거예요."

"아아, 안돼요! 안돼!" 톰린슨 아주머니는 호소하듯이 말했다. "당신은 말은 그렇게 무섭게 하지만, 당신 스스로는 그 의미를 잘 모르고 있어요. 이미 저지른 일은 저지른 일이고 이제 와서 어떻게 해볼 수는 없지만, 더 이상 그런 끔찍한 짓은 안돼요. 너무 위험해요. 지금 도망갈 수도 있어요. 지금 얼른 도망가기만 한다면──"

"토미, 잠자코 있어요. 나도 생각한 게 있어요. 어떤 일을 하더라도 이제 그것밖에는 길이 없어요. 오늘밤이 좋아요. 저자가 다른 사람들에게 떠들어댈 수 없을 동안이 좋단 말예요. 필과 똑같은 방법은 사용할 수 없어요. 하룻밤에 두 사람이 심장마비를 일으킬 수는 없으니까요. 게다가 그 남자는 수면제를 마실 만큼 어리석지도 않을 거예요. 하지만 모든 사람들에게 믿게 할 수 있는 방법이 한 가지는 있어요. 지금이라면 사전준비는 완벽해요. 산속에 있는 외로운 젊은 여인. 지켜주는 사람은 노파와 병든 남편뿐인데, 밤늦게 안면이 없는 남자가 와서 방을 달라고 버틴다. 그런데 그 남자가 그 여자의 침실에서 살해당한다고 하면? 내게는 아무 설명도 할 필요가 없을 정도지요. 누구든 줄거리를 제멋대로 생각해 낼 테니까. 단순히 그런 사실만으로 스토리가 확실히 정해지는 거예요. 밤중에 내 침실에 침입해 들어온 남자를 죽였다고 해서 이상하게 생각할 사람은 아무도 없어요. 게다가 병든 남편이 옆방에서 싸우는 소리에 잠을 깨서는 총소리를 듣고 심장마비를 일으켰다——이 이상 자연스러운 얘기는 없겠죠? 두 개의 죽음을 한꺼번에 설명해 버리는 거예요. 게다가 나는 거듭되는 불행의 충격과 슬픔으로 넋이 빠져 있기 때문에, 아무도 어떻게 된 일이냐고 묻지도 않겠죠. 토미, 자연스러운 얘기예요. 아무런 염려도 할 것 없어요."

토미는 앉아서 물끄러미 그녀를 바라보았다. 뺨에선 눈물이 흐르고, 턱은 조금 떨리고 있었지만 그녀는 아무 말도 하지 않았다.

"토미, 그렇게 무서워하지 말아요." 마거트는 자신이 세운 완벽한 계획에 기운을 내고서 눈을 반짝이며 열을 올리며 말했다. "사람을 죽이는 게 그렇게 괴로운 것만은 아니에요. 아무것도 아니라고요. 처음에는 신이 나지 않았어요. 아래층에서 필과 함께 있었을 때에 잠깐 동안이었지만 내가 그런 짓을 할 수 있으리라고는 생각지 못한 적도 있었어요. 게다가 그 일을 하고 난 뒤엔 바로 지금 당신처럼 신경이 온통 곤두서 있었지요. 하지만 그것을 극복하고 지금은 괜찮아요. 이번에는 아주 신이 나는걸요. 하지만 당신의 힘이 필요해요."

대답은 낮게 훌쩍거리는 울음소리뿐이었다.

"토미, 정신 똑바로 차리지 않으면 안돼요." 마거트는 날카롭게 말했다. "내가 당신에게 원하는 것은 이거예요. 부엌으로 가서 커피를 끓이고 샌드위치를 만들어요. 당신에게 가져가게 하는 것은, 그 남자에게 그렇게 말해 버렸기 때문이에요. 어째서 이렇게 시간이 걸리는지 이상하게 생각하고 있을 거예요. 하지만 당신은 침대에 들어가 있었을 테니까 옷을 갈아입는 데에 시간이 걸렸을 거라고 생각할지도 몰라요. 하여튼 준비가 되었으면 찻상을 내 방으로 갖고 와요. 그리고 나서 그 남자의 방을 노크하고는——연어 방으로 들어갔어요——내가 함께 먹자고 했다면서 불러주면 되는 거예요."

"난 할 수 없어요. 내게 그런 일을 시키다니, 안돼요."

"아주 간단한 일이란 말예요. 그렇게 대수로운 일도 아니에요. 말을 많이 할 필요도 없어요. 문을 두드리고는, '셸던 씨',——그 남자는 셸던이라고 했어요——'부인이 방에서 밤참을 준비했으니 괜찮으시다면 함께 드시자고 하시는군요.' 그렇게만 하면 되는 거예요. 부엌에서 한번 연습해도 좋아요. 그리고 나서 그 남자를 내 방으로 안내한 뒤에 침실로 돌아오면 돼요."

"안 갈지도 모르잖아요?" 마거트의 차분한 표정을 보고 그녀의 공포는 조금 가라앉았다. "만일 그 남자가 탐정이라면 뻔히 알고 있으면서 함정에 빠지는 짓은 하지 않을 것 아니겠어요?"

"하지만 그 남자가 함정을 알아차릴 리가 없잖아요?" 마거트는 신중하게 설명했다. "그 사람은 자신에 대해선

내가 그저 여행자라고밖에 생각지 않는다고 생각하고 있어
요. 그 상대방에게 밤참을 권하는 것은 손님을 접대하는 당
연한 행동이에요. 게다가 나를 탐색하러 온 사람이니 기회
만 있으면 뭐라도 찾아내려 할 테죠. 한밤중에 두 사람이
마주보는 기회라면 달려들어올 것 아녜요? 알겠죠? 자,
부엌으로 가서 얼른 일이나 시작해요."

토미는 마지못해 방을 나가 뒷계단을 내려가기 시작했다.
마거트는 2층까지 그녀의 뒤를 따라가서 부엌으로 향하는
계단을 내려가기 시작한 토미의 어깨를 격려하듯이 두드려
주었다.

"너무 시간 잡아먹지 말아요." 그녀는 목소리를 죽여 말
했다. "나는 내 방에서 기다리고 있겠어요."

그녀는 셸던이라고 하는 남자의 방 앞에서 멈춰서서 귀
를 기울여 보고 싶었지만, 그 마음을 억누르고 간신히 보통
발걸음으로 그 앞을 지나 자기 방으로 돌아왔다. 문에 자물
쇠를 채우고 그녀는 곧장 장롱으로 가서, 한가운데 있는 서
랍을 열고 가지런하게 개어 있는 속옷 속에서 작은 권총을
꺼냈다. 탄창을 열고 총알을 조사한 뒤, 탄창을 닫고는 잠
시 동안 실내 여러 곳을 겨냥해 보며 시간을 보냈다.

잠시 뒤 침대로 다가가 그 권총을 베개 밑에 넣고는, 권
총 손잡이는 아무때나 잡을 수 있도록 바깥쪽을 향해 놓았
다. 자세히 방안을 둘러본 뒤 의자 하나를 침대 바로 옆으
로 가져왔다. 그 의자에 앉아 있으면 바로 권총에 손이 닿
을 수 있다. 다음 일은 작은 테이블 위의 책이나 종이쪽지
들을 치우고 테이블을 그 의자 앞에다 놓는 것이었다. 그녀

는 그곳에서 이젠 됐다는 듯이 고개를 끄덕이고는 테이블 맞은편에 앉았다.

권총 사용법을 알고 있는 게 다행이었다. 그녀는 마음속으로 축복하고 있었다. '칼로 찔러도 되긴 하겠지만 깨끗하게는 처리되진 않을 거야. 게다가 적막한 산속이기 때문에 베개 밑에 권총을 넣어두고 자는 정도의 경계엔 아무도 뭐라고 하지 않을 테지. 그 남자가 들어왔을 때 나는 여기에 앉아 있는 거야. 그렇게 하면 편리한 때에 언제라도 간단히 총을 꺼낼 수 있으니까. 로키 로드스의 완전한 방심을 찌르는 거지. 나중에 내 나이트 가운에 피를 조금 묻혀도 괜찮겠지. 그렇게 하면 효과적인 마무리가 될 거야. 토미에게 커피 같은 것들을 치우지 말라고 하는 것도 괜찮겠다. 그렇게 하면 내가 잠자리에 들어가고 나서 그 남자가 침입해 들어왔다는 것이 그럴듯하게 보일 테니까.'

양팔을 올려 그녀는 고양이 같은 기지개를 켰다. 상반신에 쾌감이 잔물결처럼 밀려왔다. 이제는 아주 느긋하게 운명을 지배하는 힘에 도취되어, 토미가 오는 때만 조용히 기다리기만 하면 된다. 그게 다음 막의 신호가 되는 것이다.

문을 불안하게 할퀴듯이 두드리는 소리에 그녀는 조용히 문에 기대어 자물쇠를 열고 토미를 들여보냈다.

"토미, 쟁반은 그 테이블 위에 놔둬요. 그리고 나서 셀던 씨를 부르러 가는 거예요."

"부탁이에요, 네——" 토미가 또 시작했다.

"쉿!" 마거트는 몹시 밉살스러운 듯이 말하고는, 밝고 커다란 목소리로 덧붙였다. "수고했어요, 토미. 그럼, 연어

방으로 가서 셸던 씨에게 함께 드시면 어떻겠느냐고 물어
보고 와요."

토미는 어깨를 축 늘어뜨리고 있었으나 몸속의 근육을
바싹 죄려고 하는 듯이 얼굴에 힘을 주어 무표정한 표정을
짓더니, 체념한 듯 고개를 끄덕이고는 출입구로 향했다. 마
거트는 문 손잡이에 손을 대고 열어놓았다. 그때 또 현관
벨소리가 호텔 안에 울려퍼졌다. 토미는 깜짝 놀라 바싹 긴
장하며 비단을 찢는 듯한 날카로운 비명을 질렀으나, 마거
트가 거칠게 그 입을 막았다.

"바보 같으니, 조용히 해요." 그녀는 엄하게 이렇게 속삭
였다. "숨어 있어요. 무슨 일인지 보러 가야 하니까."

그녀가 복도로 나오자 연어 방문이 열리고는, 손님이 녹
색 파자마를 입은 채 얼굴을 내밀었다.

"누가 현관에 왔습니까?" 남자가 쾌활하게 물었다. "이
번에는 제가 나갈까요? 아마 누가 나처럼 길을 잃은 모양
이니, 두려운 생각은 갖지 마십시오."

"미안합니다, 셸던 씨." 마거트가 말을 조심해 가며 정중
하게 대답했다. "정말 친절하시군요. 그럼, 그렇게 해주시
겠어요?"

그는 마거트를 그대로 두고 방안으로 들어가서 실내복을
입고 슬리퍼를 신었다. 그녀는 자기 방으로 돌아와 문을 닫
았다. 잠시 뒤, 계단을 내려가는 발소리에 귀를 기울이고는
살며시 문을 열었다. 아직도 떨고 있는 톰린슨 아주머니에
게 조용히 하라고 손을 흔들고는 문에 기대어 계단 아래의
상황에 귀를 기울여 보았다.

제3장

현관 문이 열리고 또 닫혔으나, 유감스럽게도 소곤소곤 거리는 소리 이외에는 아무것도 들려오지 않았다. 이 야기는 거의 알아들을 수 없었다. 셀던은 목소리를 죽여 말 하고 있었기 때문에 그의 이야기는 전혀 들을 수가 없었으 나, 새로 온 손님 목소리는 컸으므로 가끔 그녀의 귀에도 들려왔다. 그러나 그것도 '고물 버스'라든가 '지독한 밤'이 라고 하는 말만 들려올 뿐, 이야기의 내용은 제대로 알 수 가 없었다. 대화하는 목소리가 언제 끝날지 모르게 계속되 다가 드디어 계단을 올라오는 발소리가 들려왔다. 자물쇠 소리가 나지 않도록 손잡이를 단단히 쥐고서 그녀는 재빠 르게 문을 닫았다.

"누구예요?" 토미가 흥분한 듯이 물었다.

"나도 알 수가 없잖아요?" 마거트는 잔뜩 화가 나서 윽 박질렀다. "무슨 말을 하는지 들리지도 않았어요. 하지만 지금 올라오고 있어요. 그러니까 얼굴 표정이나 행동에 주 의해요. 이런 때에 얼간이 짓을 해서는 안되니까요."

마거트는 문에서 떨어져 있으면서 셀던이 노크할 때 자 연스럽게 방안에서 걸어나와 문을 여는 척했다. 그녀는 문 을 열기 전에 톰린슨 아주머니에게 눈을 한번 흘겨주었다. 말로 나오지 않는 그 명령에 따라 톰린슨 아주머니는 몸을 반듯하게 하고서 손이 떨리지 않게 하려고 애썼다.

문을 열면서 마거트는 밤중에 깨서 다소 귀찮다는 듯한 기색을 띠며, 이런 상황에 어울리는 의아한 표정을 지었다.

"무슨 일이에요?" 너무 강하지도 않고 약하지도 않게, 말끝을 올린 의문조로 그녀는 말을 걸었다.

복도에 세 사람이 서 있는 것을 보고 그녀는 깜짝 놀랐다. 셸던과, 조금 전에 목소리가 들려온 남자 외에도 여자가 하나 있었다. 다른 여자를 보면 경쟁상대로 평가하는 것이 마거트에게 있어서는 본능처럼 되어 있었으므로, 그녀는 재빨리 이 새로 온 여자의 얼굴에 나타난 개성을 날카로운 시선으로 훑어보았다. 마거트보다 2∼3인치 키가 작고, 남자아이처럼 호리호리한 몸매였다. 짧게 치켜올려 깎은 머리가 빨간 베레모 주위로 삐져나와 있었다. 하트 모양의 얼굴은 비누와 물로만 닦은 느낌이었다. 박스 형의 스포츠 코트 앞을 풀어헤쳐서 체크 무늬 스커트와 헐렁한 엷은 갈색 스웨터가 보였다. 멋보다 입었을 때의 감촉과 활동성을 목표로 선택한 의상 같았다. 순진한 그 처녀에게 조소 섞인 동정을 느끼며 마거트는 셸던의 설명을 듣더니 또 한 남자에게 눈을 돌렸다.

"이분들은 나와는 달리 길을 잃은 게 아니더군요." 셸던은 말을 계속했다. "이곳을 목표로 해서 오셨답니다. 거절하는 전보와 엇갈린 모양입니다. 지배인도 없는데, 이분들은 아무런 준비도 하지 않으셨네요."

"나는 찰리 밀러입니다." 그 남자가 말을 꺼냈다. "분명히 예약해 놨습니다. 다섯 시간 전에 도착했어야 했는데,

그 고물 버스가 뜻하지 않은 곳에서 고장이 나는 바람에 버스를 고칠 때까지 팔짱만 낀 채 기다리고 있었습니다. 버스 회사도 그렇지, 우리 캔자스 시티 마을에서라면 그런 버스 회사는 당장에 쫓겨나고 만답니다. 게다가 이곳에 와서는 또 어떻습니까? 지배인도 떠나고 없는 데다가 이쪽 준비는 아무것도 되어 있질 않으니, 이런 손님 맞이가 어디 있습니까?"

묘한 조화를 이루는 아베크라고 마거트는 생각했다. 큰 목소리에 비해 남자는 몸집이 작았다. 땅딸보 신사. 작고 정성껏 손질한 콧수염에, 착 달라붙게 빗은 머리에는 포마드가 발라져 있었다. 화려한 체크 무늬 셔츠는 이 멋쟁이가 산에서 입기 위해 백화점에서 샀을 것이다. 그가 자기를 화나게 만든 원인을 모조리 털어놓으면서 마거트의 육체미에 징그러운 시선을 보내고 있는 동안, 여자 쪽은 그림자 속에서 흐릿하게 서 있었다. 그 남자의 뻔뻔스러운 눈길은 마치 마거트의 가운 속이 들여다보이기라도 하는 듯, 마음속으로 입맛을 다시고 있는 것 같았다. 마거트는 본능적으로 이 남자의 입에서는 나오지 않은 도전적인 겉치레 인사에 답하여 살며시 미소지었다.

"조지가——이 호텔 지배인 말예요——이번 주말에 예약이 몇 건 있었다고 했어요. 하지만 전보로 거절했을 텐데요. 전보를 받지 못하셨나요?"

"아무것도 못 받았는데요." 남자가 대답했다. "하긴, 우리는 금주 내내 여행을 했으니까요. 일요일에 집을 나왔거든요. 아마 그래서 전보를 받지 못했을 겁니다. 어떻든간에 당신 쪽에서는 귀찮게 되었군요."

"부인께선 귀찮으시겠지만 친절을 베푸셔서 묵게 해주시지요." 셸던이 마거트 쪽으로 돌아섰다. "밀러 씨 말을 들어보니 여기는 버스가 하루에 한 차례밖에 지나가지 않아서 두 분 모두 내일 밤까지는 꼼짝못할 것 같다는군요."

"내일 밤이라고? 당치도 않소!" 밀러가 소리를 질러댔다. "우리는 2주 간 휴가를 얻어 여기서 보내기로 한 거요. 요 몇 년 동안은 애리조나 관광 목장에 갔었는데, 작년에 이곳에 와본 사람들이 괜찮다고 하며 가보라고 하더군요. 그런데 이건 완전히 정말 끔찍하게 됐군요. 하지만 이제 와서 다른 계획을 세울 시간도 없으니 지배인이 돌아올 때까지 여기서 지내겠습니다. 쳇, 그 양반에게 욕이나 잔뜩 해줘야겠군!"

"예상하신 대로 묵으실 수 없게 되어 죄송합니다." 마거트는 달콤한 목소리로 말했다. 두 남자가 나타나서 으르렁거리는 모습을 볼 수 있겠다고 생각하자 가슴이 설레어서 마거트는 한 순간 자신이 처한 입장도 잊어버릴 정도였다. 그녀는 지금 말투나 눈길로 밀러에게 깊은 관심을 갖고 있는 듯한 태도를 보이면서, 동시에 셸던의 반응을 보려고 했다. "그럼, 될 수 있는 대로 즐겁게 지내시기를 바래요. 마침 하녀가 커피와 샌드위치를 갖고 와서 셸던 씨 방에 갖다드리려던 참에 벨이 울렸답니다. 자, 함께 드시지요."

그녀는 문을 활짝 열고 방으로 들어갔다.

"토미, 배고픈 분들이 또 두 분 늘었어요. 그러니까 커피를 끓이고 샌드위치도 더 만들어 갖고 와요. 모두 추운 곳을 몇 시간이나 헤매고 다니셨으니까 인색하게 굴지 말고 많이 만들어 와요."

"네, 마거트 양."

그 목소리가 신경질적으로 날카로웠고, 바닥에 눈을 깔고서 복도에 있는 사람들 앞을 느릿느릿하게 빠져나가 계단을 내려가는 그녀의 태도에는 완전히 겁에 질린 기색이 보였으므로 마거트는 퍼뜩 정신이 들었다.

"불쌍하게도 저 톰린슨 아주머니는 천둥소리에 떨고 있답니다." 그녀는 관대한 미소를 보이며 털어놓듯이 얘기했다. "저런 천둥소리가 들리면 몇 시간이고 계속 떤답니다. 이 산속에 온 뒤에 벌써 몇십 번이나 천둥소리를 듣고서도 아직도 익숙해지지 않은 모양이에요."

이렇게 해서 잘 얼버무렸다고 그녀는 마음속으로 생각하며 득의에 찬 미소를 지었다. 이젠 토미가 어떤 얼간이 짓을 해도 이 사람들은 폭풍 탓이라고 생각하겠지.

"어머나, 깜박했군요. 실례했습니다." 그녀는 손님들 일을 잊고 있었다는 데에 갑자기 정신이 들어 당황했다는 듯이 눈썹을 치켜올렸다. "자, 밀러 부인, 들어와서 앉으세요. 가방은 선생님이 방으로 옮겨주시지요. 전부 들 수 없으면 셸던 씨가 도와주시고요."

"전 밀러 부인이 아닙니다." 여자가 비로소 입을 열었다. 밀러라는 이름을 꺼낼 때 어딘지 혐오스러워하는 기색이 어려 있었다.

"어머, 그래요?" 여기서 그녀는 또 눈을 동그랗게 떴다. 이번에는 정말로 놀란 것이었다. 이 여자를 밀러 부인이라고 처음부터 믿고 있었기 때문이다. 그렇지 않으면 그 남자가 그렇게 그녀를 무시해 버렸을 리가 없기 때문이다. 마거트는 재빨리 셸던의 얼굴로 눈을 돌렸다. 그녀의 입가는 이런 값싼 계획은 다 알고 있다는 듯이 이 두 사람의 관계를 대범하지만 유치하게 생각하는 듯한 보일까 말까 한 미소로 비뚤어져 있었다. 새로 온 남자는 징그럽고 꽤나 바람기가 있는 남자였다. 미소는 그렇게 말하고 있었지만, 공격의 화살은 주로 여자 쪽을 향하고 있는 것이었다. 그러나 이 무언극도 셸던이 그녀 쪽에는 눈도 주지 않고 나중에 온 그 아가씨 쪽을 보고 있었으므로 아무런 도움도 되지 않았다.

"또 예의를 잊어버리고 말았군요." 셸던은 그다지 마음에도 없는 사과를 했다.

"언제라도 해야 할 테니 지금 하십시다. 이분을 소개해야겠소. 웨더비 부인, 이쪽은 미스——퀸, 미스 수잔 퀸입니다."

"잘 부탁합니다." 아가씨는 조용하게 말했다. "폐를 끼쳐서 죄송합니다만, 달리 어떻게 할 수가 없어서요."

"아니에요. 괜찮습니다." 마거트도 억지로 웃으며 대답했다. "들어오세요, 퀸 양. 코트를 벗으시죠. 밀러 씨가 가방을 방에다 옮겨주시겠어요? 그렇지 않으면——" 그녀는 여기서 의미 있는 한숨을 쉬었다. "저, 방 예약은, 방 두 개를 잡으셨나요?"

"우리들은 함께 온 게 아니에요." 아가씨의 얼굴은 애처로울 정도로 새빨개졌다. 밀러가 껄껄 웃자, 셸던이 괴로운 얼굴을 하며 그들을 보았다.

"그냥 친해지기만 했을 뿐이오." 밀러는 득의만만하게 웃었다. "어제 오후 버스를 탈 때까지는 수지에게는 신경을 쓰지 않았지요. 하지만 호텔 방을 좀처럼 잡을 수 없다는 것을 알고 있었기 때문에 언제라도 내 말에 따라줄 거라고 생각했었죠."

그는 마거트를 향해서 화려하게 윙크를 하고는 또 껄껄 웃어댔다.

"이 호텔엔 방은 많이 있습니다." 셸던이 시원스럽게 말했다. "퀸 양은 부인 맞은편 방을 쓰는 게 좋지 않을까요? 밀러 씨는 내 방 맞은편 방을 쓰시고요. 어떻게 생각하십니까, 부인?"

"좋아요." 이 아무런 특징도 없는 아가씨가 자는 곳이 계속 문제가 되자 마거트는 약간 신경질이 났다. "그럼, 들어오세요, 퀸 양. 남자분들이 짐은 정리해 주실 거예요. 그게 끝나면 모두 커피를 드시지요."

방에 들어가자마자 그 아가씨가 코트를 가지런하게 의자 등받이에 걸쳐놓고는 베레모를 그 위에 걸고서, 거울을 들여다보지도 않고 손가락으로 재빨리 머리카락을 빗질하는 모습을 마거트는 살피듯이 눈을 가늘게 뜨고 가만히 바라보고 있었다.

"당신도 예약은 되었겠죠?" 마거트는 그다지 묻고 싶지는 않았지만 달리 할말도 없었기에 태평스럽게 물어보았다.

"네, 하지만 어떻게 되었는지 모르겠네요. 사무실 친구 한 사람이 전에 여기에 온 적이 있었는데, 그 사람도 그렇고 나도 그렇고 금년에 휴가계획을 잡는 것이 늦어져서 그 사람이 이곳으로 가자고 하더군요. 그런데 그 사람이 지난 주 친구들에게 이끌려서 함께 다른 곳으로 가버렸기 때문에 나 혼자서 오기로 한 거예요. 하지만 연락을 모두 그 사람이 해주었으므로 아마 거절하는 전보도 그 친구 아파트로 갔을 거예요. 그 사람이 돌아오면 전보가 왔다는 것을 알게 되겠죠."

그녀는 학교에서 발표해 보라고 시킨 학생 같은 표정을 지었다. '이 사람은 아마 계단에서도 같은 말을 대충 하면서 올라왔겠지.' 하고 마거트는 생각했다. '이 얼마나 재미 없는 처녀인가? 이런 아가씨가 밀러와 친구라고 생각했다니 나도 어떻게 됐군. 그 남자라면 좀더 화려한 여자를 골랐을 거야.'

남자들이 돌아오자 힘을 내고서 마거트는 수잔에게 자리에 앉으라고 손으로 가리키고는, 자신은 침대와 테이블 사이에 놓아둔 의자로 흐느적흐느적거리며 걸어갔다.

"여러분, 앉으시지요." 그녀는 쾌활하게 말했다. "여기에 있는 것만이라도 우선 드시지요. 곧 톰린슨 아주머니가 음식을 더 가져올 테니까요."

"그런데──" 밀러가 싱글싱글 웃으며 말했다. "커피가 좋은 사람에게는 좋겠지만, 추운 밤에는 좀더 강한 게 좋지 않겠소?"

그는 오른손을 등뒤로 돌리고 있다가, 그 손을 화려하게 앞으로 내밀면서 술병을 높이 들어올렸다.

"이 녀석을 한 모금 마시면 추위는 쫓아버릴 수 있죠."

그는 말을 계속했다. "버본 위스키, 6년 된 거요. 이 이상 좋은 게 있습니까, 부인? 게다가 맞은편에는 잠잘 곳이 마련되어 있고. 이 찰리가 2주일 간이나 여행하면서 이런 것 한 박스 정도는 준비하지 않을 리가 없지. 그러니까, 여러분, 사양할 것 없소."

"밀러 씨, 지금은 커피만 마시는 게 좋을 것 같습니다만." 셀던이 날카롭게 말했다. "그것도 가능한 한 조용하게 빨리 말입니다. 주인이 지금 옆방에서 쉬고 계시는데 상태가 나쁘다고 합니다. 그러니까 방해해서는 안되겠죠."

"그래요? 그거 유감이군." 밀러는 멋쩍은 듯이 병을 내려놓았다.

마거트는 자신이 쾌활하게 들떠서 떠들어댄 것을 후회하며, 남편이 죽은 미망인이 아닌, 환자 남편을 돌보는 여자답게 거기에 어울리는 얌전하고 정숙한 태도를 취하려고 애썼다. 토미가 들어와서 커피를 따르기도 하고 샌드위치 접시를 돌리기도 하느라 이야기가 잠시 중단된 것을 그녀는 다행으로 생각했다.

"나 혼자서 조금 마시는 정도라면 상관없겠죠?" 밀러는 충고를 받아서 조금 멋적은 듯이 중얼거렸다. "감기에 걸린 것 같아서 말이죠. 그 버스에 탔었던 것이 좋지 않았나 봅니다. 조심하는 것보다 더 좋은 일은 없잖소? 수지 큐, 당신은 어떻소? 짜릿하게 기운나는 술 필요없겠소?"

"괜찮아요." 수지는 새초롬하게 커피를 홀짝홀짝 마시며 거절했다.

"이 아가씨를 수지 큐라고 부르지요." 밀러는 자신의 서

툰 익살에 만족스러운 듯이 신명을 내서 설명했다. "춤곡에 그런 제목이 있지요. 이 아가씨에게 어울리는 이름 아닙니까? 성은 퀸이고 이름은 수지이니까요. 아시겠소?"

"언제나 그렇게들 말하더군요." 수지는 가시 돋친 친절로 대답했다. "그래서 난 친구를 고르는 데에도 그것으로 구별하죠. 나를 수지 큐라고 부르는 사람도 있지만, 그렇지 않은 사람도 있거든요."

밀러는 자신의 서툰 익살이 제대로 맞아들어가자 기뻐하며 싱글벙글하고 있었으나, 마거트는 이 아가씨는 겉으로는 판단할 수 없는 심지가 있다고 생각했다. 수잔의 이 대답이 다소 셸던의 관심을 끌고 있다는 것에 대해 그녀는 화를 내면서 바라보고 있었다.

"나는 퀸 양이라고 불렀는데요." 셸던은 부자연스럽게 점잔빼면서 말했다. "하지만, 내일 아침이 되어 좀더 친해지면 수잔이라고 부를 겁니다. 그렇게 하면 친구가 될 수 있겠습니까?"

그녀는 그에게 흘끗 눈길을 주었는데, 눈과 입가에는 미소와 같은 주름이 졌다. 그러나 대답을 하기 전에 얼굴을 조금 붉히고는 눈을 내리깔고서, "예." 하고 말했다. 그 대답은 거의 들리지 않을 정도였다.

'멍청이같이……' 하고 마거트는 바보취급하듯이 생각했다. '이 아가씨는 남자 다루는 법을 전혀 모르는군. 아무것도 아닌 말을 남자가 물었는데도 여학생처럼 쩔쩔매다니. 이 남자를 차지할 수 있을 거라고 생각하는 것일까?'

"그러나 당신은 내일 아침까지 기다리지 않아도 됩니다."

셀던이 수잔에게 너그럽게 말했다. "나한테는 지금 당장이라도 좋으니 제발 마이크라고 불러 주십시오."

"나는 모두 찰리라고 부르고 있죠." 밀러도 친근감 있게 말을 꺼냈다. "당신은 어떻습니까, W 부인? 당신도 역시 정확한 이름을 갖고 있겠죠? 우리 모두 서먹서먹한 행동은 버리고 친하게 지내도록 하죠."

"여러분, 주무시는 게 좋지 않겠어요?" 마거트가 불쑥 밝은 표정으로 말했다. 그녀는 하찮은 잡담 시간이 되겠다고 생각하자 진절머리가 나기 시작했다. 갑자기 이 손님들에게서 성(性)의 구별이 없는 곳으로 도망가고 싶었다. "이제 밤도 깊었고, 또 얘기 소리에 주인이 잠을 깰지도 몰라서요."

모두는 곧 이렇게 묵을 수 있게 받아들여 주어서 고맙다는 인사와, 그녀를 깨워놓아서 미안하다는 말을 했다. 수잔이 코트와 베레모를 집어들고, 밀러가 술병을 거머쥐고서 모두는 물러갔다. 마이크 셀던이 마지막에 나가면서 출입구에 잠깐 멈춰서서 잘 자라고 말할 때에야 마거트는 갑자기 바로 손이 닿는 곳에 있는 권총 생각이 났다. 그에게 남아달라고 부탁할까 하는 생각이 머리를 스쳤다. 아직 졸립지 않다면 얘기 좀 나눌 수 있지 않겠느냐고 유혹하는 것은 문제없을 테니, 그 뒤에 처음의 계획대로 해치우는 것이다. 그러나 그녀는 그 생각은 떠오르자 마자 떨쳐버렸다. '저 사람들이 집에 있는 한 그 계획은 제대로 되질 않아. 미리 무대를 준비해 놓을 수도 없고, 나중에 효과를 살리기 위한 세부공정을 할 틈도 없어. 게다가 처음 보는 새로 온

두 사람에게는 그녀의 얘기가 결점투성이라는 것이 금방 눈치채이게 된다. 이 남자를 처치하는 방법은 내일 생각나겠지.' 그녀는 자신을 달랬다. '아무런 위험도 없는 방법 말이야.'

"안녕히 주무세요, 셸던 씨." 그녀는 명랑하게 말했다. "푹 쉬세요."

혼자 남게 되자 그녀는 베개 밑에서 권총을 꺼내어 얼른 원래 숨겨놓았던 장소에 갖다두었다. 이 몇 시간의 육체적 정신적 고생으로 그녀는 완전히 녹초가 된 것 같았다. 그렇지만 정작 침대로 들어가도 잠은 오지 않는 것이었다. 그녀의 마음은 달리는 차바퀴처럼 몇 번이나 남편 방의 그 마지막 광경으로 되돌아가, 거기서 쳇바퀴를 도는 것이었다. 남편 말이 귓가에서 되풀이되어 울려퍼지고, 남편 얼굴이 눈앞에 떠올랐다. '어딘가에서 바보짓을 한 건 아닐까?' 그녀는 생각을 계속했다. '아직 불충분한 게 남은 것은 아닐까? 내 계획이 내가 생각한 것만큼 완전한 것일까? 의사가 역할을 잘 연기해 주지 않는다면? 만일 셸던이라고 하는 로드스 탐정이 경찰에게 얘기를 했다면? 아냐, 나는 괜찮아. 그런데, 어째서 이렇게 자신감을 갖고 있는 거지?'

침대 속에서 잠이 오지 않아 몸을 뒤척이고만 있었다. 처음에는 오른쪽을 밑으로 하고 누웠다가 잠시 뒤에는 왼쪽을 밑으로 하고는——마음을 편안하게 하고서 잠에 떨어지려고 그녀는 필사적이었다. '이런 일은 빨리 일단락지어야 해.'——그녀는 자신에게 화를 내고 있었다. 좀 자두어야 해. 이렇게 하다가는 내일 아침엔 맥도 못추고 말아. 게다가 아직도 할 일이 많이 있어. 나의 모든 힘이 필요하게 된단 말이야. 그녀는 위쪽을 향해 누워서 눈을 꼭 감고는 몸을 움직이고 싶은 충동을 완강히 꾹 누르며 가만히 있었다. 그리고는 속삭이듯이 천천히 숫자를 세기 시작했다. 입으로 나오는 숫자에 온 신경을 집중했다. 300까지 세었지만 점점 머리가 맑아질 뿐이어서 그녀는 이 방법을 그만두었다. 자포자기가 되어 그녀는 침대에서 나와 남편 방으로도 연결되어 있는 욕실로 들어갔다. 불을 켜는 것도 두려워서 손으로 더듬어 약찬장을 뒤지니 남편의 수면제가 들어 있는 작은 상자에 손끝이 닿았다. 그 약을 한 알 집고서 잔을 들고는 수도꼭지에 손을 대고 조금 망설였다. 그만두는 게 좋겠다고 생각했다. 이 집의 연관(鉛管)은 오래 되어서 물을 틀면 요란한 소리를 낸다. 누군가가 잠을 깨면 재미없다. 내가 한밤중에 살금살금 걸어다닌다면 이상하게 생각할 것이다. 알약을 그대로 혀 위에 올려놓고서 목이 막힐 것만 같은 느낌으로 억지로 삼켰다. 잠시 뒤 추위와 불안에 떨면서 그녀는 급히 침대로 돌아왔다.

잠시 동안 그녀는 그 알약이 조금도 효과가 없다고 생각하고 있었다. 잠시 뒤, 차츰 졸음이 오는 것을 느꼈다. 손발이 무거워지고 눈꺼풀이 눈을 덮어왔다. 잠이 몰려와 그녀는 베개에 얼굴을 파묻고 잠시 동안은 그대로, 잔다고도 깨어 있다고도 할 수 없는 상태에서 헤매고 있었다. 눈을 뜨고서 무엇인가를 해야만 하는 절박한 필요성이 있는 듯한 느낌이 들었다. 하지만 손발이 납처럼 무겁고, 머리를 들수도 없었다. 필사적으로 졸음과 싸워, 잠을 쫓아내려 했다.

숨이 막힐 것만 같았고, 베개가 얼굴을 덮고 있는 듯한 느낌이 들었다. 누군가가 베개를 얼굴에다 꽉 누르고 있는 것만 같았다. 지금 삼킨 알약의 맛도 멋도 없는 맛이 입안에 퍼지고, 머리에 떠오른 의미도 없는 여러 이야기 중에서 '독약'이라는 말이 두서도 없이 머리에서 떠나지 않았다. 어렴풋이 독약을 먹었을지도 모른다고 생각했으나, 그럴 리가 없다는 것은 어렴풋한 머리로도 알 수 있었다. 그러면서도 그녀는 그 단어에서 벗어날 수가 없었다. 그 단어의 의미만 알 수 있으면, 그 단어가 왜 중요한지 확실히 알 수 있을 텐데. 잠을 깨라고 그녀는 자기 자신에게 외치고 있었다. '지금 잘 수는 없다. 생각하는 것이다. 하지만 무엇을 생각해야 하는 거지?' 그녀로서는 생각해 낼 수도 없었고, 또 일어난다는 것이 너무도 괴로운 일이었다.

제4장

잠을 깨자 톰린슨 아주머니의 손이 어깨에 닿아 있고, 얼굴은 귓가에 닿아 있었다. "일어나세요, 마거트 양." 그녀는 집요하게 반복하고 있었다. "제발 눈을 떠요."

마거트는 머리가 맑아지도록 머리를 흔들었다. 아침 햇빛이 비치고 있었다. 톰린슨 아주머니가 기를 쓰고 있는 데에 정신이 들었다. 잠시 뒤 전날 밤 일들이 어수선한 기억으로 되살아났다.

"어떻게 됐어요, 토미?" 목소리를 죽이기가 힘들었다. 그녀는 날카롭게 물었다. "무슨 재미없는 일이라도?"

"아니에요. 아직 아무 일도 일어나지 않았어요." 그녀는 어조는 낮았지만 불안했다. "8시에 여느 때처럼 주인님에게 아침을 갖다 드리라고 했잖아요. 벌써 8시가 되어 쟁반에 준비는 해놓았지만, 나는 가져갈 수 없어요. 아무래도 가져갈 수가 없어요."

"토미, 바보같이!" 마거트는 발끈해서 말했다. "오늘 아침에도 여느 때와 똑같이 하는 것이 얼마나 중요한지 알고 있을 것 아녜요? 쟁반을 그 방으로 나르는 거야 간단한 일이잖아요. 조금도 괴롭게 생각할 것 없어요. 그리고 나서는 내가 있는 곳으로 주인님의 상태가 이상하다고 말하러 오기만 하면 그 뒤는 내가 알아서 할 거예요."

"할 수 없어요." 토미는 반 울상을 지으며 대답했다. "저 방으로 가서 아무렇지도 않은 태도를 취할 수는 없어요. 그 분이 그렇게 되지만 않았다면 모르지만."

"좋아요. 그렇게 시끄럽게 떠들어대지 말아요. 내가 하겠어요. 저런 쓸데없는 손님이 오는 바람에 당신이 바빴다고 하면 변명이 되겠지. 그게 여느 때와 순서가 틀린 이유가 될 거예요."

그렇게 말하면서 그녀는 침대에서 나와 슬리퍼를 신고, 잠옷 위에 사치스러운 남자에게 주문해서 만든 울 실내복을 걸쳤다. 토미와 함께 부엌으로 내려가서 곧 가벼운 아침 식사가 든 쟁반을 가지고 올라왔다. 그녀가 남편 방에 도착하자 밀러가 완전히 옷을 갈아입고 방에서 나왔다. 그가 입고 있는 셔츠는 어젯밤의 것보다 더 화려한 체크 무늬였다.

"오, W 부인, 이 집에 나 외에도 일찍 일어나는 새가 있다니 기쁜 일이군요." 그는 가볍게 인사를 하면서 말했다. "그게 뭡니까? 미끼 벌레의 쟁반입니까? 제가 도와 드릴까요?"

그는 쟁반 손잡이를 잡고 있는 그녀의 손에 손을 대고서 테스트하듯이 조금 힘을 가하면서, 그녀의 반응이 어떻게 나오는지 살펴보았다. 그녀는 아무렇지도 않은 듯한 태도를 취하려고 했다. '자만심이 많은 한량이군.' 그녀는 시큰둥한 마음으로 생각했다. 기회를 잘 포착하는 육감이 없으면 안돼. 게다가 이 남자는 나중에 이용할 필요가 생길지도 몰라. 그래서 그녀는 붙잡힌 손을 빼면서도 달콤하게 타이르는 듯한 눈길을 던졌다.

"죄송합니다, 밀러 씨."

"찰리라고 불러주십시오."

"찰리!" 그녀도 은밀한 듯이 꾸민 미소를 보이며 말했다. "이것은 남편 아침 식사예요. 무겁지 않아요. 하지만 문을 열어주시면 감사하겠습니다만."

그는 그녀의 미소에 보답하듯이 이를 완전히 드러내면서 미소를 짓고는 뒤돌아 문을 열고서 과장되게 머리를 숙여 그녀를 들여보냈다.

"감사합니다." 마거트가 중얼거렸다.

그리고 나서 그녀는 밀러가 있는 것도 잊고서, 정말 닥쳐올 연극을 하는 데에 골몰하고 있었다. 예정대로라면 지금이 좋다. 그녀는 엄하게 자신에게 타일렀다. 보통때처럼 이것을 안으로 갖고 가야만 한다. 방안을 걸어가면서 그녀의 뇌는 세세하게 지시를 내리고 있었다. '어색하지 않도록 느긋하게 걷는 거야.' 침대로 아무렇지도 않게 눈을 돌렸다. '이 사람이 조용하게 자고 있다고 느낄 정도로 쟁반을 살짝 나이트 테이블 위에 내려놓고서 남편을 일으키려 하는 것처럼 뒤를 돌아보는 거야. 안색이 조금 이상하다. 자는 모습도 이상하다. 깜짝 놀란 듯이 바싹 긴장한다. 남편 위에 구부리고서 뺨에 손을 대본다. 퍼뜩 숨을 들이마시고, 모든 감정을 억누르듯이 꼼짝도 하지 않고 그 자리에 못박힌다. 여기가 고비야. 잘해야지.'

그녀는 문 쪽으로 뒤돌아보았다. 문이 아직 열려진 채였고, 밀러가 복도에 있었으므로 잘됐다고 생각했다.

"남편의 상태가 이상한 것 같아요." 그 목소리는 그녀 자

신도 과연 얼빠진 목소리라고 생각할 수 있을 만한 목소리
였다. 무서운 충격에 의지 하나 만으로 버티고 있다는 인상
을 주는 것이었다. 지금 출입구에 있는 사람이 셸던 탐정이
라면 좋았을 거라는 생각이 언뜻 그녀의 머리를 스쳤다.
'이 연극을 보면 그 남자 역시 자신의 의혹이 믿음직스럽지
않다고 생각되겠지. 모처럼의 볼 만한 장면을 밀러 같은 하
찮은 남자에게 쓸데없이 연기하다니 유감스러운 일이야.'
그렇다고는 해도 누군가가 보고 있다는 것만으로도 고마웠
다.

"뭐라도 도울 일은?" 밀러는 진지하게 옆으로 다가와서
는 갑자기 멈추어서서 침대에 누워 있는 남자를 눈여겨보
았다. "부인, 당신은 앉는 게 좋겠습니다. 어쩌면 이거——
주인이 돌아가신 것 같습니다. 자, 정신을 차려야만 합니다.
당신에게는 무서운 충격이겠지만 용기를 내고 정신을 차려
야 합니다. 사람은 언젠가는 죽는데 편안히 돌아가셨으니
얼마나 다행한 일입니까."

그녀는 의자 등받이에 손을 걸치고서 몸을 지탱하며, 용
기 있는 귀여운 여자라도 되는 양 힘없는 미소를 떠올렸다.
밀러는 그 어깨를 아버지라도 되는 체하며 가볍게 두드리
고 격려했다.

"자, 이 찰리의 어깨에 기대어 울어도 돼요. 울면 기분도
맑아질 거예요."

그녀의 미소에는 용기 외에 감사하다는 빛도 깃들어 있
었다. '나는 눈물형의 여자는 아니지. 너무 지나치지 않는
게 좋아.'

"친절한 분이시군요." 그녀는 조용하게 말했다. "이젠 괜찮아요. 의사를 부르는 게 좋겠어요. 전화를 걸 동안 여기 이 사람 곁에 있어 주시겠어요?"

"좋습니다." 그는 감탄한 듯한 눈길로 마거트를 보더니 또 어깨를 두드렸다.

생각대로 비탄과 놀라움의 표정을 만들고서 마거트는 복도로 나와 뒷계단에서 부엌으로 내려갔다. 토미는 멍하니 창 밖을 바라보고 있었다. 등뒤의 마거트의 발소리에 흠칫 어깨를 움츠리고 당황해 하며 뒤돌아보았다.

"왜 아침식사 준비를 하지 않는 거죠?" 마거트가 목소리를 죽이며 몹시 거칠게 말했다. "지금까지는 여느 때와 똑같이 행동해야 하잖아요? 말조심해요. 누군가가 듣고 있을지도 모르니까요."

이렇게 말하고 그녀는 또 비탄에 잠긴 표정이 되었다.

"토미." 조금 띄엄띄엄 커다란 목소리로 마거트는 말을 하기 시작했다. "저, 토미, 필이 어떻게 됐나 봐요."

"어머나, 부인." 토미가 양팔로 그녀를 안고서 두터운 가슴으로 마거트의 머리를 받았다. "그렇게 흥분하지 말고 얘기해 봐요. 어떻게 된 거예요?"

'정작 이렇게 되니까 토미도 잘하는데.' 하고 마거트는 매우 기뻐했다. '이 사람도 애초에는 배우였어.'

"아침을 갖고 갔더니 꼼짝않고 자는 모습 그대로였어요." 마거트는 이야기했다. "꼼짝도 않고 말이에요. 손을 대봤더니——굉장히 차가운 거예요. 아, 토미. 그 사람은 정말로 죽었어요! 난 어떻게 하면 좋아요?"

"가엾게도!" 토미는 그녀의 머리를 조용하게 쓰다듬어 주었다. "가엾은 부인. 아직 젊은 몸인데."

두 사람은 잠시 그렇게 하고 있었다. 슬픔에 잠긴 과부와, 충실한 늙은 하녀가 만든 아름다운 한 폭의 그림. 이제 이 정도로 됐다고 생각하고 마거트는 몸을 일으켰다.

"토미, 이렇게만 하고 있을 수는 없어요." 그녀는 전보다 확고하게 말했다. "내가 이렇게 맥을 못 추면 필은 기뻐하지 않을 거예요. 의사를 불러야만 해요. 할 일이 많이 생겼어요."

그녀가 스윙도어에서 식당으로 나가니 마이크 셸던이 커다란 난로에다 장작을 집어넣고 있었다. 이곳에 오길 잘했다고 그녀는 생각했다. 여기에 있어 주었으니 고마웠다. 토미와 내가 한 연극은 반드시 갸륵한 것으로 들려왔을 것이다. 그녀가 들어가자 셸던은 무릎의 먼지를 털면서 일어섰다.

"톰린슨 아주머니와 이야기하는 것을 언뜻 들었습니다." 그의 어조에는 동정이 깃들어 있었다. "주인의 일은 정말 안됐습니다. 제가 할 수 있는 일이 있으면——"

"감사합니다." 그녀는 잠시 남자의 손을 잡고서 슬픔에 가득찬 미소를 보여주었다. "그렇게 말씀해 주시니 정말 도움이 되는군요. 너무나 갑작스러운 일이라서요."

그녀는 입술이 떨리는 것을 억제하듯이 손수건으로 누르고는, 또 슬픈 미소를 떠올렸다. '이 사람도 온순한 얼굴을 하고 있잖아.' 하고 그녀는 생각했다. '내 말을 곧이듣고 있는지도 몰라. 토미와의 대화로 이 남자를 속였는지도 모른다. 그렇지 않으면 상대편도 뛰어난 배우일지도 모르니까 그런 태평한 생각은 금물이야.' 라고 생각했다. 한 번 심어진 의혹은 그렇게 간단하게 사라지는 것이 아니다. 의사를 부르는 것은 이 사람에게 부탁하는 게 좋을지도 모른다. 그렇게 하면 필의 갑작스런 죽음이 그렇게 뜻밖은 아니라는 것을 다른 사람에게서 듣게 되는 이점도 있을 테니까 말이다. 랜더스 의사가 유리한 대답을 해줄 것이라는 사실을 알고 있었다.

"그럼, 의사에게 전화를 걸어주시겠습니까?" 그녀는 부탁해 보았다. "아무래도 전 아직 얘기를 할 수 없을 것 같아서요."

"당연하시겠죠." 그는 재빠르게 맞장구를 쳤다.

마거트는 의사의 전화번호를 말해 주고는 함께 로비로 가서 수화기를 가리켰다. 수잔 퀸이 계단에서 내려오는 참이었다.

"부인이, 지금 대단한 충격을 받았답니다." 셸던이 그녀에게 말했다. "들었어요." 그녀는 진지하게 말했다. "밀러 씨가 얘기해 주었어요. 정말 얼마나 슬프시겠어요. 잘 알아요."

"수잔, 나는 지금 의사에게 전화를 해야 하는데 당신이 부인을 방까지 모셔다 드리지 않겠소? 조금 누워 계시는 편이 좋을 것 같아요."

마거트는 이 아가씨에게 기대듯이 계단을 올라갔다. 적어도 이 아가씨에겐 말하지 않고도 끝났다고 그녀는 생각했다. 거기서 두 사람은 셸던이 올 때까지 잠자코 앉아 있었다.

"랜더스 의사가 곧 온답니다." 셀던이 보고했다. "심장마비일 거라고 하더군요."

"그럴 거라고는 생각했어요." 마거트는 중얼거렸다. "필은 오래 전부터 심장이 나빴거든요. 좀더 끈질기게 그이에게 의사에게 진찰받으라고 하지 않은 것이 후회스럽기 그지없군요. 하지만 그 사람을 놀라게 하고 싶진 않았어요."

"의사가 장의사에 연락해서 필요한 준비는 갖춰놓겠다고 하는군요. 될 수 있는 대로 부인의 짐이 가벼워지도록 해주시겠답니다." 셀던이 자상하게 말했다. "당신에게도 아침식사를 들게 해서 힘을 잃지 않게 하시라는군요. 요전에 당신을 만났을 때도 당신은 그다지 건강한 것 같지 않았고, 당신이 주인에 대해 얼마나 염려했는지도 알고 있다고 했습니다."

'과연 랜더스 의사로군.' 하고 마거트는 득의에 찬 미소를 지었다. 그 사람이 내게 유리한 만반의 준비를 해주는 것은 계산된 사실이었다. 이 탐정에게 손을 떼게 할 것이다.

"아무것도 먹지 않겠어요." 마거트는 기운없이 대답했다. "지금은 아무것도——"

"그럼, 톰린슨 아주머니에게 커피라도 갖고 오도록 하지요." 그는 달래듯이 말했다. "당신이 힘을 잃어버리면 곤란하거든요."

"알았어요." 그녀도 받아들였다. "그럼, 토미를 이리로 보내주시겠어요? 의사가 왔을 때 만나볼 수 있도록 그 아주머니에게 옷 갈아입는 걸 도와달라고 하고 싶어요."

그리고 나서 진행된 일은 만사 계획한 대로였다. 랜더스 의사가 와서 잠시 진찰하더니 전화로 듣고 예상한 대로 심장마비가 틀림없다고 했다. 그리고 나서 의사는 마거트에게 꼭 붙어서, 장의사 남자들이 시체를 정리하러 오는 것을 기다렸다.

"선생님, 지난주에 오셨더라면 생명을 구할 수 있을지도 모르잖겠어요?" 마거트는 슬픈 듯이 말했다.

"자, 아무것도 당신을 괴롭히지 못할 겁니다." 의사는 그녀를 위로했다. "당신이 주인을 위해 최선을 다한 것은 나도 잘 알고 있고, 또 진찰을 받았다 해도 고칠 수 없었을 겁니다. 이렇게 병이 악화되면 현대의학으로도 어쩔 수 없지요.."

"그렇다면야 할 수 없지만요, 선생님. 그이가 이렇게 된 것이 어쩐지 내 실수였다고는 생각하고 싶지 않군요." 손수건 가장자리로 눈을 누른다. 셸턴이나 밀러, 퀸 등이 동정하며 물끄러미 바라보고 있는 것을 의식하고 있는 것이었다. "그이는 오래 앓아서 어떤 의사 선생님도 가망이 없다고 했지만, 나는 희망을 버리지 않았었답니다."

"당신은 모든 방법을 다 썼어요. 그리고 지금 매우 꿋꿋하게 인내하고 계시는 겁니다." 임종 뒤의 소동에 익숙해져 있는 의사도 이 젊은 미망인이 고뇌를 억누르는 듯한 모습에는 조금 감동이 되었다. 그렇게 정숙하고, 아름다우며, 게다가 고독한 여인이니 말이다.

"기운이 있으시다면 이제부터 함께 마을까지 갑시다. 장례 문제로 당신이 결정해야 할 일이 두세 가지 있거든요.

얼른 처리해 두는 것이 좋습니다. 게다가 나도 조금은 도움이 될지도 모르니까요."

"친절하시군요, 감사합니다." 마거트는 대답했다. "그래요. 전부 정리해 놓는 게 좋겠군요."

토미가 코트를 가져오자 셸던이 그것을 걸쳐 주었다. 홀 끗 거울을 들여다보고 그녀는 만족했다. 화장도 잘 해두었다. 붉은기가 없는 백분에 루즈도 바르지 않았다. 아이섀도를 한 가지만 칠하고, 입술도 극히 조심스럽게 매만졌다. '난 가끔 검은 옷을 입어 봤으면 하고 생각했었지. 이 드레스는 디자인이 훌륭해.' 그녀는 밍크 코트의 옷깃을 여미고 외출준비를 했다.

차 안에서 의사는 그녀의 기운을 북돋워 주려고 날씨에 관한 얘기나 마을에서 생긴 일 등 자질구레한 얘기들을 계속 해대며 최대한 노력을 하고 있었다. 그녀는 예의를 잃지 않을 정도로 응답은 했지만, 마음이 거기에 없다는 태도를 취하고 있었다. 의사는 그녀가 무관심하다는 것을 깨달았지만, 그녀에게 잠자코 깊은 상처를 생각하게 놔두는 것보다는 계속 얘기하는 것이 낫다고 생각했다. 사실, 그녀는 화장하는 게 좋지 않을까 생각하고 있는 중이었다. 그렇게 하면 해부될 염려는 영원히 없어질 것이다. 그렇게 되면 그녀는 이 살인을 저지른 것을 완전히 잊어버릴 수 있는 것이다. 그러나 그런 짓을 했다간 소문의 씨가 될지도 모른다.

'이 주변에서는 화장(火葬)은 드물거든.' 하고 그녀는 마음 속으로 중얼거렸다. 그렇게 되면 시체를 덴버로 보내야 하고, 매장도 늦어진다. 게다가 셸던이라는 로드스 탐정이 옆에서 간섭할 것이다. '아니, 나도 토미처럼 겁을 집어먹고 있잖아.' 그녀는 이 생각을 떨쳐 버렸다. '어째서 난 화장을 하려고 생각한 걸까?' 로드스가 의심하고 있는 것은 독살이 아닌가 하는 것이다. 해부해 보면 그 의혹이 틀렸다는 것이 확실해진다. 만일 화장을 하면 그 증거도 사라져 버리는 것이다. 그러면 세상은 독약의 흔적을 없애기 위해 내가 화장했다고 성급하게 판단해 버릴 것이다. '안돼, 그 사람은 보통 방식으로 매장해야만 해. 가능한 한 빨리, 가능한 한 소문의 씨가 남지 않도록.'

마을에서 랜더스 의사는 대단히 큰 도움이 되었다. 마거트는 그저 두세 가지의 질문에 대답하는 것만으로 끝나버렸다. 아니오, 웨더비에게는 가족은 없습니다. 다만 저뿐이에요. 네, 주인을 여기에 매장하고 싶습니다. 주인은 옛날부터 이 산을 매우 좋아했거든요. 네, 월요일에 장례절차로 교회에서 간단한 고별식을 갖는 것만으로도 되겠어요. 네, 비용으로 쓸 돈 정도는 갖고 있습니다. 게다가 남편 변호사에게도 랜더스 선생님이 연락해 주시면 고맙겠어요. 네, 여러분이 모두 친절하게 해주셔서 대단히 감사합니다.

그리고 나서 두 사람은 차로 돌아갔다. 의사가 직접 운전을 해서 그녀를 돌려보내 주었다.

"저, 호텔로 돌아가도 괜찮겠습니까?" 의사는 염려스러운 듯이 물었다. "우리 가족이 기쁘게 부인을 맞이할 거라고 생각합니다만."

"정말 친절하시군요, 선생님. 하지만 괜찮아요. 톰린슨 아주머니도 있으니까요. 그 사람과는 오랫동안 함께 지내서 가정부라고 하기보다는 어머니 같은 사람이에요. 게다가 호텔 일을 하던 부부도 다음주 초에는 돌아올 테니까요."

"그럼, 아까 그 젊은 남자——뭐라고 했더라?——그래, 셀던 말입니다. 그와 또 다른 남자와 얘기해 봤습니다. 당신들 여자 두 사람만을 거기에 남겨놓는다는 것이 좀 뭣해서요. 그랬더니 그 사람들도 당신 시중은 들겠다고 합니다만. 게다가 퀸 양도 좋은 아가씨 같더군요. 필요하다면 얼마라도 머물면서 도와드리겠다고 하던걸요."

'주제넘게 나서는 늙은이!' 마거트는 화가 났다. 밀러나 퀸 같은 인간을 언제까지나 있게 하고 싶진 않았다. 셀던만 있게 하고 싶었던 것이다. 다른 사람들은 돌아가도 셀던만은 어떤 구실을 붙여서라도 눌러앉을 것은 알고 있었다. '그런데 왜 방해를 하는 거지? 그렇게 되면 셀던을 처치하는 것이 더욱 어려워지는데.'

마음속으로는 그렇게 생각해도 그녀가 고마워하는 미소를 보이자, 의사는 좋은 말을 했다고 스스로 만족한 듯 얼굴을 빛내고 있었다.

산장에 도착해 보니 셀던이 전날밤 타고 온 블루 로드스터가 현관 앞에서 사라지고 없었으므로 그녀는 가슴이 철렁했다. '그 남자는 돌아가 버렸나?' 그녀는 필사적으로 생각했다. '왜 돌아간 걸까? 어디로 간 걸까? 그 남자는 무엇을 발견한 걸까? 경찰에 고발할 충분한 증거를 벌써 잡은 것일까?'

"그 젊은 남자가 내가 말한 대로 차를 차고에 넣은 것 같군요." 랜더스 의사가 말했다. "또 날씨가 사나워진다고 하고서, 이렇게 추우면 눈이 올지도 모르니까 차를 넣어두는 게 좋을 거라고 얘기해 줬거든요. 차고에는 두 대 들어가는 데, 지금은 웨더비 씨의 대형차만 한 대 들어가 있을 뿐이라고 생각해서 말이죠."

"그래요, 선생님." 마거트는 이유도 없는 공포에 빠졌었던 자신에게 화를 내고 있었지만, 침착하게 입을 열었다. "좋은 생각이에요. 여러 가지로 염려해 주셔서 감사합니다. 선생님의 힘을 빌릴 수 없었다면 어떻게 해야 좋을지 몰랐을 거예요."

"도움이 되어 무엇보다 기쁩니다." 의사는 차에서 내리는 그녀에게 손을 빌려주면서 미소를 보이며 말했다. "내가 바라는 것은 당신이 당신 건강에 주의를 하는 겁니다. 이 이상 건강을 해치면 큰일이 나거든요."

의사는 또 핸들 앞에 올라타고서 사라져 갔다. 마거트는 계단을 올라가서 호텔로 들어갔다. 그리고는 로비에서 가만히 멈추어섰다. 식당에서 남자의 목소리가 들려왔기 때문이다. 처음에 알아들을 수 있었던 것은 셸던의 목소리였다.

"당신이 이 집 주인의 방을 점령하고 있는 것을 웨더비 부인이 보면 깜짝 놀라고 말 거요. 시체를 운반해 내고 아직 몇 시간도 지나지 않았잖소? 사람에게는 도리라고 하는 것이 있습니다."

상대의 목소리는 밀러의 목소리와는 달랐다. 낮고 태평스러운 목소리에다 조금 사투리가 섞여 있었다. 옥스퍼드와 하버드의 중간치에, 약간 남부 사투리를 섞어 쓴다고 그녀는 생각했다.

"아니, 이보시오." 그 목소리는 냉정했다. "정말로 그 부인의 슬픔에는 동정합니다. 하지만 인생은 계속되는 겁니다. 매일 얼마나 많은 사람들이 죽는지 아시오? 1분에 한 사람씩이오. 아니, 이것은 태어나는 것이었지. 뭐, 어느 것으로 해도 똑같소. 그 사람들이 죽을 때마다 상복을 입을 수는 없잖소. 그 웨더비라고 하는 사람이 당신들의 친구요? 아니죠? 나 역시 알고 있느냐 하면 생판 남이오. 그럼, 그 남자가 이 시간과 장소를 선택하여 숨을 거두었다고 해서, 왜 당신들이 예정을 변경하거나 내 휴가를 잡쳐야만 합니까? 과부야 당연히 울 테지만 말입니다. 그거야 어느 정도의 기간은 당연한 일 아닙니까? 그러나 그 밖의 우리들은 분별 있게, 아무런 일도 없었던 듯이 생활을 해야 하지 않겠습니까? 내게 있어서는 아무런 관계가 없는 일이기 때문이오."

마거트는 부지런히 로비를 가로질러가서 식당 입구에 멈추어섰다. 테이블 상좌, 그녀의 정면에 앉아 있는 사람은 반다이크풍의 뾰족한 턱수염이 없었다면 케블 천사와 같이 상냥한 얼굴로 여겨질, 둥근 얼굴에 살집이 두터운 남자였다. 그녀의 발소리를 듣고도 빵에 버터를 다 바르고는 느긋하게 접시에 올려놓은 뒤 그녀에게 인사하기 위해 일어섰다.

"부인." 그는 지나치게 정중하게 머리를 숙였다. "당신이 웨더비 부인이시죠? 지금 이 젊은 분이 웅변으로 말씀하셨던 바로 그 부인이시군요."

상대의 어조는 반응을 기다리고 있는 태도는 아니었지만, 그녀는 고개를 끄덕여 주었다.

"젊고 아름다우시군요――" 그는 이야기를 계속하기 전에 잠시 모피 코트를 평가하듯이 살펴보았다. "게다가 많은 재산을 떠맡은 미망인이시고요. 나의 충심에서 나온 이 문상을 받아주십시오. 하지만 내가 누군지 모르시겠죠? 실례했습니다. 내 소개를 해드리지요. R 데이븐퍼트 케이츠입니다. 작가이지요."

그는 자신의 이름에 당연히 반응이 있으리라는 듯이 말했다. 이 오동통한, 몸집이 작은 남자는 나이도 들었고 건방졌지만, 마거트는 누구에게도 적의를 보이고 싶지 않았다.

"아, 그렇습니까?" 그녀는 평범하게 말했다. "어딘가에서 들어본 것 같군요. 당신 책을 틀림없이 읽었을 겁니다."

"그건 좀 의심스럽군요." 그는 이 위선에 재미있다는 듯이 대들었다. "내가 쓰는 글은 마법에 걸린 숲이나 백조에 올라탄 기사, 말을 하는 동물들의 이야기죠. 유치원 주변에서는 인기가 있지만, 당신의 취향에 맞는다고는 생각지 않습니다. 게다가 내 이름을 들은 적이 있다고 하는 것도 이해가 안 가는군요. 꼬마 독자들을 위한 내 걸작은 대체로 '번팅 아저씨'라는 이름으로 펴냈거든요."

"어머!" 마거트는 난처한 듯한 표정을 지었다. "그럼, 다른 사람과 착각한 모양이군요."

"있을 법한 일이죠." 손을 흔들면서 그는 마거트의 실수에 대한 변명을 막았다. "그거야 무슨 상관이 있겠습니까,

부인? 지금은 비통할 때니 혼동되는 것도 당연하지요. 그런데 부인이 방금 전 돌아오셨을 그때의 얘기로 돌아가겠습니다. 나는 성격이 제멋대로라서 짐을 이미 '송어 방'으로 옮겨놓았습니다. 그래서 부인 의류나 그 밖의 물건들을 지금 곧 다른 방으로 옮겨갔으면 합니다. 그렇지 않으면 나는 짐을 풀 수가 없잖습니까?"

"하지만 송어 방에선 묵으실 수가 없습니다. 그곳은 주인이——"

"말 안하셔도 알고 있습니다." 그 포동포동하고 손질이 잘된 손을 들어올렸다. "당신에게는 괴로운 일이라는 것은 알고 있습니다. 당신이 세심하게 마음을 쓰시는 것도 압니다. 그 방을 그대로 놔두고 싶으시겠죠. 떠나간 사랑하는 사람이 남긴 추억의 제단으로서 말입니다. 그러나 여기는 호텔입니다. 직업적인 장소지, 달콤한 감상의 장소는 아닙니다. 먼젓번 손님이 떠나면 새로운 손님이 들어오는 겁니다. 그것이 인생의 법칙이죠."

"비어 있는 다른 방도 많이 있습니다." 마거트는 항의했다. 이 몸집이 작은 남자는 대단히 지겨운 심술쟁이일 것이다. 죽은 사람에 대해서 조금의 배려도 하지 않는다. 이 남자가 하자는 대로 할 수는 없었다. "당신에게 '송어 방'을 드릴 수는 없습니다."

"아니, 이것 보시오." 남자는 귀찮은 듯이 입을 열었다. "이미 방은 빌렸습니다. 가능하다면 남편의 유품이 없는 편이 좋긴 하겠지만, 그냥 놔두고 싶으시다면 할 수 없죠. 나는 다른 방은 빌리기 싫습니다. 요 3년 간 나는 매년 9월말 2주 동안을 이 산장에서 지내왔소. 게다가 항상 '송어 방'을 사용했단 말이오. 다른 방에서는 마음이 안정되질 않아요. 그러니까 아무리 뭐라고 해도 소용없어요. 좀더 나와 친해지게 되면 내가 갖고 싶은 것은 결국엔 손에 넣는 남자라는 것을 알게 될 게요. 지금 나는 '송어 방'에 묵고 싶은 겁니다."

'이 사람이 말하는 대로야.' 하고 마거트도 인정하지 않을 수 없었다. '싸워도 소용없어.' 셸던이나 밀러를 불러 폭력으로 이 남자를 쫓아내는 것 외에 이 남자를 남편의 방에서 쫓아낼 방법은 없다. 흘끗 셸던에게 눈을 돌리자 그는 난로 앞에 서서 지겨운 녀석이라는 듯이 R 데이븐퍼트 케이츠를 노려보고 있었다. 이 사람에게 부탁한다면 반드시 이 기분나쁜 사람을 내쫓아버리고, 이자의 가방을 그 뒤에다 내팽개쳐 버릴 것이라고 생각했다. 그러나 남편을 잃은 몸으로서 여기서 싸움을 하는 것은 그다지 좋은 일은 아니었다. 어떤 식으로 되든 중요한 것은 그게 아니었다. '이 남자가 어디서 자든 내가 알 바 아니잖아? 게다가 이제 '송어 방'에는 아무런 볼일도 없고 말이야. 지금은 단지 품위 있게 행동하면 되는 거야.'

"그렇게까지 말씀하시니 좋습니다, 케이츠 씨." 그녀는 떨리는 듯한 미소를 셸던에게 향하고서, 감정을 억누르며 이 벽창호 같은 대단히 무례한 사람에게 관대하게 양보하는 것에 대한 괴로움을 보여주었다. "하녀에게 말해서 주인의 물건 치우는 일을 거들어달라고 하지요."

한 번 더 희미한 미소를 보이고 그녀는 부엌 쪽으로 나갔다. 부엌에는 토미는 없고 수잔 퀸만 있었다.

"방에 가서 누워 있으라고 했어요." 수잔이 그녀의 질문에 대답했다. "상태가 좋지 않은 것 같아서요. 열이 나는 것 같았거든요."

마거트는 토미의 방까지 계단 두 개를 올라갔다. 그녀는 양손을 무릎에 끼고서 가만히 앉은 채 멍하니 허공을 바라보고 있었다.

"아래에 지겨운 데브 공(公)이 와서 필의 방에 들어가겠다고 버티고 있어요." 마거트가 화가 나서 말했다. "우리들에게 방을 치워달라고 하는군요."

"알고 있어요." 톰린슨 아주머니는 열의 없는 어조로 말했다. "그 케이츠라고 하는 사람 말이죠? 마을에서 택시로 곧바로 왔어요. 방 예약은 하지 않았지만, 매년 이맘때는 이곳에 와서 '송어 방'에서 묵었다더군요. 부인이 싫어할 거라고 했는데도 막무가내로 짐을 옮겨버리더군요."

"그럼, 하는 수 없어요." 마거트는 좁은 침대에 앉았다. "하지만 모르는 사람에게 이렇게 멍청하게 당하고 있으면 우리가 지는 거예요."

"그 사람을 거기에 묵게 하지는 않겠죠? 그 방에? 만일 그 남자가 뭐라도 찾아낸다면?"

"아무것도 찾아낼 만한 게 없어요." 그녀는 짜증내며 반박했다. "그렇게 울상짓지 말아요. 만사 내가 잘 해놨으니까요."

"혹시 잊고 있는 게 있을지도 모르잖아요." 톰린슨 아주머니는 열심히 말했다. "하찮은 일이라도 말이에요. 조금도 실수가 없었다고 그렇게 확실하게 단언할 수 있어요?"

어떤 하찮은 일이라도——이 말이 마거트의 머리에 날카롭게 와닿았다. 갑자기 어젯밤에 생각해 내려고 했으나 결국 생각해 내지 못했던 것이 생각났다. 어딘가에 작은 알약 두 알이 비타민제로서 그녀에게서 받았다고 필이 쓴 편지와 함께 숨겨져 있을 것이다. 분석하면 곧 독이 들어 있다는 것을 알게 되는 그 알약이다. '필에게서 들은 그 이야기를 잊고 있다니 나도 얼마나 멍청이인가!' 하지만 어젯밤엔 생각할 게 너무 많았다. 한꺼번에 여러 가지 일이 발생했기 때문이다. 하지만 그것을 잊어버릴 수는 없다. 잘 생각해 봐야만 한다. '케이츠가 '송어 방'에 묵겠다고 버틴 것은 그것 때문일까? 그 남자가 알약을 찾으려고 하는 걸까? 어머나, 내가 또 어떻게 됐나 봐? 데이븐퍼트 케이츠가 그런 걸 찾으려고 할 리가 없지. 그 남자는 알약에 관한 일은 듣지도 못했을 테고, 만일 발견되었다고 해도 관심도 갖지 않을 거야. 알고 있는 사람은 로키 로드스뿐이야. 로키 로드스밖엔 없어.' 이 말을 반복하고 있는 동안에 새로운 의미가 떠올라 그녀는 깜짝 놀라 펄쩍 뛰었다.

"토미." 그녀는 하녀의 어깨를 꽉 움켜쥐었다. "마이크 셸던이 로키 로드스라는 걸 어떻게 장담하지?"

토미는 멍하니 그녀의 얼굴을 보았다.

"필은 탐정이 어젯밤이나 오늘 아침에 온다고 했어요." 그녀는 기를 쓰고 말했다. "그런데 셸던이 출입구에 나타나자 나는 곧 그 남자라고 생각해 버린 거예요. 상대방도 나와 마찬가지로 상당히 연극을 잘한다고 생각했는데, 실은 그 사람은 자기가 이름을 댄 대로 진짜인지도 몰라요. 밀러 역시 어젯밤 늦게 왔고, 케이츠 역시 이곳에 온 것이 오늘 아침이에요. 그 중에서 누가 탐정이 변장했는지도 모른단 말예요. 셸던과 마찬가지로 밀러라고 하는 그 남자도 탐정은 아닌 것 같지만, 케이츠라면 또 몰라요. 그 가짜 사투리나 부자연스러운 태도 같은 걸 보면 말이에요. 토미, 누가 로키 로드스인지 가려야 해요."

제5장

마거트는 침대에 앉아 엄지손가락으로 턱을 누르고, 다른 손가락으로는 관자놀이를 누르고 있었다. '이렇게 복잡하게 될 리가 없었는데.' 그녀는 아이처럼 화를 내며 생각하고 있었다. '그만큼 신중하게 세운 계획이었으니 이제는 안심해도 좋을 땐데.' 그런데 반대로 사태는 시시각각으로 복잡하게 되어가는 것이다. '필이 탐정을 부를 필요가 어디에 있었던 것일까? 게다가 어째서 두 사람이나 불필요한 남자가 나타나서 나를 혼란시키는 것일까? 어떻게 하면 변장한 탐정이 누구인지, 상대편이 나를 경찰에 고발하기 전에 찾아낼 수 있을까? 그렇게 내가 고생해 왔는데도 하나에서 열까지 내게 나쁘게 되어가고 있으니 이건 너무 심하잖아! 나를 이렇게 괴롭히다니, 필에게는 그런 일을 할 이유는 없을 텐데. 그 사람만은 잘못 봤어.'

'적당하게 하면 좀 어때!' 그녀는 몸을 일으키고서 머리를 흔들었다. '여기서 이렇게 푸념만 하고 있을 수는 없어. 할 일은 산더미처럼 많이 있는데.' 이 안개 같은 상황 속에서 벗어나 분명하게 생각해야만 한다. 틀림없이 만사가 생각대로 되었다고는 말할 수 없었다. '하지만, 좋아. 장해물을 넘는 일이라면 익숙해져 있으니까. 필은 죽었고, 그 사람의 재산은 이미 내 것이야. 이게 중요한 거야. 의사는 자연사라고 믿고 있어. 이것도 중요한 일이지. 여기까지는 로드스라고 하는 남자도 나한테 어떻게 할 수 없겠지. 그자는 내게 살인 혐의를 걸고 있을 테지만, 아직 증거가 없어. 그렇지 않다면야 그자는 벌써 경찰에 갔을 테지. 그래서 그 문제의 알약을 찾아낼 기회는 상대편과 똑같이 내게도 있다는 뜻이야. 게다가 상대편은 내가 이 집에 탐정이 있다는 것을 모른다고 생각하고 있기 때문에, 상대편을 쫓아버릴 수 있는 유리한 점이 내겐 있어. 정신을 차리고 있으면 상대편은 결국엔 꼬리를 드러내겠지. 그 사이에 그 알약이 있는 곳을 찾아내는 거야.'

'알약은 아마 필의 방 어딘가에 있을 테지.' 그녀는 지금 자기 마음이 빈틈이 없이 논리적으로 움직이자 남의 일처럼 속이 시원했다. 게다가 케이츠에게는 필의 물건을 옮겨주겠다고 했다. '지금 곧 내 손으로 그것을 옮기자. 방에 들어갈 때 잠시 말을 걸기만 하면 되는 거야. 알약을 찾는 일은 그렇게 어려울 것 없어. 필 역시 명탐정은 아니었으니까. 그 사람에게 생각이 날 만한 비밀장소라면 나 역시 생각이 날 거야. 그런 식으로 하자면 케이츠 역시 생각이 떠오르겠지!' 좋은 기분으로 생각하고 있는 동안에 싫은 생각이 끼어들어왔다. '내가 물러나오고 나서 그 남자가 식당에 얼마나 있었는지는 모르겠지만. 지금쯤은 반드시 방에 돌아가 있을 게 틀림없다. 그리고 만일 그가 탐정이라면 알약을 찾고 있을 것이다. 이미 찾아냈을지도 모른다.' 인상이 나쁘고 몸집이 작은 남자가 옆방 한가운데 서서 손바닥에 알약을 올려놓고, 필이 쓴 그 저주받을 편지를 읽으면서 두터운 입술을 징그럽게 쩝쩝거리고 있는 모습을 그녀는 마음속에 그리고 있는 것이었다. '그것을 가지고 가서는 안돼!' 그녀는 마음속으로 세차게 외쳤다. 그 남자가 증거를 갖고 이 호텔을 나가는 것을 막아야만 한다.

'정신을 차려야 해.' 그녀는 주먹을 단단히 움켜쥐고, 얼굴을 일그러뜨리며 펄펄 뛰고 있는 중이었다. '침착해야만 해.' 필사적으로 그녀는 생각했다. '이런 충동에 지게 되면 얼간이 짓을 하게 되는 거야.' 무엇보다도 잘 생각해 봐야 한다. 케이츠가 알약을 손에 넣었는지 알 수 없는 일이다. 그가 탐정인지 아닌지도 모르는 일이고 말이다. 다음 손을 쓰기 전에 확실히 다져놔야 한다. 지금 그 사람 방에 가서 알약을 찾아보자. 그것과 동시에 그 남자의 짐을 조사할 기회가 있을지도 모른다. 무슨 수가 있을 것이다. 편지가 있을지도 모르고, 수놓은 손수건이라도 좋다. '그 사람의 이름이 케이츠인지 로드스인지 알아볼 만한 물건이 있을 테지.'

침착한 행동도 가능하다는 듯이 그녀는 일부러 천천히 화장대가 있는 곳으로 가서 화장을 고쳤다. 긴 금발을 빗고, 볼연지를 더 바르기로 했다. 잠시 뒤 거울 속의 얼굴에 만족하자, 그녀는 복도로 나가 '송어 방' 문을 노크했다.

"들어오세요."

케이츠의 목소리에서는 아무것도 알아챌 수 없었다. 문을 열어보니 그는 침대에 길게 엎드리고서 베개를 등에 대고, 왼손에는 펼쳐진 책을 들고 있었다.

"이거 누추한 방에 미녀가 오셨군요. 아무튼 잘 오셨소."

그는 거창한 말로 맞이했다. "누운 채로 실례합니다. 마침 낮잠 잘 시간이라서요. 낮잠 시간은 누구에게도 방해받지 않는 것을 원칙으로 하고 있습니다. 찬장이나 책상 안에 든 물건을 치우러 오셨군요. 빠른 배려 황송합니다."

"네, 죄송하지만 잠시 방을 비워주셨으면 합니다. 별로 시간은 걸리지 않을 거예요. 로비에도 편안한 긴의자가 있으니까요."

"그러나 이 침대만큼 기분이 좋지는 않죠." 그는 기쁘게 대답했다. "게다가 내가 그런 곳으로 나갈 이유도 전혀 없고요. 상관말고 일이나 하시지요. 나를 쫓아내실 생각은 하지 말고요. 나는 여기에서 편안한 기분으로 책이나 계속 읽고 있을 테니까요. 와일드는 알고 계실 겁니다. 꼬마들을 상대로 하는 졸작을 쓰는 데에 진절머리가 났을 때는 이 빅토리아 왕조풍의 풍자로 크게 위로받죠."

"그럼, 낮잠을 다 주무시고 나면 다시 오지요." 이렇게 한심한 버릇을 갖고 있는 한량을 어떻게 탐정이라고 생각했는지 어처구니없어 하며 그녀는 이 마지막 말에 비웃음을 담고서 말했다. "방에 있을 테니까 나가실 때 제 방을 노크해 주세요."

"당치도 않습니다. 당신의 예정을 망칠 생각은 없습니다." 그는 반대했다. "주인의 옷가지를 정리하러 오셨는데 나 때문에 그것을 미루게 할 수는 없죠. 게다가 나로서도 빨리 찬장을 비워주시는 게 좋습니다. 낮잠을 다 잘 때까지 기다리게 한다는 것은 당치도 않습니다. 저녁식사 때까지 낮잠을 잘지도 모르거든요. 여기까지 택시로 왔기 때문에 아주

지쳐 버려서 저녁식사가 끝나자마자 금방 또 자고 싶은 정도랍니다. 그러니까, 부인, 어차피 온 거라면 지금 치워주십시오. 치울 동안 내가 여기에 있어도 지장이 있지는 않겠지요?"

"괜찮습니다." 그가 있으면 불편할 이유도 생각이 나지 않았고, 자신이 방에 혼자만 있고 싶은 마음을 눈치채이고 싶지도 않았으므로 그녀는 냉정하게 대답했다. '무정한 사람의 심술궂은 고집. 하지만 움직이는 것이 싫다고 하는 이 고집도 충분한 이유가 되지 않을까?'

"하지만 잠시 실례하겠어요. 톰린슨 아주머니가 침대 시트를 바꿔깔아야 하거든요. 시트를 갈아야겠죠?"

"그건 벌써 끝났습니다." 그는 쾌활하게 책을 흔들었다. "사랑스러운 그 퀸 양이 친절하게도 점심식사 동안에 해주었답니다. 이 댁에서 일하는 톰린슨 아주머니는 아프신 것 같고, 퀸 양은 톰린슨 아주머니에게 불필요한 일을 떠맡기고 싶지 않다고 하더군요."

'독선적인 참견을 하다니, 꼴도 보기 싫은 퀸 양! 토미도 그렇지, 야무지게 처신하지 못하고 벌벌 떨기만 하다니.' 자신의 계획을 방해하는 모든 사람들이 다 울화의 원인이었다. 하지만 가장 화가 나는 것은 남편이 죽은 이 방을 철저하게 조사하고 싶은 이 당면한 필요성에 심술궂게 방해를 하고 있는 이 지겨운 데브 공이었다. 기대가 어긋나 풀이 죽은 그녀는 잠자코 찬장에서 커다란 여행 가방을 끄집어내고는 닥치는 대로 구두랑 양복이랑 셔츠를 처넣기 시작했다.

"당신이 일을 하고 있는 동안엔 소리를 내서 읽겠습니다."
그녀의 기분에는 아랑곳없이 그는 우쭐거리고 있었다. "그
것이 일하기에도 좋을 테고, 또 이 책이 낭독하기에 좋다고
흔히들 얘기하기 때문이죠. 이 선집은 시와 희곡과 동화입
니다. 취향에 따라 아무거나 고르시지요."

그는 책장을 한장 한장 넘기며, 그녀가 대답을 하지 않
는 것에는 신경도 쓰지 않는 것 같았다.

"동화가 좋겠군." 그는 그럴듯하게 말했다. "그 석고상
같은 아름다움, 균형잡힌 몸매 속에는 갓난아기와 같은 순
수한 마음이 물결치고 있는 듯한 느낌이 드는군요. 동화를
믿을 수 있는 마음 말입니다. 내 부끄러운 작품을 하나라도
갖고 와서 드릴 수 없는 것이 유감이로군요. 그러나 와일드
라도 괜찮겠지요? 일을 계속하세요. 정신적인 격려라는 것
을 해드릴 테니까."

그는 잠자리가 좋도록 베개를 두드려 모양을 고치고는,
부자연스러운 헛기침을 하며 눈을 반짝이는 아이들에게 둘
러싸인 친절한 아저씨와 같은 점잔빼는 모습으로 읽기 시
작했다. 울컥 화가 치밀어오른 그녀는 여행 가방을 가득 채
우자 자기 방으로 통하는 욕실로 끌고 갔다. 침대 위의 남
자는 일어나서 도와주려고도 하지 않았다. 그녀는 돌아와
서 다음 가방을 채우기 시작했다. 아마 필은 알약을 어떤
주머니에 넣었을 거라고 그녀는 갑자기 태평스런 생각을
했다. '그 사람이 생각하는 좋은 비밀 장소야. 그런 정도지
뭐. 케이츠가 만일 탐정이라고 해도 혼자서 생각해 낼 만큼
똑똑하지는 않아. 중요한 증거를 지금 자기 눈앞에서 가지

고 나갈지도 모르는데 말이야.'

좀 전보다 쾌활해져 그녀는 옷가지를 가방에 채워넣기 시작했다. 옷 하나하나를 조사하고 싶은 충동을 가까스로 억누르고 있었다. 하나하나 집어올리면서 여기에 들어 있을지도 모른다고 생각했다. 지금 내 자유를 이 손에 잡고 있는 건지도 몰라. 하지만 여기서 조사한다는 것은 좋지 않다. 이 남자는 이 옷에 흥미 있을 만한 물건이 들어 있으리라고는 의심도 하지 않는 게 틀림없어. 내 방에 들어가서 자물쇠를 채우기만 하면 정성껏 조사할 시간은 얼마든지 있을 것이다.

"당신은 동화에는 흥미가 있을 것 같지도 않군요." 찬장을 다 정리하고 빈 여행 가방을 장롱이 있는 곳으로 가져가서 서랍을 여는데 그가 푸념하듯이 말했다. "나의 꾀꼬리 같은 목소리에 조금도 감탄해 하는 것 같지 않군요. 이 목소리로 칭찬을 많이 받았는데 말입니다. 그럼, 시가 좋겠군요."

그녀는 조용한 미소를 보냈다. 이 해도 득도 되지 않는 어리석은 자에게 화를 낼 이유는 없다. 이 방에는 찬장과 장롱 이외엔 물건을 감출 만한 곳이 없다. 찬장은 완전히 비어 버렸고, 지금 장롱 서랍에 있는 내용물도 여행 가방에 모조리 집어넣었기 때문에 장롱 안에 아무것도 남아 있지 않다는 것은 확실했다. 나중에 필의 고발장이 붙어 있는 알약을 난로에 처넣으면 몇 분 안에 영원히 이 세상에서 없애 버릴 수 있는 것이다.

"시가 좋습니까? 그럴 거라고 생각했지요." 그녀의 미소에 답하며 그는 우쭐한 듯이 싱글벙글했다.

그녀는 또 장롱으로 주위를 돌리고 어리석고 긴 낭독에는 귀도 기울이지 않았다. 그렇지만 갑자기 그녀는 깜짝 놀랐다. 의미도 없이 장황하게 흐르던 리듬 도중에서, 엉겁결에 뒤돌아보며 그의 얼굴을 보게 하는 구절이 있었기 때문이었다.

"뭐라고요?" 그녀가 물었다. "지금 뭐라고 말씀하셨습니까?"

"지금 이 문구 말입니까?" 그는 자못 만족스러운 듯한 미소를 지었다. "'아아, 가엾게도 여인은 그의 사랑을 받고서 그에게 죽음을 당해 침대에 길게 누웠구나.' 그래요, 나도 이 문구는 좋아한답니다. 힘찬 시의 힘찬 근원이죠. 나는 이것이 와일드의 작품 중에서도 일류의 것이라고 생각한답니다. 당신과 같은 공감자를 발견해서 기쁘군요."

그녀가 떨리는 손으로 또 짐을 꾸리자 그는 낭독을 계속했다. '서랍 구석에는 아무것도 없을까? 아무것도 빠뜨린 것은 없다고 자신을 갖고 말할 수 있을까? 아무것도 없어. 방금 침대에서 죽음을 당한 여자라고 하는 것은 단지 시의 한 구절일 뿐이야. 이 남자가 특히 힘을 주어 읽었다고 생각한 것도 내 마음 탓이야.' 하지만 정말 특히 힘을 주었는지도 모른다. '그것은 함정이었는지도 몰라. 게다가 이 남자는 밑도끝도없이 그 시를 계속 낭독하고 있어. 피라든가, 감옥, 목을 매 죽은 사람에 관한 내용만. 시시한 그 옛날 이야기에서부터 모든 게 다 계획적이었던가? 정신을 혼란스럽게 하기 위한 계획이란 말이지? 뭐, 이 남자에게라면야 효과가 있을지도 모르지.' 그러나 그녀는 그렇게 간단하게는 질 수 없었다. 지금 그녀는 교회의 목사님처럼 매우 침착했다. 장롱 맨 아랫간을 집어넣으려고 했으나 좀처럼 들어가지 않았다. 제대로 집어넣을 수 있을 것 같지가 않았다.

"도와드릴까요?" 그는 책을 놓고 침대에서 내려와 서랍을 받으러 왔다. "어, 아무것도 들어 있지 않군요. 꼭 쥐기만 하면 됩니다. 하긴 당신도 신경이 꽤 예민해져 있는 게 당연하죠. 오늘은 피곤하셨죠? 책을 읽어 드려도 생각한 것만큼 마음을 가라앉히는 데는 도움이 되지 않은 것 같군요."

"감사합니다." 그녀는 이를 악물고 말했다.

그에 대한 증오로 불타오르면서 그녀는 여행가방을 자기 방으로 옮겨왔다. 적어도 이제 필의 물건은 전부 손에 넣었다. '내가 흐트러진 것을 보고 좋아한다면 저 남자는 저대로 만족하게 내버려두면 되는 거야. 알약만 저 남자의 손에 들어가지 않게 하면 법정에 나가도 아무런 증거가 되지 않을 테니까.'

'알약만 손에 넣는다면.' 하지만 알약을 손에 넣을 수는 없었다. 필사적으로 한 시간이나 찾아본 결과 그것을 알았다. 주머니는 전부 뒤져봤다. 천을 1인치씩 전체를 손으로 더듬어 보았으나 윗도리 안감에도 꿰매어놓지 않은 것은 확실했다. 양말 속에 집어넣지 않은 것도 확실했다. 마침내 그녀는 숨길 만한 장소를 빠뜨리고 지나친 곳은 하나도 없다고 생각했다. '송어 방'에서는 자신을 함정에 빠뜨릴 그 알약을 꺼낼 수 없었던 것이다. 그러나 '송어 방'의 숨길 만한 장소라면 못 보고 지나치지는 않았을 것이다. 만일 알약이 그 방에 숨겨져 있다고 한다면 케이츠가 발견했을 게 틀림없다고 생각했다. '그 남자는 낚싯줄에 걸린 물고기처럼 나를 노리개로 삼고 있는 걸까? 언제라도 자기가 원하는 때에 나를 끌어올릴 수 있다고 생각하고서, 내가 날뛰는 것을 재미있어 하며 보고 있는 걸까? 이 모욕을 갚아주겠어. 그 남자가 후회에 후회를 할 정도로——'

그러나 반드시 케이츠의 소행이라고만은 할 수 없다. 잘 생각해 보니 노여움이 물을 끼얹은 듯 식어버렸다. '오전중에 나는 죽 마을에 가 있었어. 외출했을 동안에 필의 방을 조사하는 것은 어느 누구라도 할 수 있을 것이다.' 게다가 알약이 어디에 있는지 나는 그것조차 확실하게 알지 못한다. 필은 호텔 안 어디에라도 숨길 수가 있었을 것이다. '아니, 정원의 땅속이나 차고에도 역시. 왜 좀더 일찍 그것을 생각하지 못했을까?' 내가 그 알약을 건네준 다음날 필과 나는 차로 마을에 갔었다. '그 사람이 차의 주머니에 몰래 알약을 넣는 것쯤은 문제 없었을 거야.' 그 사람은 나나 토미가 찾아낼지도 모르는 자기 방에 감추려고는 하지 않았을 테고, 다른 사람들 눈에 띌 만한 호텔 안의 어딘가에 숨기려고도 하지 않았을 것이다.

알약찾기도 드디어 막판에 왔다는 확신을 안고서 그녀는 허둥지둥 코트를 걸치고 계단을 뛰어내려가 호텔 뒷문으로 나갔다. 차고로 향하는 샛길의 작은 길모퉁이를 도니 차고 옆문이 열려 있고, 안에서 남자가 움직이고 있는 모습이 보였다. 누군가에게 선수를 빼앗겼다고 그녀는 생각했다. 누군가 다른 사람이 먼저 차고에 대해서 생각이 미친 것이다. 케이츠, 셸던, 밀러일까?

문으로 다가가자 마이크 셸던이라는 것을 알았다. 필 웨더비의 커다란 회색 세단 맞은편에 그의 블루 로드스터가 세워져 있었다. 차의 엔진 덮개가 올려져 있고, 붉은 머리카락을 한 머리가 엔진을 배경으로 해서 그림자처럼 떠올라 있었다. 그녀가 자기 차 주위를 돌아 옆에 설 때까지 셸던은 그녀가 온 것을 깨닫지 못한 것 같았다.

"오!" 그는 일손을 놓고 일어서면서 말했다. "상태가 나쁜 곳을 찾아낸 것 같습니다. 운만 좋으면 이 차로 다음의 여정을 계속할 수 있을 것 같습니다."

그의 손은 기름투성이였다. 발판에 있는 누더기 천으로 얼굴에 묻은 기름은 닦았지만 손에는 아직도 얼룩이 남아 있었다. 왼쪽 볼에도 기름 얼룩이 묻어 있었고, 코끝에도 묻어 있었다. '정말로 바싹 따라오고 있군.' 하고 그녀는 빈정거리는 찬사를 보냈다. '곧 나까지도 감쪽같이 속이려 들겠지. 하지만 뭐 굳이 손이나 얼굴을 더럽힐 것까진 없었어. 내가 기다리고 있던 실수를 저질렀으니 말이야. 이 남자가 로키 로드스라고 어느 정도 확실하게 말할 수 있는 실수를 말이야. 필은 틀림없이 머리가 좋은 탐정에게 부탁한 거야. 이 사람은 일리노이 주에서 왔다고 시치미를 떼고 있지만, 차 번호판은 캘리포니아 주잖아. 이 남자가 고장나지도 않은 엔진을 고쳤다고 하는 걸 보니까 이제 떠날 생각인 모양이지? 그럼, 알약을 찾았다는 게 되는데.'

"고장이 심하지 않아서 다행이군요." 마거트는 정중하게 말했다. 발판에는 누더기와 나란히 공구가 몇 개 놓여 있었다. '저 커다란 스패너가 가장 좋겠는데.' 하고 그녀는 속으로 생각했다. '목덜미의 움푹 들어간 곳을 한방 먹이자. 흔히 말하는 곳이니까 가장 효과가 좋겠지. 아마 저 목덜미 중에서도 정확히 머리칼이 난 곳을 내리치면 될 거야. 하지만 내게 그만한 힘이 있을까? 오, 하나님, 세게 내리치는 거야 문제없지만 죽지 않으면 어떻게 하지! 하지만 포기할 수는 없어. 이 남자가 그 알약을 갖고서 이 차를 타고 떠나버리면 나는 단번에 끝장나는 거야. 위험하지만 해야만 한다. 남자는 엔진 덮개를 닫으려 하고 있었다. 덮개를 꼭 닫기 위해 구부리면 그곳을 세게 내리치는 거야.'

별 의미도 없는 듯한 동작으로, 자신이 하는 행동을 의식도 하지 않는 듯이 그녀는 발판에 앉았다. 스패너는 손에서 몇 인치밖에 떨어져 있지 않았다. 마이크는 주머니에서 담배를 꺼내더니 더러운 손가락이 담배에는 닿지 않도록 담뱃갑을 흔들어 한 개비를 그녀에게 권했다. 그녀가 거절하자 자기가 입에 물고 불을 붙였다. 맛있다는 듯이 깊이 한 모금 마시고는 빙긋 미소를 보냈다.

"교훈 1. 중고차를 사지 마라." 그는 책을 읽는 듯한 어조로 말했다. "중고차라는 것은 전 주인에게는 1천 마일씩은 달려 주지만, 그 뒤에는 부품이 뿔뿔이 빠져나가도록 조립되어 있답니다. 지난주 이 고물차를 내게 억지로 판 녀석은 아마 무거운 짐을 내려놓은 듯한 기분일 겝니다. 이 고물차로 시카고까지 돌아갈 생각을 하니 점점 더 불안해지는군요."

'정말일까? 그렇지 않으면 이것도 계략의 하나일까?' 그
녀는 갈피를 잡지 못했다. '내가 번호판을 본 것을 알아차
리고는 자신의 실수를 얼버무리기 위해 생각해 낸 것일까?
그렇지 않으면 정말 이 남자는 캘리포니아를 떠나기 전
에 이 차를 산 것일까? 다른 사람을 죽이고 싶지는 않아.
내가 범인이라는 게 완전하게 들통나지 않는 경우라면 말
이다.'

그는 공구를 커다란 천 주머니에 쓸어넣고 비어 있는 앞
좌석 칸으로 던져 넣었다. 그리고 나서 휙 등을 돌리고 엔
진 덮개를 정확히 닫았다. '이것으로 이곳에서의 찬스는 끝
났군.' 하고 그녀는 피로운 마음으로 생각했다. 맨손으로는
이 남자를 죽일 수는 없다. '자동차에 관해 좀더 배워뒀으
면 좋았을걸. 브레이크를 어떻게 조작해 둘 수도 있는데.
그렇지 않으면 핸들에다 조작을 할까? 그렇게 하면 비탈
길 커브에서 차가 그대로 달려나가 버린다. 산길 드라이브
에서는 흔히 있는 일이다. 잘하면 아무도 모른다. 하지만
어떻게 하면 되는지 모르는데 그런 것을 생각해서 뭘 하지?
이 남자가 틀림없다고 하면 이 밖에도 다른 방법이 얼마
든지 있어."

셸던이 옆에 앉았다. 긴 다리를 뻗고서 만족스러운 듯이
잠자코 담배를 피운다.

"저, 담배를 주시겠어요?" 그녀가 말했다.

"그럼요, 물론이죠." 그는 담배를 꺼내어 불을 붙여 주었
다.

이렇게 앉아서 아무렇지도 않게 얘기를 나누게 되면 이 남자도 경계를 풀고서 허점을 드러낼 만한 말을 할지도 모른다. 마거트는 생각했다. 그렇지 않으면 만일 이 남자가 겉모습대로 정직한 남자라면 나의 리스트에서 제외시킬 수 있겠지.

"하시는 일에 대해 얘기해 주시지 않겠어요?" 고상한 주부가 별로 듣고 싶지는 않았지만 얘기의 실마리를 꺼내는 듯이 말했다. "상당히 재미있는 일인가 보죠?"

"옛날에는 그랬습니다." 그는 이상한 미소를 지었다. "스포츠 기사를 썼을 때죠. 하지만 작년에 정치부로 자리를 옮기고 나서는 일이 고통스럽고 지루해지기만 하는 겁니다. 정치부에서 재미있는 인물을 만났다는 얘기는 들어본 적이 없을 겁니다. 우리 회사에서는 그 동안 화이트 하우스에 들어갈 가능성 있는 어떤 인물을 잡았죠. 그래서 그 사람이 그 목표를 위한 사전포석 작업을 하거나 세금 관계 등으로 정부를 공격할 때 내가 착한 사람이 되어 쫓아다닌 겁니다. 그 양반이 우리의 세력권 안에 있을 동안에, 아직도 그렇습니다만, 사장이 그 양반에게 전국을 돌아다니게 하는 아이디어를 생각해 냈지요. 덕분에 나는 요 6주 간을 그 양반이 여류시인협회에서 경찰관자선단체에 이르기까지 대략 생각나는 범위 내의 모든 단체들을 찾아다니면서 명연설을 하는 걸 들어야 됐답니다. 그 양반이 항상 똑같은 연설만 하는 것 정도는 나는 괘념치 않습니다. 그 정도야 이쪽도 각오하고 있었기 때문이죠. 하지만 어느 클럽에서나 내놓는 요리의 메뉴가 모두 똑같은 것은 좀 이해할 수 없더군요. 닭은 콩과 함께 요리해야만 한다는 법칙은 들어본 적은 없지만, 아마 그런 법칙이 있는 것 같았습니다."

'이 남자는 무척 재미있는걸.' 하고 그녀는 생각했다. 그래서 그녀도 미소를 보냈다. 그도 만족한 듯이 미소를 보냈다. '상대편에서 나를 방심케 하려는 것일까?' 하고 그녀는 생각했다. '이런 천진난만하고 우스꽝스런 얘기를 하는 것도 그런 목적에서일까? 그렇지 않으면 내가 남편을 잃고 슬퍼하고 있으니까 내 기운을 북돋워 주려 하는 것일까? 그런지도 모른다. 내 마음의 무거운 짐을 없애주려고 하는 지도 모른다. 그렇다면 정말 자상한 양반이지. 이 남자가 탐정이 아니라면——'

"이제 겨우 영광의 캘리포니아 불길에서 벗어나온 겁니다." 그는 얘기에 일단락을 지었다. "요전의 파티를 마지막으로 해서 우리 후보자는 낚시하러 떠나고, 남은 셸던은 2주 간의 자유행동을 허락받은 거지요. 그래서 나는 이 고물차를 시가의 두 배나 되는 가격으로 사서 유람여행에 나섰습니다. 그래서 이곳에 나타나게 된 겁니다."

이번에는 그녀도 그의 미소에 답하여 억지로 미소를 만들 필요는 없었다.

"이거 나만 수다를 떨었군요." 그는 자신의 얘기를 중단했다. "인터뷰 상대가 되어주신다면 내 쪽에서 질문 좀 해도 될까요?"

'친절한 친구? 깊이 파고들기 좋아하는 신문기자? 그렇지 않으면 냉혹한 탐정?' 그렇게 생각하면서도 그녀는 미소를 거두지 않았다.

그는 수첩을 꺼내는 듯한 제스처를 하더니 가공의 연필을 수첩 위에 준비하는 포즈를 취했다.

"성명과 주소를 부탁합니다."

"마거트 헤임스 웨더비. 콜로라도의 어느 산장입니다."

그녀는 상대의 기자 흉내에 장단을 맞췄다.

"마거트." 그는 까닭이 있는 것처럼 반복했다. "현대적이고 유선형이며 또한 여성답군요. 당신에게 어울리는 이름입니다. 그러나 우리 친구인 찰리에게는 조심하십시오. 10대 20으로 내기해도 좋은데, 그 사람은 반드시 당신을 메기로 부를 겁니다. 그 사람은 별명붙이는 덴 명수거든요. 그 사람이 그 위대한 R 데이븐퍼트 케이츠 선생을 데이비라고 불렀을 때 그 양반의 귀가 축 늘어졌던 모습을 보여주고 싶군요. 게다가 어젯밤에 당신이 그 남자를 꼼짝못하게 했을 때도 통쾌했습니다."

밀러가 코너에 몰리는 것을 얘기할 때 그의 어조에는 만족스러운 기색이 들어 있었다. '이 사람, 질투하고 있는 건가.' 하고 그녀는 생각했다. '어느 모로 보나 나중에 온 두 사람보다 훨씬 나은데. 이런 바보 같은 말을 하다니.' 하지만 만일 이것이 정말이라면 이용해 먹을 수 있을지도 몰라. 두 사람을 서로 물어뜯게 해도 이쪽에는 전혀 손해는 없는 거니까.'

"제가 그랬었나요?" 맑은 눈을 동그랗게 뜨고서 그를 올려다보며 그녀는 친절하게 말했다. "그럴 생각은 아니었는데요. 하지만 밤이 깊어서요. 일부러 밀러 씨의 기분을 상하게 해드릴 생각은 없었답니다."

"찰리의 기분이라!" 그는 코웃음쳤다. "그 남자의 기분을 상하게 한다는 것은 불가능한 얘기죠. 커다란 쇠몽둥이라도 사용하지 않으면 어렵습니다."

여기서 또 그녀는 천진한 눈을 동그랗게 떴는데, 이번에는 온화하면서도 나무라는 듯한 빛이 깃들어 있었다.

"알았습니다." 그는 당황해서 사과했다. "내가 밀러에게 벽돌을 집어던질 만한 권리는 없죠. 그 사람에 대해서는 잘 모릅니다. 아마, 할머니나 아이들에게는 친절할 겁니다."

그녀는 용서해 준다는 미소를 지었다. '흥하든 망하든 한번 해봐?'──그녀는 자문자답해 보았다. 이쪽의 약점을 드러내지 않고 운을 떼어볼 수도 있다. 필이 문제의 그 친구를 부를 생각을 하기 전에 그 친구에 관해서 언급한 적이 있다고 해도 하나도 이상하지 않을 것이다. 그러니 여기서 로키 로드스라는 이름을 꺼내고 이 남자가 나타내는 반응을 살펴보면 여러 가지를 알아낼 수 있을 것이다.

"밀러 씨의 시시한 농담 때문에 불편해진다는 것은 저도 알고 있어요." 그녀는 담담하게 말했다. "하지만 저도 별명을 붙이는 버릇 때문에 실수한 적이 있지요. 톰린슨 아주머니만 해도 항상 토미라고 부르고 있거든요. 하지만 때로는 그것이 괜찮을 때도 있더군요. 남편도 한번 친구를 로키 로드스라고 부르는 것을 들은 기억이 있지요."

'이 남자의 눈이 조금 가늘어진 것은 아닐까? 볼의 근육이 약간 굳어지지는 않았을까?' 그녀는 자신의 시선을 아무렇지도 않은 듯 가장하고서 이름을 입에 담을 때 똑바로 그의 얼굴을 보지 않고 있었기 때문에 확실하게는 알 수 없었다. 반응이 있었다 해도 미미한 것이었을 테고 말이다. 그의 대답은 재빠르고도 편안한 어조였다.

"하지만 조금 다른 것 같군요. 로드스라는 이름을 가진 사람은 대개 '더스티'(Dusty(더러운))라고 불리는 법이죠. 내가 아는 사람 중에 하이렘 로드스라는 친구가 있는데, 부인의 이름이 롤레타였죠. 그래서 사람들이 '하이(高)와 로(低)'라고 불렀답니다. 모두 곧잘 장단맞춰 이렇게 노래불렀죠. '주인은 하이(높은 곳)의 로드스를 타고, 나는——'"

"설마."

"아니오, 이런 것까지 말하지는 않았습니다만." 그는 쾌활하게 자백했다. "실은 지금 막 머리에 떠올랐거든요. 그러나 재미있는 아이디어죠. 만일 로키 로드스라는 사람을 만나면 롤레타라는 아가씨를 소개하고서 어떻게 되어가는지 지켜봐야겠습니다."

"좋아요." 마거트도 동의했다. "기억해 두죠. 그런데 밀러 씨보다 당신이 훨씬 재미있군요."

"그 사람은 끔찍합니다." 그는 목을 움츠리고서 때리는 것을 피하듯이 손을 들어올렸다. "그 사람만은 끔찍합니다. 뭐 이런 말을 해도 어쩔 수 없겠지만요. 나는 밀러보다 좀 진부합니다. 하지만, 그 사람이나 다른 친구들의 기묘한 이름 이야기는 잊어버리십시다. 당신 신상 얘기를 들려주신다고 하셨죠? 그럼, 처음부터 시작하시겠습니까?"

"별로 재미없어요." 그녀는 반대했다. "태어난 곳은 보스턴이에요. 옛날로 거슬러 올라감에 따라 지루해져요."

"하지만 듣고 싶습니다." 그는 부추겼다.

진지하게 그녀의 말에 응해 주며 충분히 얘기하도록 해 주었으므로 그녀도 자세한 곳까지 흥밋거리를 섞어가며 그 럴듯한 아름다운 이야기를 꺼내기 시작했다. 비컨 힐의 오 래 된 갈색 사암(砂岩)으로 만든 저택, 하버드 대학과 클럽 밖에 모르는 엄격하면서도 너그러운 아버지, 남부 농장주 의 딸로 성장, 뉴 잉글랜드 사교계에서 인기 있는 아름다운 어머니, 점잖은 체하는 보모와 안경을 쓴 가정부, 댄스를 가르친 예비신부학교, 화려한 첫 무용회와 소녀단, 비바람 에도 변동이 없는 일상생활, 제한된 친구들의 서클——그 녀가 좋아하는 이야기였다. 그 얘기를 반복해서 하다 보니 저 멀리 기억속에서 정말로 그녀가 자란 더러운 빈민굴의 무허가 건물은 사라져 버리는 느낌이 들었다. 정말로 그녀 가 철들고 나서 기억하고 있는 것은 곤드레만드레 취해 자 는 아버지와 입정사납게 그 아버지에게 욕을 퍼부어대는 어머니의 모습이었다. 남부 농장 출신이라는 얘기는 마거 트가 생각해 낸 것이 아니라 어머니가 만들어 낸 이야기였 다. 기분이 좋을 때 어머니는 자기 친정의 커다란 저택이나 부유한 형제들에 관해 화려한 말로 그림처럼 딸에게 그려 준 것이었다.

"마거트, 너는 똑똑하단다." 어머니는 그녀의 황갈색 머 리카락을 곱슬곱슬하게 말면서 말해 주었다. "거기다 옛날 나처럼 아름답구나. 나처럼 아무 쓸모도 없는 게으름뱅이 를 만나서 한심하게도 좋은 세월 다 놓치는 실수는 하지 말거라. 언젠가는 너도 부자가 될 거야. 정말 부자가 될 거 야. 그렇게 되면 이런 생활은 하지 않고도 사는 거란다."

　마거트는 그 농장 이야기를 기억하고 있었기에, 그것이 제법 쓸 만하다고 생각했다. 그래서 그녀는 항상 자신의 신상 이야기에 그것을 사용했다. 지금 마이크 셸던에게도 그 이야기를 복습해서 들려주면서 이 남자에게는 어떤 결말을 내는 것이 좋은지를 생각하고 있었다. 연극을 할 때 사귄 상대에게는, 연극이 좋아서 독립하려고 딸이 집을 나와 제멋대로 생활을 하자 보수적인 부모님이 속상해 하고 있다고 얘기했다. 필립 웨더비에게 한 것도 이 이야기였다. 단지 그때는 몇 단계를 생략했었다. 예를 들면 16살 때에 그녀가 요술쟁이와 눈이 맞아 달아났던 일, 그 요술쟁이가 그녀에게 분홍색 타이츠를 입혀 요술의 소도구 대신에 무대에 세웠던 일 등을 말이다. 사실 그녀가 결혼하고 나서 말한 이야기보다 이것이 진상에 가까운 이야기이다. 그녀가 무대생활에 뛰어든 동기가 되었던 이 싸구려 실패담은 잊기로 했다. '이 남자에게는 내가 원하는 식으로 이야기하면 되는 거야.' 하고 생각했다. 필은 어쩌면 로드스라고 하는 남자에게 자신은 여배우와 결혼했다고 얘기했을지도 모른다. 만일 이 남자가 로키 로드스라면 내 얘기가 거짓말이라는 것을 알 것이다. '하지만 그것이 어떻다는 거지? 나는 두 번 다시 그 서푼짜리 연극을 할 때의 일을 입에 담고 싶지 않아.'

　"난 결혼할 때까지는 정말로 뉴욕에서 서쪽으로는 간 적이 없어요." 그녀는 자신이 좁은 지역밖에 몰랐다는 것이 재미있는 듯이 온화하게 소리를 내어 웃었다. "아버지와 어머니는 내가 그때까지 사귄 외지 사람과 결혼한다고 하자 매우 실망하셨죠. 하지만 저를 자유롭게 해주셨어요."

"그럼, 당신은 보스턴으로 돌아가게 되겠군요."

그녀는 자신의 손이 남자의 손 위에 올라가 있는 것을 느꼈다. 이 남자가 이야기 도중에 동정의 뜻을 표시하기 위해 손을 잡았던 것이다.

"그렇게 되겠지요." 조용한 슬픔을 담은 미소를 보냈다. "어떻게 하면 좋을지 저 자신도 모르겠어요. 너무나 갑작스러워서 아직 어떤 계획도 세우지 못했어요."

정말 어디로 갈 건지 모르겠다고 그녀는 기쁨을 억누르며 생각했다. '하지만 보스턴에는 돌아가지 않는다. 지금까지 가본 적이 없는 곳이 좋아. 뉴올리언스에 가서 게다가 다음번 결혼할 때에는 상대방의 재산에 신경을 쓸 필요도 없는 거야.' 정말로 사랑만 갖고 결혼할 수 있는 거야. 그녀는 평가하듯이 옆 남자의 남자다운 옆모습을 바라보았다. '상당히 괜찮은데. 하지만 아직은 안돼. 여기서 떠날 때 잠깐 이 남자와 만날 약속을 해놓을 수도 있겠지. 하지만 이번에 결혼할 상대는 가문과 명성이 있는 사람이 좋아. 돈은 이미 손에 넣었어. 이번에는 메이 플라워 호의 후예다운 그런 가문의 마님이 되고 싶어.'

"저쪽으로 돌아가는 것이 좋을 것 같군요." 그녀가 말했다. "벌써 저녁식사 시간이 되었어요."

그가 마지못해 그러자고 하자 두 사람은 샛길을 걷기 시작했다. 차고를 감추고 있는 길모퉁이를 돌자 그녀는 갑자기 멈추어섰다.

"어머!" 그녀는 소리를 질렀다. "콤팩트를 잊었네. 난 그

걸 가지러 간 건데. 먼저 가세요. 당신은 찾을 수 없어요."
자기가 가져오겠다는 그의 말을 간단하게 눌렀다. "요전에
차 안주머니에 넣고 내렸어요. 하지만 사물함에 넣었는지
도 모르겠네. 그럼, 저녁식사 때 또——"

그 이상 그에게는 아무런 말도 하지 않고 그녀는 부지런
히 혼자서 그곳으로 돌아갔다.

차를 찾는 데에 시간은 걸리지 않았다. 문 안주머니를 전
부 뒤져봤고, 사물함도 보았다. 시트 밑도 들여다보았고,
깔개까지 들어보았다. 하지만 알약이 어디에 있는지 그녀
로서는 알 수가 없었다. 이곳에 없는 것만은 틀림없었다.

제6장

마거트는 저녁식사에는 거의 식욕이 없었다. 얼른 식사를 끝내고 먼저 실례를 했다. 다른 사람들은 수잔이 토미를 도와 접시를 치우고 나서 디저트가 나오기를 기다리고 있었다. 지배인이 놓고 간 열쇠 꾸러미를 몸에 지닌 마거트는 우선 시트 두는 곳으로 가서 타월을 한 뭉치 들었다. 세 남자의 옷이랑 짐을 대강 훑어보려고 생각하고서, 누군가에게 발견되었을 때 깨끗한 타월을 돌리고 있다는 구실을 대기로 한 것이다.

케이츠가 가장 수상한 것 같았으므로 그녀는 우선 '송어방'에서부터 시작했다. 누군가가 계단을 올라오면 알 수 있도록 문을 조금 열어놓은 채 그녀는 매우 조심해 가며 짐을 조사했다. 성격이 까다로운 멋쟁이에다가 굉장히 넥타이를 많이 갖고 있다는 것밖엔 알아낼 수 없었다. 그의 이름이 R 데이븐퍼트 케이츠라는 것을 증명하거나 혹은 부정할 만한 편지나 서류는 아무것도 없었다.

그날 오후 그가 읽고 있었던 책이 두 권의 다른 책과 함께 장롱 위에 놓여 있었다. 별 관심없이 속표지를 열어 보니 커다랗고 화려한 필적으로 헌사(獻辭)가 쓰여 있는 것이었다. '옛날 이야기의 대가로서 감탄하는 데이븐퍼트에게오스카로부터.' 그녀는 잠시 망설였다. 우리들은 오스카 와일드의 연극을 2년 전에 했었는데, 그것은 공연료가 필요없었기 때문이다. 저작권이 말소된 것이 몇 년도일까? 케이츠는 아직 마흔은 넘지 않았다. 그럴 리가 없는데——그녀는 갑자기 햇수의 계산을 그만두었다. 좀 작은 책을 집어들곤 그것이 「오셀로」라는 것을 알았는데, 그곳에도 W 셰익스피어라는 이름 위에 RD 케이츠의 재능에 대한 화려한 찬사가 적혀 있었기 때문이다. 세 번째 책에도 케이츠에 대한 시적 찬사가 같은 서체로 씌어 있었는데, 서명은 앨프리드 로드 테니슨이었다.

'못된 장난에도 한도가 있는 거야.' 하고 마거트는 속으로 화를 냈다. '이런 책을 갖고 다니는 것을 재미있어 하는 걸까? 그렇지 않으면 잘난 체하고 있는 걸까? 그것도 아니면 내가 또 찾으러 올 거라고 생각하고서 오늘 오후에 이런 것을 써놓은 걸까? 이것을 쓰면서 나에 대한 경멸을 나타내며 껄껄 웃은 것은 아닐까?'

그 의문에 대한 답은 얻을 수 없었다. 노여움에 휩싸인 채 마직 시트와 타월을 침대 위에 놓고서 그녀는 복도를 가로질러 셸던의 방으로 갔다. 이 손님은 케이츠만큼 꼼꼼하지는 않았다. 가방 내용물도 거의 풀지 않았는데 옷장에서 양복 두 벌만 걸어놓고 당장 필요한 것만 꺼내놓은 것이다. 가방 속을 대충 훑어보면서 너저분한 내용물들을 가능한 한 제자리에 되돌려놓는 데 그녀는 전력을 다했다. 수고한 보람도 없는 조사였다. 셔츠나 바지 속에 신분증명서와 파티 초대장 같은 것들이 들어 있었는데, 어디에도 모두 마이클 셸던이라는 이름이 붙어 있었다. 옆주머니에 고무

밴드로 묶은 편지봉투가 몇 통 있었다. 발신인은 시카고에 있는 신문사이며, 그 신문사가 내세운 대통령 후보의 행선지로 생각되는 루트를 따라, 여러 도시의 주소로 마이클 셀던이 수신인으로 되어 있었다. 그 봉투의 내용은 극히 평범한 것이었는데, 경비로 필요한 액수의 돈을 동봉했다고 하는 내용이었다.

이것이 신분의 증명을 위해 교묘하게 조작된 위조라고 생각할 수 있을까? 그녀는 자신이 없었다. 다음에 그녀는 여행 가방 바닥에서, 똑같은 시카고 신문의 톱면을 오려낸 듯한 스크랩 북을 발견했다. 그 어디에서든 자기네 신문사의 후보자가 각지에서 한 명연설로 큰 갈채를 받았다고 하는 기사가 나와 있었다. 그 기사에는 어느 것이든 마이크 셀던의 서명이 있었다. 그럼, 이 사람은 괜찮은 게 틀림없다고 그녀는 자신을 가졌다. 하지만 아직 조급히 굴어서는 안된다. 이런 것은 마이크 셀던이라는 신문기자가 있다고 하는 증거밖에 되지 않는다. 이 남자가 정말로 그 기자인지 확신은 할 수 없다. 누군가에게서 이름과 이런 서류를 빌려 온 건지도 모른다. 그녀는 그 신문의 오려낸 부분을 한장 한장 넘겨보았다. 대개는 그 후보자가 여러 사회지도자들과 인사를 나누고 있는 사진이 나와 있었지만, 끝부분 한 면은 샌프란시스코의 기자회견 사진이었다. 마거트는 창틀에 앉아 있는 그 남자의 모습에 정신이 들자 이상하게 힘이 솟는 것을 느꼈다. 사진 설명에는 당당하게 본사 특파원 마이크 셀던이라고 쓰여 있었다. 흐트러진 머리카락, 믿음직스러운 턱의 선, 유머러스한 입가. 이제는 틀림없었다.

'마이클 셸던은 역시 마이클 셸던이었구나.' 하고 마거트는 혼자서 계속 중얼거렸다. 이런 사실을 안 마거트는 기쁨으로 얼굴이 확 달아오르는 것을 느꼈다. 그럼, 탐정은 케이츠나 밀러가 틀림없다. 그녀는 서둘러서 하다 만 일로 마음을 되돌렸다. 케이츠가 틀림없다는 생각이 들었다. '하여튼 밀러의 방도 조사하는 게 좋아. 확실히 해야만 하니까.'

복도로 나오고 나서 타월을 놓고 오는 것을 잊고 온 게 생각나 다시 타월을 들고 들어가 두 장을 침대 위에 내려놓았다. 그리고 다시 나오자 케이츠가 조금 숨을 헐떡이면서 계단을 올라오고 있는 중이었다.

"깨끗한 타월을 놓고 왔습니다."

그녀는 팔에 안은 타월을 턱으로 가리키면서 말했다.

"감사합니다." 그는 공손하게 대답했다. "사랑스러운 퀸 양과 성실하고 정직한 톰린슨 아주머니, 그리고 친근한 당신. 지배인이 있을 때보다 훨씬 서비스가 좋군요."

그는 자기 방으로 모습을 감추었다. 그의 어조나 안색에서는 아무것도 읽을 수가 없었다. 밀러의 방에 들어가면서 '케이츠가 탐정인 것이 확실하다면 어떤 방법을 쓸까.' 하고 그녀는 곰곰이 생각에 잠겼다. 그녀의 아름다움도 아무렇지도 않게 생각되는 듯했기 때문에, 보통 방법으로는 안 된다. '무슨 생각이 떠오르겠지.' 하고 그녀는 스스로 기운을 북돋았다. 필요하다면 마이크를 끌어들여 그를 말려들게 하는 것도 가능할 것이다. '그렇지 않으면 밀러가 좋을지도 모르지. 밀러 쪽이 오히려 다루기 좋아. 조금 치켜주기만 해도 나를 위해서 어떤 곡예라도 할 테니까. 저녁식사 때 내게 다리를 바짝 붙여온 것을 냅다 차버리지 않은 게 다행이었어. 그 남자의 도움이 필요할지도 모르거든.'

밀러 방을 조사하는 것은 빨랐다. 케이츠가 2층에 올라와 있었기 때문에 그렇게 오래 있을 수도 없었기 때문이었다. '욕실 청소라도 하고 있나 보다고 생각하면 좋을 텐데.' 그녀는 문득 그런 생각이 들었다. '그렇지 않으면 아무렇게나 마음내키는 대로 생각하라지 뭐.' 그렇게 생각은 하면서도 그녀는 역시 서둘러서 조사했다. 찰리 밀러를 믿을 수 있는 확실한 증거는 없었지만, 괜찮을 거라고 하는 증거는 많이 있었다. 여러 가지 부엌 도구가 들어 있는 견본 케이스가 있었고, 주문 장부가 일부분 기록되어 있는 것도 있었다. 그 밖에도 출장판매 세일즈맨의 여러 가지 준비물로 생각되는 신청서와 같은 인쇄물도 있었다. 찰스 D 밀러가 7월의 최고 성적 세일즈맨이라는 장식문자를 단 상장도 있었다. 그가 어젯밤에 가져온, 술이 많이 들어 있었던 가죽 보스턴 백도 있었다. 마거트는 타월을 두 장 놓고는, '케이츠를 해치우는 데 어떻게 하면 찰리 밀러를 끌어들일 수 있을까?' 생각하면서 방을 나왔다.

케이츠의 방문이 꽉 닫혀 있는 것을 보고서 그녀는 이 조사를 시작하고 나서 처음으로 긴장이 풀리는 기분을 느꼈다. '하나님, 감사합니다. 이것으로 끝났습니다.' 그녀는 감사로 생각했다. '만일 그 여행 가방을 조사한 것을 알아차리게 되면 어떤 일이 벌어질까?' 하지만 위험을 알면서도 하지 않을 수 없었던 것이다. '그러니까 누군가가 나를 감시하고 있다면 마음대로 하시라고. 나는 케이츠와 셀던,

밀러에게 깨끗한 타월을 나눠주고 왔으니까. 자, 나머지는 저 퀸이라는 여자 방에다가 갖다놓고, 내 몫으로도 두 장 들고 가는 거야. 호텔의 임시 지배인으로서 전혀 꺼림칙한 일도 아니고, 오히려 아주 훌륭한 일이지 뭐.

자신의 행동을 이제 세상 사람들이 다 봐도 상관없다는 혼자의 속단에서 그녀는 수잔의 방문을 크게 활짝 열어놓았다. 타월을 놓고 나니 문득 침대 밑에 반쯤 감추어진 작은 여행 가방이 눈에 띄었다. 재빨리 가방 위쪽을 훑어보았다. 여기서 그녀는 문득 이상하다는 느낌을 받고서 뒤로 물러섰다. 이상한 것은 머리글자였다. SQR로 되어 있었다. '왜 SQR일까?' 자연스럽게 그녀의 입술이 '스티븐 퀜틴 로드스'라고 움직였다. 퀜틴 로드스라면 뒤집어서 줄여 로키라고 하는 별명을 붙일 수도 있겠다고 생각했다.

'이것은 누구의 여행 가방일까?' 이 의문이 집요하게 그녀의 머리를 요란하게 두드렸다. 수잔과 밀러는 함께 도착했다. 밀러가 가방 하나를 그녀와 함께 이 방으로 옮겨왔는지도 모른다. 내가 수상하다고 여기고서 그의 방을 조사해도 발견되지 않도록 이 방 침대 밑에 숨겨놓았는지도 모른다. 그렇지 않으면 케이츠의 짓인지도 모른다. 그는 수잔에 대해 순진하고 좋은 아가씨라고 줄곧 얘기했었다. 그가 이 가방을 맡아달라고 부탁했는지도 모른다. 그 아가씨는 그 이유도 묻지 않을 정도로 어수룩한 사람이다. 나는 어떻게 해서라도 이 가방이 누구의 것이고, 내용물이 무엇인지 조사해야만 한다. 그것만 알면 다음에 취해야 할 방법도 알 수 있다.

가방을 끌어내리려고 하는데 계단에 가벼운 발소리가 들려왔다. 그녀는 꼼짝않고 그 자리에 못박힌 채 섰다. 곧 수잔이 문에 나타났다.

"어머나, 부인?" 수잔은 조금 놀란 듯이 말했다. "뭘 찾으시나요?"

"타월을 갖고 왔어요." 마거트는 자신의 목소리가 공손한 것이 화가 났다. '이런 바보 같은 여자에게 겁먹을 것 없어.' 하고 그녀는 생각했다. '이런 아가씨에게는 아무렇게나 마음대로 생각하게 내버려둬도 괜찮아.' 이번에는 좀 전보다 자신을 갖고 그녀는 이야기를 계속했다. "그 여행 가방은 매우 모양이 좋네요. 내 친구가 이런 것과 꼭 닮은 것을 갖고 있지요. 상당히 가볍죠?"

"네, 가벼워요." 수잔은 쾌활하게 대답했다. "하지만 실은 제 것이 아니에요. 언니인 샤일라의 것이에요. 우리 집은 형제가 많아서 무엇이든 빌려쓴답니다. 어머니가 곧잘 하시는 말처럼 가장 일찍 일어난 딸이 가장 좋은 옷을 입는답니다. 저는 좋은 가방이 없지만, 형부가 요전 크리스마스에 샤일라 언니에게 좋은 세트를 사주었기 때문에, 이번 여행을 떠나기 전 라일리 언니의 집에 들러서 가져온 거예요."

'거짓말? 이 가방이 자신의 것이 아니라는 걸 내게 숨기려는 걸까? 이 아가씨는 이런 얘기를 스스로 만들어낼 만한 재치는 없어. 내가 이 머리글자에 관해서 물어보면 이렇게 대답하라고 누군가에게 지시를 받은 게 틀림없어. 설령 목을 조르는 일이 있더라도 이 가방에 대해서는 사실을 알

아내야만 해. 내용물이 무언지 봐야만 한다고.'

마거트의 목소리나 미소에는 마음속에 있는 이런 무서운 생각의 그림자나 형태는 조금도 보이지 않았다. "이런 걸 빌려주는 언니가 있으니 참 좋겠군요." 그녀는 상냥하게 말했다. "안은 촘촘하게 칸막이가 붙어 있나요?"

"아녜요. 칸막이는 전혀 없어요." 수잔이 대답했다.

'좋아, 새끼 고양이 같으니!' 마거트는 화가 났다. '보여주지 않겠다면 내가 직접 보겠어. 그리고 만일 내용물을 보고서도 어느쪽 남자가 진짜 소유자인지 알 수 없으면 반드시 자백시키고 말겠어.'

"안을 좀 봐도 괜찮겠죠?"

가방 위에 웅크리고서 걸쇠를 벗기는 마거트의 목소리는 사탕처럼 달콤했다. "난, 좋은 가방을 보면 맥을 못 춘답니다. 얼른 안감을 보고 싶군요."

그녀가 뚜껑을 열어도 수잔은 막으려고도 하지 않았다. 마거트의 눈은 흥분으로 반짝였고, 가슴은 고동치고 있었다. 지금이야말로 수수께끼의 해답에 접근했다고 하는 확신 때문이다. 그러나 내용물을 보고 나서 그녀는 실망 때문에 숨을 고르게 쉴 수가 없었다. 푸른색 비단 나이트 가운, 하의가 몇 벌. 게다가 수잔이 위장을 하기 위해 자신의 것을 다소 집어넣었을지도 모른다는 생각을 부정이라도 하듯이, 역시 SQR라고 쓰인 머리글자가 붙은 여자의 가죽제 화장품 케이스가 들어 있었다. 그 남자들 물건이라고는 생각할 수 없었다. 마거트는 괴로운 얼굴을 하고서 생각했다. 그 머리글자가 수잔이 말한 대로 샤일라 퀸 라일리의 것이라고는 것은 의문의 여지가 없었다. 뚜껑을 덮고 일어서면서도 마거트는 낙담하여 울고 싶었다. '잘못된 경보에 지나지 않았어.' 하고 그녀는 대단히 불쾌하게 생각했다. 단서를 잡았다고 생각하자마자 곧바로 사라져 버린 것이다. '케이츠가 맞는지를 밝혀내기 위해서라면 어떤 걸 드러내도 좋아.'

"대단히 예쁘네요." 가방 쪽으로 손을 흔들면서 그게 참 좋다고 하는 듯이 그녀는 수잔에게 말했다.

"아래층으로 함께 내려가시지 않겠어요?" 수잔이 물었다. "혼자 계셔서는 안돼요. 지금 조용히 얘기들을 하고 있는데 대단히 재미있답니다. 마이크와 찰리가 로키 산맥의 대분수령에 관한 것으로 토론을 벌이고 있기 때문에, 전 이야기에 결말을 짓기 위해 콜로라도 지도를 가지러 온 거예요. 전 정말 아무것도 모르는 시골뜨기라서 항상 어디에 갈 때는 지도를 잘 들여다본답니다."

'그래, 나도 아래로 내려가야지.' 하고 마거트는 생각했다. '케이츠를 해치우는 데에 밀러의 힘을 빌릴 필요가 있다면 지금부터 공작을 펴놓는 게 좋아.' 그렇게 하면 계획을 세웠을 때 맘 먹은 대로 이용할 수 있을 것이다.

그녀가 거실로 들어갔을 때, 밀러는 잔을 든 손을 화려하게 흔들면서 얘기하고 있었다. 저녁식사 전부터 마시기 시작하여, 그 이후 죽 끝없이 계속 마시고 있었던 것 같다. 마거트를 보자 그는 얼굴을 반짝였다.

"오, W 부인." 그는 뛰어나와 마거트의 팔을 잡았다. "지금 맞이하러 가려고 생각했었죠. 굉장히 맛있는 하이볼을 만들어 드리겠습니다——"

"감사합니다, 찰리." 마거트는 눈을 내리깔면서 의미있는 듯한 미소를 보였다.

"지금은 술은 마실 수 있을 것 같지 않군요. 하지만 퀸 양에게서 여러분이 즐겁게 얘기하고 있다는 말을 듣고서 왔습니다. 왠지 저만 제외된 것 같아서요."

"곧 고쳐 드리겠습니다." 그는 공손하게 마거트를 구석의 긴의자로 안내하고는 나란히 앉았다. "둘이서 사이좋게 신경쓰지 말고 얘기라도 합시다."

밀러의 태도는 의식적으로 마이크를 따돌리고 있었다. 마이크는 넓은 그 방 반대쪽의 난로에 기대어 있었다. 그녀가 들어왔을 때 마이크도 뛰어나왔지만 밀러가 가까웠던 것이다. 마거트는 뒷짐을 지고 있는 셸던의 얼굴에 유감스러운 빛이 떠 있는 것을 보고 기분이 나쁘지 않았다. 셸던은 그곳에서 수잔 쪽을 돌아보고 그녀가 갖고 온 지도에 흥미가 있는 얼굴을 했다. 마거트는 일부러 밀러 쪽으로 몸을 기댔다.

"하시는 일을 이야기해 주세요." 그녀는 중얼거리듯이 말했다. "무척 재미있을 것 같네요."

밀러가 아주 신나는 기색으로 얘기를 시작하자 셸던이 발끈하여 가시가 돋친 목소리로 말했다.

"수잔에게 지도를 갖고 오라고 한 건 당신이었소. 그런데 왜 보지 않는 거요?"

'가엾은 마이크.' 마거트는 득의양양했다. '지금 저 사람은 잠시 수잔과 사이좋게 있는 게 좋아. 그렇게 하면, 나중

에 나를 위해 이용하고 싶을 때 이쪽에서 공작하기 좋거든.'

"이제 지도 같은 건 볼 필요없소." 밀러가 아주 기분좋게 고함쳤다. "그런 말은 했지만 더 멋진 사람이 나타났기 때문이오. 그렇죠, W 부인?"

"찰리, 상당히 서먹서먹하군요." 그녀는 공손하게 말했다. "왜 마거트라고 부르지 않는 거죠?"

"물론 당신의 말씀대로 부르겠습니다." 그는 마거트 쪽으로 바짝 다가섰다. "다만, 마거트라고 부르기가 어려워서요. 좀 이상한 느낌이 드는 겁니다. 틀림없이 어머니가 붙인 이름은 메기가 아닐까요? 무대에 나오는 예명처럼 만든 이름이 틀림없소."

"무대에?" 메기는 깜짝 놀랐다. 목소리나 표정이 흐트러지지 않도록 애썼다.

"그래요, 여배우들의 습관을 알고 있죠. 모두 예명을 사용하거든요. 그러니 당신은 필시 대단한 여배우였을 겁니다. 당신의 연극을 보고 싶군요."

탐정의 변장을 알아내야 하는 문제로 인해 처음부터 초조해 있던 마거트의 신경이 여기서 갑자기 휴하고 풀어지게 되었다. 마치 되살아난 듯한 심정이었다. '그 문제는 풀었으니, 나머지는 한 가지 방법밖에 없어. 이것이야말로 내가 기다리고 있던 단서야.' 그녀는 기뻐하고 있었다. '드디어 결정적인 단서가 나왔어. 내가 무대에 섰던 것을 밀러가 알고 있다면, 그걸 어떻게 알았는지 방법은 하나밖에 없어. 필이 얘기한 게 틀림없지. 필은 친구인 로키 로드스에게 여배우와 결혼했다고 얘기한 거야. 빈틈없는 필의 이 친구도

깡통따개 세일즈맨으로 변장한 것까진 좋았지만, 좀 과음해서 꼬리를 드러내고 말았군. 실망은 했지만, 이젠 확실히 안심했어. 앞으로는 이제 짐작과 추측만으로 움직이지 않고도 끝나게 되는 거야. 하지만 이 사람이 허점을 드러낸 것을 이 사람에게 알아차리지 못하게 해야만 해.'

"대단한 것은 아니었어요." 마거트는 조심스럽게 말했다. "그냥, 보지 못한 게 섭섭할 만한 연극은 아니었지요."

"들리는 바에 의하면 그렇지도 않은 것 같던데요." 밀러는 쾌활하게 반대했다. "지방순회극단에서는 뛰어나셨고, 영화회사 같은 데서 쫓아다닌 것은 아닙니까?"

'역시 필이 그런 것까지 얘기했었군.' 마거트는 만족스럽게 생각했다. '이 사람은 결혼하는 것 때문에 내가 스크린 테스트를 받는 걸 단념했다는 얘기를 정말로 받아들였던 거야. 이 사람이라면 아무런 조작도 필요없어. 밀러라서 다행이야. 케이츠였다면 무척 고생했을 텐데.'

밀러의 팔이 허리를 감싸왔고, 얼굴에 닿는 입김이 뜨거웠다. 그녀는 방 맞은편에 있는 두 사람에게 의미 있는 눈길을 보내고는 약간 몸을 빼냈다. 밀러도 그녀의 눈을 보고 알아차린 모양이었다.

"여기서 나갑시다." 그는 작은 목소리로 중얼거렸다.

"2층에 있는 방으로 가면 둘이서만 있을 수 있죠."

"어머나, 그건 안돼요. 그런 건 좀 이상하잖아요." 그녀는 완전히 믿는 듯한 표정으로 밀러를 올려다보았다. "소문의 씨가 되어서는 곤란하지요."

"그렇군요." 그도 신사인 체하며 맞장구를 쳤다. "당신에게 나쁜 소문을 돌게 하고 싶지는 않소. 그러나 마이크와 수지의 눈이 미치지 않는 곳이 어딘가에 있을 만도 한데."

"찰리, 있어요." 그녀가 말했다.

"밖으로 나가서 내 차에 타면 되지 않겠어요? 그건 어때요?"

"훌륭하오." 그도 열을 내며 말했다. "그럼, 갑시다."

밀러는 곧바로 일어서려고 했지만 마거트가 말했다.

"저 사람들에게서 도망갔다는 생각을 갖게 하고 싶지 않아요. 라디오를 들어야겠다고 하면 어떨까요? 훌륭한 방법이잖아요? 호텔에는 전혀 없거든요. 내가 그렇게 말하고는 내 차에 붙어 있다고 하는 거예요. 그렇게 하면 우리 두 사람 다 아주 으스대고 나갈 수 있죠."

"명안이오." 밀러는 감탄했다. "당신은 멋진 여성이오. 지혜가 있어요."

"좋아요, 찰리. 시작해요."

"알았소." 그는 방안에 들리도록 커다란 목소리를 냈다. "음악은 어떻소? 자, 수지 큐. 음악은 싫소? 라디오를 켜서 생기 없는 바람을 쫓아버리지 않겠소?"

"어머, 그거야 좋지만——" 수잔은 깜짝 놀라면서 말했다. "부인, 라디오를 켜도 괜찮을까요?"

"공교롭게도 불가능해요." 마거트는 얼른 대답했다. "자랑은 아닙니다만, 이 호텔은 구식이라서요. 찰리, 라디오는 없어요. 단념해 주셔야겠네요."

"이런, 어처구니없군." 그는 불만을 나타냈다. "음악이 듣고 싶은데. 라디오 음악을 들을 수 없다면 내가 노래부르겠소.”

“차에는 라디오가 있어요.” 그녀는 지금 생각이 난 것처럼 말을 꺼냈다. “꼭 음악이 듣고 싶다면 차에 있는 라디오를 들으시는 게 어떻겠어요?”

“그거 좋겠군.” 밀러는 그녀를 잡아당기며 일으켜세웠다. “자, 메기, 건너편으로 가서 음악을 들읍시다. 당신은 코트를 걸치고 오시오. 나는 추위를 피할 술을 한 병 갖고 올 테니까.”

그녀는 거의 항의하듯이 웃으면서도 방에서 끌려나갔다.

‘잘했어.’ 그녀는 득의만만한 미소를 지었다. ‘준비는 완벽해. 마이크나 그 아가씨나 차에 가자고 한 사람이 밀러라고 생각하겠지. 밀러가 취해 있는 것도 봐서 알고 있고. 아무리 일주일 동안 여러 가지를 생각한다 해도 이 이상 완벽하게 준비는 할 수 없을 거야. 곧 로키 로드스는 죽고, 그것이 불행한 사고라는 것을 의심할 사람은 한 사람도 없게 되겠지.’

제7장

그녀는 계단 위에서 밀러와 헤어졌다.

"곧 오겠소." 밀러는 들떠서 자신의 방으로 갔다.

"좋아요, 뒷계단에서 만나요." 그녀도 말했다.

화려한 스카프를 머리에 쓰고 모피코트를 두르는 데에 시간은 단지 2~3분밖에 걸리지 않았다. 잠시 생각한 뒤에 작은 손전등을 서랍에서 꺼내어 코트 주머니에 집어넣었다. 잠시 뒤, 소리도 없이 복도를 빠른 걸음으로 걸어가서 계단을 올라가 3층으로 갔다. 아주 캄캄한 방에서 톰린슨 아주머니는 의자에 멍하니 앉아 꼼짝도 않고 양손을 무릎에 놓고 있었다. 마거트는 전등 스위치를 넣었다.

"토미." 그녀가 물었다. "나에 대해서 물은 사람이 있어요? 내가 무대에 나선 적이 있다고 누군가에게 얘기했냐고요?"

"아니, 그런 건 얘기하지 않았어요." 토미는 화난 듯한 눈으로 올려다보았다. "아무에게도 얘기하지 않았어요. 당신이 여배우 출신이라는 걸 알리고 싶어하지 않는다는 것은 나 역시 알고 있기 때문에, 그런 것은 한마디도 얘기하지 않았어요."

"토미, 중요한 일이에요. 무심코 얘기했거나, 또는 얘기하고도 잊어버린 건 아니겠죠? 찰리 밀러가 내가 연극을 했다는 것을 알고 있어요. 그 남자가 그것을 알고 있다고 하면, 이유는 두 가지밖에 없어요. 당신이 얘기했든지, 필이 얘기했든지요. 그런데 만일 그 사람이 필에게서 들었다고 하면, 내가 찾고 있는 탐정은 그 남자가 되는 거예요. 그러니까 당신이 밀러에게 얘기한 것을 정신차려서 죄다 생각해 봐요. 내가 연극을 했다고 생각하게 할 만한 일을 얘기하지 않았어요?"

"아녜요." 토미는 확실하게 머리를 흔들었다. "밀러 씨와는 전혀 말을 하지 않았어요. 나는 퀸이라는 아가씨하고밖에 제대로 만나지 않았는데, 그 아가씨는 아무것도 묻지 않았어요. 다만 거들어 주러 왔었을 뿐이었어요. 당신이 웨더비 씨의 부인이 되기 전에 무엇을 했는지에 대해선 한마디도 하지 않았어요."

"토미, 그럴 거라고 생각했어요." 마거트는 그녀의 어깨를 가볍게 두드렸다. "하지만 확실하게 하지 않을 수가 없었어요. 그렇게 되면 찰리 밀러가 로키 로드스라는 게 되니, 우리는 아무런 어려움도 없어진다는 뜻이에요. 하지만 당신의 손을 빌려야만 해요."

"무슨 짓을 하려고?" 토미는 걱정스러운 듯이 그녀의 얼굴을 보았다.

"염려하지 않아도 돼요. 내 쪽은 빈틈없이 할 테니까." 그녀는 불을 끄고 창가로 걸어갔다. 밖을 내다보고는 만족스러운 듯이 고개를 끄덕였다. "좋아, 차고 옆문이 여기서 보이리라고는 생각지 않았어. 그렇다면 집안에서는 아무데서도 보이지 않는다는 뜻이야. 하지만 모퉁이를 돌기 전의 샛길은 여기서는 보이지. 토미, 이리 와요. 내 생각을 얘기할게요."

토미는 고분고분하게 창가에 나란히 섰다.

"당신이 필요하게 되는 것은 빨라도 두 시간 뒤예요. 하지만 당신은 이 창에서 내가 저 샛길로 올 때까지 꼼짝않고 망을 봐야 해요." 그녀는 자신이 나타날 근처를 손을 흔들어 가리켰다. "아마 나는 납작 엎드려서 올 거예요. 게다가 당신에게 확실히 알 수 있도록 손전등을 켤 거예요. 그리고 나서 도움도 요청할 거예요. 당신에게 들릴지 모르겠지만요. 내 모습을 발견하면 창문을 열고 귀를 기울이면 돼요. 하여튼 내 모습을 발견하면 아래로 뛰어내려가서 집안 사람 모두에게 얘기하는 거예요——케이츠와 셸던, 그리고 퀸이라는 아가씨에게도요. 내가 밖에 있는데 상처를 입은 것 같다고 얘기하세요. 내 비명소리가 들렸다면 그것도 얘기하는 거예요. 하지만 목소리가 이 창까지 들려오지 않는다면 얘기해서는 안돼요. 다 진짜로 해야 되니까. 물론 당신은 당황한 체해야 하지만 연극이 지나쳐서는 안돼요."

"어머, 마거트 양, 어떤 계획인데요?" 그녀는 공손하게 말했다. "이 집에서는 사건이 이미 많았잖아요? 이 이상 말썽을 일으키지 말아요. 제발 조심하세요."

"염려할 필요없어요, 토미." 마거트는 출입구 쪽으로 걸어갔다. "당신은 이제부터 앞으로 생길 일에 대해서는 잘 모르는 쪽이 좋아요. 그쪽이 연극을 잘할 수 있으니까요. 밤늦게 정원에 쓰러져 있는 내가 갑자기 눈에 들어왔을 때 자연스럽게 행동하면 되는 거예요. 옷도 벗고 있는 게 좋아요. 그쪽이 진짜에 가까우니까. 그 밖의 일은 전부 내게 맡겨요."

마거트가 방을 나가자 토미는 언어가 되지 않는 항의의 소리를 질렀다. 찰리는 2층에서 기다리고 있었다.

"메기, 뭔데 이렇게 시간이 걸렸소?" 그가 물었다. "바람맞았나 생각했지."

"찰리, 내가 그렇게 할 리가 없다는 것은 알고 있잖아요." 계단을 내려가면서 그녀는 코트를 걸쳤다. 지금 그녀는 남자의 팔에 손을 걸치고 있었다. "필요한 것은 모두 준비했죠?"

"안심하고 맡겨주시오." 한쪽 손으로는 술병을 휘두르고, 또 한쪽 손으로는 주머니를 두드렸다. "예비용까지 한 병 갖고 왔으니까. 추운 밤에는 조심만 해서 넘긴 적이 없지요."

계단을 내려가면서 마거트가 조금 커다란 목소리를 내자 찰리도 그 뒤를 따라 뱃고동 같은 큰소리를 냈다. 호텔 바깥 방에 있는 사람들에게도 이 목소리는 들렸을 거라고 마거트는 만족스럽게 생각했다. 이 남자가 나를 억지로 차로 끌고갔다고 하는 것은 확실히 입증되었을 것이다. "찰리, 이렇게 하면 안되는데." 그녀는 마음을 가라앉히고 말했다. "다른 사람들과 함께 있어야 하는 것 아녜요?"

"농담마시오." 그는 큰소리로 말했다. "당신이 함께 차로 가자고 하잖았소? 이제 와서 돌아갈 수는 없소. 가서 라디오를 들읍시다. 뭣하면 당신을 껴안고 있어도 좋겠소."

마거트는 덤벼들 것처럼 그의 얼굴을 보았다.

"그래요." 그는 그 눈길에 대답했다. "그게 좋겠군. 그럼,

이걸 들어요."

어쩔 수 없이 그녀는 병을 받아들었다. 두 사람은 계단 아래 부엌으로 갔다. 그는 이것 보란 듯이 팔 근육을 굽혀 보이더니 그녀를 번쩍 안고서 출입구를 나왔다.

'서툴고 어리석은 사람, 좀더 나를 안고 있어야지 내려놓으면 안돼.' 하고 그녀는 생각했다. 그러나 그녀는 들뜬 목소리로 불평을 해댔다.

"찰리, 내려줘요." 주먹으로 가볍게 그의 가슴을 두드렸다. "제발 내려줘요. 집안에 있기로 해요." 그러나 이번에는 목소리를 죽여서 중얼거렸다. "그건 그렇다 치고, 당신은 힘이 세군요."

짐 때문에 약간 발이 걸리긴 했지만 그는 마거트를 뒷문에서 차고까지 안고 갔다. '잘했어.' 그녀는 스스로도 감탄했다. '이곳에 온 것은 내 생각이 아니라는 것뿐만 아니라, 내가 싫어했다는 것까지 다른 사람들의 마음에 제대로 새겨넣을 수 있었어.' 가벼운 눈송이가 얼굴에 닿자 그녀는 의사가 말한 것이 생각났다. 추워진 것도 내게 운이 따라주었기 때문이라고 생각했다. 이런 날씨라면 차의 히터를 켜는 것도 지극히 당연한 일이다.

차고 입구에서 밀러는 안심했다는 듯이 그녀를 내려놓았다.

"메기, 당신은 정말 좋은 몸매를 가졌소." 그는 숨을 거칠게 내쉬며 말했다.

그가 문을 열자 메기는 어두운 차고로 그를 먼저 들여보내기 위해 한 걸음 뒤로 물러섰다. 잠시 뒤, 그녀도 안으로 들어가 문을 꽉 닫았다. 그녀가 손전등을 켜고 차를 비췄다.

"이건가요, 메기? 그렇게 나쁜 차는 아니었군." 그는 감탄한 듯이 말하면서 뒷문 손잡이에 손을 댔다.

"안돼요." 마거트는 날카롭게 말했다. "뒷좌석은 안돼요. 앞에 앉아요."

"이봐요, 넓은 쪽이 좋잖소? 앞자리는 핸들 때문에 비좁아요. 장애물이 없는 뒷자리에 탑시다."

'이 남자가 뒷좌석에 타자고 할 거라는 것 정도는 짐작했지.' 마거트는 생각했다. '하지만 그렇게는 안돼. 그럼, 엔진을 켤 수가 없단 말이야.'

"음, 찰리!" 목소리에 달콤함을 깨뜨리지 않고서도 날카로움을 담기 위해 그녀는 애를 썼다. "이곳에는 라디오를 들으러 온 거예요. 앞좌석이 아니면 라디오를 켤 수가 없지 않겠어요?"

"라디오를 듣는다고? 그거 놀랍군!" 그는 껄껄 웃었다. "이봐요, 상대를 어떻게 본 거요? 우리들은 귀찮게 곁에 있는 사람들을 피해 도망쳐 온 거요. 당신 상대는 사물에 대한 이해력이 좋은 찰리 아저씨이니까, 무엇이든 확실하게 얘기하는 게 좋아요. 이곳에는 평범한 파티를 하러 왔으니까 뒷자리에 앉는 게 기분이 좋을 거요."

"안돼요." 그녀는 약간 입을 뾰로통하게 내밀었다. "나는 앞좌석이 좋아요."

"어째서?" 그가 이번에는 커다란 얼굴을 하고서 말했다. "어느쪽으로 해야 되는지 한 번 더 얘기해 줘야겠군. 당신은 이곳에 오고 싶어하지 않았지만 결국엔 오게 되었소, 안 그렇소? 그리고 이번에는 뒷자리에 타는 게 싫다고 했소. 하지만 결국엔 뒷자리에 타게 될 거요. 이 찰리 아저씨는 고집센 아이 다루는 방법을 잘 알고 있다오."

그는 뒷문을 휙 열고는 그녀를 안으려고 뒤돌아섰다.

"내게 손대지 말아요." 그녀는 냉정하게 말했다. "두 번 다시 나를 안지 말아요."

"이봐요." 엷은 웃음을 짓고, 침울하게 멋적은 얼굴이 되었다. "뭘 그렇게 화를 내고 있소? 그저 장난인데."

"그렇다면, 좋아요." 그녀의 어조는 어느 정도 따뜻한 맛을 되찾았지만, 그래도 그와는 거리를 두고 있었다. "그럼, 앞좌석에 타는 거예요. 그렇지 않으면 난 곧바로 호텔로 돌아갈 테니까, 당신은 어느쪽이든 좋을 대로 하세요."

"알았소, 알았소." 그도 달래듯이 맞장구를 쳤다. "무엇이든지 당신이 하자는 대로 하겠소."

'차 앞좌석에 타는 데에 이런 시비까진 하고 싶진 않았는데.' 하고 핸들 앞에 앉은 남자 옆에 앉으면서 마거트는 생각했다. '하지만 이 남자는 취했기 때문에 내 생각을 알아차리지 못해. 하여튼 이 남자는 멍청한 세일즈맨 역할을 해나갈 생각일 테니 나에 대해 경계하지는 않을 거야.' 그는 아직도 그녀가 화내는 연극에 당혹해 하며 멋적은 듯이 잠자코 앉아 있었다. 접근하기가 조금 두려웠던 것이다. '이 남자를 한 번 더 맥을 못 추게 해줘야지.' 하고 마거트는 생각했다. 여기에서 취기가 깨서는 곤란하다.

"찰리, 화났어요?" 그녀는 기운없이 물었다. "저 역시 때로는 제 고집대로 하고 싶어지거든요. 게다가 우리들의 파티에 라디오를 켜서는 안될 이유도 없는 거 아녜요?"

그녀는 라디오 손잡이를 돌려서 음악이 흘러나올 때까지 조정을 했다. 찰리는 지체없이 망설임을 버리고 그녀 곁으로 바싹 다가앉았다.

"아니오, 괜찮소." 그는 즐겁게 말했다. "나와 함께 있기만 한다면 언제 어디서도 마음대로 해도 좋아요. 한잔 어떻소?"

'한잔 마시는 게 좋아.' 하고 그녀는 생각했다. '아주 조금만. 머리는 완전하게 명확해야 하지만, 숨결에 술냄새를 풍겨놓는 것도 좋은 생각이야. 그렇게 하면 내가 약간 취해 있었다고 나중에 설명을 덧붙이면 돼.'

"물론이지요." 그녀는 친근하게 응했다. "술을 마시지 않는 파티 같은 건 의미가 없어요."

그녀는 병을 입에 대고 조금 입에 쏟아넣었다. 양치질이라도 하듯이 삼키기 전에 잠시 입에 머금었다가 삼켰다. 그리고는 병을 그에게 돌려주자 그는 단숨에 크게 들이켰다. 후——하고 만족스러운 숨을 쉬고는 그는 병을 두 사람 사이의 바닥에 놓았다.

"이거야말로 우리들 세상의 봉이라는 거지." 익살맞은 미소를 띠우고서 그는 마거트 턱 밑에 있는 스카프의 매듭을 풀고는 머리카락을 꺼냈다. "충분하게 준비되어 있는 버번 위스키와 아름다운 금발."

말은 나오지 않았지만, 그녀는 자아내는 듯한 미소를 보냈다.

"아름다운 금발." 그는 힘을 들여 반복한다. "이런 금발 미인과는 만난 적이 없소."

그는 오른손으로는 그녀의 머리카락을 어루만지면서, 왼손으로는 그녀의 뺨을 두드렸다. 다음엔 그녀의 머리를 가까이로 당기더니 몸을 기울이고서 입을 벌린 채 키스를 하려 했다. 그러는 사이에 왼손은 자연스럽게 그녀의 목에서 아래쪽으로 내려갔다.

"응, 찰리." 여러 번 경험해서 익숙해진 재치로 그녀가 얼굴을 돌리자 남자의 입술이 그녀의 뺨을 스쳤다. "치근대는 건 싫어요."

그렇게 말을 하면서도 그녀의 입술은 이것 보란 듯이 미소를 띠우고 있었다.

"참을 수 없소." 그는 쉰 목소리로 대답했다. "그런 얼굴을 보면 앞뒤 분별도 없어져 버린다오."

그의 왼손은 아직도 마거트의 코트 속에서 탐험을 계속하고 있었다.

"달콤한, 꿀보다 달콤한 입술." 그의 입이 마거트의 입술을 찾으며 중얼거렸다.

'이 남자는 탐정으로서도 서툴지만 이런 일에도 서툴군.' 하고 마거트는 조소를 담은 채 생각했다. '아무튼 내 쪽이 훨씬 더 뛰어나.' 남자의 공격을 요령껏 피하고, 조금 헛점을 보였다가는 후퇴하고, 몸짓으로 거부했다가 눈길로 끌어당기는 것이다. 자신이 조종하여 목각 인형 춤을 추게 할 수 있는 그 팔에 안겨서, 자신이 하는 일이지만 감탄한 채 힘이 넘쳐오르는 것을 느꼈다.

행복하게 죽게 하는 게 좋을지도 모른다. 이렇게 생각하고서 그녀는 마음속으로 웃었다. 우선 상대방 남자에게 항복하고서, 그런 뒤에 그 남자를 죽이는 것이다. '스릴이 있어. 애인을 먹어버리는 게 검은 여왕거미였나? 그렇지 않으면, 그냥 신화 속에 나오는 그 뭐라나 하는 여신 얘기였던가?' 밀러는 그녀가 몸의 진장을 풀자 이때가 중요한 시기라고 생각하고서 덤벼들었다. 그녀는 갑자기 자신을 꽉 잡고 있는 손에 정신이 들었다. '아차, 나는 항상 잊어버리는군.' 그녀는 자기 자신을 나무랐다. 남자는 처음에야 거위의 깃털처럼 다루기 쉬워 보이는 법이다. 그러나 그 가면 속에는 억센 근육이 있다는 것을 잊어버렸었나? 힘에 대해서는 이 남자에게 전혀 당할 수가 없어. 만일 이 남자가 너무 몰두하게 되면 나로서는 어떻게 해볼 수가 없게 된다. 게다가 이것은 얼간이 짓을 해서는 안될 중요한 일이다. '나는 이곳에 놀러온 게 아니야.' 남자의 입에서 자신의 입을 떼어놓는 것도 이미 쉬운 일이 아니었다. 양손으로 그의 팔을 풀고서 그녀는 겨우 약간 그를 밀어낼 수가 있었다.

"떨어져요, 찰리!" 그녀는 거칠게 말했다. "이 손을 풀어줘요."

그는 거친 숨을 내쉬고 있었고, 그녀의 말이 뇌에 전달되는 데에 몇 초인가 시간이 걸렸다. 그는 약간 팔을 풀었고, 마거트는 그 속에서 벗어났다. 그가 또 손을 뻗자 그녀는 병을 집어들었다. '이것은 무기로도 도움이 되지.' 하고 반쯤은 그런 생각도 떠올리고 있었다.

"찰리, 한잔해요." 그녀가 말했다. "이렇게 좋은 버번을 병 속에 묻어둘 수는 없어요."

"마시고 싶지 않소." 그는 완고하게 대답했다. "아무것도 필요없소. 나는 단지 ── "

"추워요, 찰리." 그녀는 덤벼드는 남자의 손을 피하면서 말했다. "너무 추워요."

"추위 같은 건 곧 괜찮아질 거요. 그렇게 내게서 떨어지지 말았으면 좋겠는데."

"아뇨." 그녀는 고자세로 말했다. "좀더 따뜻해질 때까지는 아무것도 하기 싫어요. 히터를 켜야겠네."

그녀는 주머니에서 차 열쇠가 들어 있는 작은 가죽 열쇠 케이스를 꺼내어 그에게 건네주었다. "엔진을 넣어요, 전 히터를 켤 테니까요."

고분고분하게 케이스를 받아들고 그는 단추를 열었다. 열쇠를 두 개 달고 있는 쇠사슬이 흘러 떨어졌다. 그는 그 열쇠를 찾으려고 바닥을 더듬었는데, 그 시간이 마치 영원이라고 생각될 정도였다.

"일어나요." 그녀는 화내면서 몹시 나무랐다. "내가 줍겠어요."

계기반의 불을 켜고서 그녀는 얼른 열쇠를 찾아 케이스에 다시 끼우고는, 남자 위로 몸을 구부려 점화전의 열쇠를 꽂고 스위치를 넣었다. 그리고 나서 엔진을 가동시키는 버튼을 누르고, 초크를 끌어당겨 배기를 열어놓았다. 생각해둔 대로 그녀는 히터를 켰다. 결승점이 눈앞에 있다. 그녀는 옆에 앉아 있는 남자를 향해 허물없는 미소를 보였다.

"엔진이 제대로 걸렸으니 곧 따뜻해질 거예요. 그러면 좋은 기분으로 즐길 수 있을 거예요."

그녀는 남자 옆에 바짝 다가붙고서 술병을 든 손을 살짝 바닥에 놓았다. '만일 이 남자를 내리쳐야만 한다면 이마를 똑바로 내리쳐야지.' 하고 그녀는 생각했다. 이마라면 그가 고꾸라졌을 경우 자연스럽게 핸들에 부딪칠 위치다. 그렇게 하면 상처가 설명이 된다. 그리고 그 내리치는 것도 가볍게 정신을 잃을 정도로만 해두자. 머리뼈가 다치면 상황이 좋지 않게 된다.

"꽤 따뜻해졌어요." 그녀는 달콤한 목소리로 말했다. "찰리, 좀더 옆으로 다가와요."

이 남자를 때릴 필요는 없었다. 그의 정열은 다시 불타오르고, 애무가 다시 계속되었는데 이번에는 이 남자에 대해서나 이 상황에 대해서 완전히 자기 뜻대로 할 수 있는 위치에 서 있다는 것을 알았다. 그러는 사이에 남자의 열기는 식어갔다. 그는 눈이 잘 보이지 않는지 몇 번인가 눈을 깜박였다. 그가 힘없이 흔들흔들 기대오는 것을 느꼈다. 머리가 흐느적거리며 그녀의 어깨에 떨어진다. 그녀는 약간 밀쳐서 그가 핸들 위로 쓰러지도록 했다.

"찰리." 그녀는 탐색하듯이 말을 걸어보았다. "찰리, 어때요?"

그는 대답도 하지 않고 움직이지도 않았다. 그녀는 그의 얼굴 밑으로 손을 넣어 얼굴을 자기 쪽으로 향하게 했다. 손을 떼자 흐물흐물 쓰러졌다. 눈은 감고, 입은 벌리고 있었다. 여기서 비로소 그녀는 자신도 머리가 욱신욱신 아파온다는 것을 깨달았다. 약간 현기증도 느껴졌다.

'밖으로 나가야 해.' 하고 그녀는 생각했다. '여기 있으면 나도 당해 버리는 거야. 서두르지 않으면 나도 죽어버릴지도 몰라. 그렇게 되면 여러 사람의 웃음거리가 되겠지. 하지만 누가 웃을까?' 차 문을 열고서 차고 바닥에 내려섰다. 발이 고무로 만들어진 것 같았고, 차고 옆으로 난 출입구까지 불과 몇 걸음이 안되는 거리가 1마일처럼 느껴졌다. '아, 난 너무 오래 버텼어!' 그녀는 생각했다. '일산화탄소란 게 지독한 놈이로구나. 밀러는 마치 꺼져가는 불처럼, 왜 살해되었는지도 모르는 채 죽어가고 있었다. '나도 좀더 있었으면 죽을 판이었어. 그것은 아무런 냄새도 없고, 소리도 없이 살며시 다가오는 거야.'

문을 잡아 여는 데도 온 힘을 다 쥐어짜야만 했다. 감사한 생각으로 그녀는 신선한 공기를 깊이 들이마시고는 밖으로 발을 내딛고서 꼼꼼하게 문을 또 닫았다. 그녀는 몇 분 동안 자신의 호흡에 온 신경을 집중시키고 있었는데, 겨우 정상으로 돌아온 듯한 느낌이 들었다. 눈은 아까보다 많이 내렸으며 대지를 엷고 하얀 깔개로 덮어씌우고 있었다. 차가운 밤 바람이 그녀의 온몸을 찔러, 그녀는 자신의 몸이 깨끗하게 씻겨 자유롭게 되는 듯한 느낌이었다.

'계속 운이 좋았어.' 그녀는 매우 기뻤다. '내가 로키 로드스인지를 조사해야만 했는데, 상대편에서 일부러 내 손에 답을 보내 주었어. 그자는 또 자신이 의도한 것인 양하여 나와 함께 차고로 와주었어. 게다가 알코올로 고주망태가 되어 일산화탄소의 함정 속에 의심없이 들어오고 만 거야. 그렇지 않으면 내가 먼저 죽게 되었을지도 몰랐지. 한때는 그래도 가까워지기까지 했으나, 그래도 이쪽 생각대

로 잘 해치웠어. 앞으로는 이제 무슨 일이든 내 생각대로 되는 거야.'

등뒤에서는 아직도 켜 있는 라디오의 시끄러운 소리가 들려오고, 게다가 숨은 듯이 엔진의 조용한 신음소리가 들려오고 있었다. 그녀는 흘끗 손목시계를 들여다보았다. '어 젯밤 필이 죽은 것은 지금부터 한 시간 가량 전의 일이었어. 이것으로 나도 이중 살인을 한 거야. 이 말이 그녀에게 묘한 즐거움을 주었다. 옐로 페이퍼(선정적인 폭로기사를 전문으로 하는 싸구려 신문)에서는 그런 단어를 쓸 거야. 하지만 내일은 어느 신문에도 나오지 않아. 가장 중요한 것은 아무도 알 수 없을 테니까. 어떤 의미에서는 하찮아. 좋은 기삿거리가 될 텐데. 게다가 그러한 신문에서는 늘 그렇듯이 화려하게 써대면 나도 굉장한 인물로 여겨지게 될 텐데.'

'이런 기분으로밖에 되지 않는다는 것이 이상한 일이야. '카인의 표시'가 생긴다든가, 살인은 속죄를 할 때까지는 양심에 가책을 받는다든가 하는 그럴듯한 이야기가 많이 있잖아. 성 요셉에게 이런 경험이 없었다는 것은 알고 있어. 그런 사람들의 양심이야 지금 나의 절반 정도도 믿음직스럽지 못했어. 지금 내 기분은 어제와 똑같아. 아니, 작년 기분과도 달라지지 않았어. 오히려 전보다 기분이 좋을 정도야. 나는 전부터 내가 갖고 싶은 것은 무엇이든 손에 넣으려고 했어. 어떤 일도 당하지 않고. 지금 나는 그 확신을 갖고 있어. 나의 앞길을 방해하는 두 남자가 있었지만, 나는 그 둘을 해치웠어. 그런 정도야. 게다가 나는 벌레를 두 마리를 짓밟아 죽인 정도로밖에는 마음에 걸리지 않아. 아니,

그 사람들이 방해를 하러 나타난 것을 나는 기뻐하고 있었다고 해도 좋을 정도야. 그 사람들이 없었다면 내가 이렇게 강한 사람이라는 것을 깨닫지 못하고 끝나 버렸을지도 모르니까. 이제 나는 무엇이라도 할 수 있어. 어떤 일이라도 할 수 있다고.'

그녀는 지금 발과 정갱이에 심한 추위를 느끼고 있었다. 혈액순환을 좋게 하려고 제자리걸음을 했다. 볼과 귀를 밤바람이 날카롭게 찌른다. '지겨운 밀러!' 그녀는 마음속으로 욕을 퍼부어댔다. '그 얼간이가 어째서 내 스카프를 풀어놨지? 그것이 있으면 조금은 바람막이가 되었을 텐데.' 그녀는 노출된 양손을 서로 비비며 팔로 가슴을 두드렸다. 그리고는 손목시계를 보았다.

'당황해서는 안돼.' 하고 그녀는 자신을 억눌렀다. '시간을 오래 끌어야만 해. 추위 때문에 고통스럽다고 해서 저 문을 빨리 열 수는 없어. 차고에 맑은 공기를 집어넣기 전에 저 남자가 완전하게 죽어야만 하는 거야. 그건 그렇다 치고, 이 추위! 면양말을 신고 털 스웨터라도 입고 오는 정도는 생각을 했어야 했는데. 스파르타식 투철함으로 그녀는 추위를 견뎠다. 잠시 뒤 일산화탄소가 효과를 내는 데에 충분하다고 그녀가 계산한 시간에 시계 바늘이 도착했다. 그녀는 뒤돌아서 문 손잡이에 손을 걸쳤다. 자, 돌리는 거다. 하지만 여기에서 의혹의 물결이 갑자기 그녀에게 덮쳐왔다.

쓸데없는 걱정이라고 그녀는 생각했다. 하지만 이거 너무 간단한 것 아냐? 로드스는 내가 생각한 것만큼 얼간이

가 아니고, 아주 무섭도록 빈틈없는 탐정인지도 모른다. 탐
정이란 직업에서는 여러 가지 트릭을 사용할 게 틀림없어.
그 취한 모습이나 색정, 그리고 정신을 잃은 것 등이 모두
연극의 일부분이었던 것은 아닐까? 그러는 동안에도 죽
나를 감시하고 있으면서 내게 어서 오라고 함정을 쳐놓고
있었던 것은 아닐까? 내가 필을 죽였다고 하는 결정적인
단서로서, 내게 자기를 죽이도록 유도한 것인지도 몰라. 내
가 나오자마자 곧바로 차에서 내려 차고 바깥문을 열고 공
기를 들이마셨는지도 모르는 일이야. 지금 이 안에서 내가
문을 열면 덤벼들려고 긴장한 채 눈을 반짝이며 기다리고
있는지도 모른다.'

전기를 띤 그녀의 신경은 문 저쪽에서 눈을 반짝이며 덤
벼들 준비를 갖추고 웅크리고 있는 밀러의 모습을 마법처
럼 그려냈다. 이곳에서 도망쳐 호텔로 돌아가서, 자기 방으
로 뛰어올라가 자물쇠를 채우고 숨어 버리고 싶은 행동을
억누르기 위해 그녀는 악전고투했다. 문 손잡이에 걸친 그
녀의 손이 떨어지더니 꼼짝않고 그 손잡이를 바라본다. 그
자가 혼자서 돌아다니며 안에서 문이 열리기만을 기다리고
있는 것만 같았다.

머릿속에서 점점 커져가는 공포를 간신히 억누르고, 가
까스로 한 번 더 손을 들어 손잡이에 걸친다. '물론 그 남자
는 죽었을 거야.' 자신은 없었지만, 그녀는 자신에게 그렇
게 타이르고 있었다. '내가 나왔을 때, 이미 의식을 잃고 있
었어. 무슨 일이 있어도 나는 처음의 계획대로 밀고 나가야
해. 여기서 당황하게 되면 모든 것이 물거품이야. 물론 그

남자는 죽었다고. 로키 로드스는 죽었어.' 단조롭게 똑같은 말을 되풀이한다고 해서 위로가 되지는 않았지만, 손잡이를 돌리는 그녀의 손은 떨리고 있었다. 문을 밀어 열면서 비명을 억누르기 위해 그녀는 입술을 깨물어야만 했다.

제8장

일이 어떻게 된 건지 제대로 짐작도 못한 채 그녀는 몇
초 간 멍하니 서서 기다리고 있었다. 잠시 뒤, 용기를
되찾아 주머니에서 손전등을 꺼내어 차를 비춰보았다. 밀
러는 그녀가 남기고 간 모습 그대로 늘어져 있었다. '나는
바보였어.' 그녀는 스스로에게 조소했다. '있지도 않은 허
깨비를 허공에다 그리고는 그런 것 때문에 죽도록 떨었으
니. 물론 이 남자는 죽었어. 머리를 써서 정확하게 계획을
세웠으니 실패할 리가 없지 않겠어?' 가스로 가득 찬 차고
에 그 이상 발을 디디기 전에 그녀는 가슴에 신선한 공기
를 가득 들이마셨다. 잠시 뒤 그녀는 차 속에 있는 밀러 곁
에 탔다. 밀러의 팔은 축 늘어진 채 겨드랑이에 매달려 있
었다. 그녀는 그 손목에 가볍게 손가락을 대보았다. 맥박은
느껴지지 않았다.

'이것이 대단원의 장이야.' 그녀는 의기양양했다. 앞으로
몇 분만 있으면 일련의 연극에 막을 내릴 수 있다. 이렇게
간단하다는 것을 모두가 안다면 이 세상에는 어울리지 않
는 부부로 살아가는 사람들이 훨씬 적어질 텐데. 우아한 동
작으로 차에서 내려 그녀는 넙죽 엎드려서 출입구로 향했
다. 기름이 흘러 있는 바닥에 코트를 끌고 가야만 하는 것
이 조금 유감이었다. 하지만 밍크 코트 같은 거야 얼마든지

살 수 있다고 그녀는 고쳐서 생각했다. 게다가 지금부터 닥쳐올 일을 조금이라도 망치고 싶지 않았다. '여기에 찰리를 죽일 정도의 일산화탄소가 있다고 하면 나 역시 서서 걸어나갈 수는 없는 노릇이지.' 당장이라도 맥없이 쓰러질 것만 같은 상태라 간신히 출입구까지 기어나간 것처럼 그럴듯하게 꾸며야만 했다. 연극을 위해서는 약간의 희생은 참고 견딜 수 있었다.

문에 도착해서 그녀는 눈속에 난 깊은 발자국에 정신이 번쩍 들었다. 아까 문에서 오랫동안 기다리고 있을 때 그녀의 발이 만든 흔적이었다. 그녀는 자신이 세세한 점에까지 생각이 미친 걸 만족해 했다. '역시 나는 빈틈이 없어.' 하고 그녀는 득의의 미소를 지었다. '무엇 하나 빠뜨리지 않았어. 아무도 이런 발자국은 알아차리지 못하겠지만, 이것은 역시 내가 지워버리지.' 축축한 눈을 한줌 집어서 그녀는 그 발자국에 뿌렸다. 이어서 그녀는 그 근처의 땅을 마구 휘저어 누군가가 거기에 서 있었다는 흔적이 남지 않도록 했다. '이제 됐어.' 하고 그녀는 자신을 북돋았다. 이 위를 몸을 질질 끌고 가면, 호흡을 되찾을 동안 내가 여기에서 뒹굴고 있었던 것처럼 보이게 되겠지.

그녀는 그곳에서 약간 비탈져 있는 샛길을 기어오르기 시작했다. 손에 돌이 잡히고 무릎이 까지며, 스타킹은 몇 줄이나 올이 찢어졌다. 손발이 시렵고, 차가운 밤바람에 숨을 쉴 때마다 코가 아팠다. 처음에 느꼈던 흥분이 가라앉자 고통이 고개를 들고 올라와서 통증이 더해 왔다. 걸어가면 그렇게 가까운 샛길이 마치 무한과 같이 보이는 것이다. 이

눈이 차의 히터를 사용하는 데 변명의 여지가 없는 구실로
서 아까는 그렇게 고마웠는데, 지금에 와서는 그녀의 머리
와 정갱이와 발에도 얼어붙일 것만 같은 위력으로 홍건하
게 흐르는 것이었다. '독감이라도 걸려 죽어버리지 않으면
다행이겠어.' 하고 그녀는 생각했다. '이것 때문에 간염이
라도 걸려 죽어버린다면 얄궂은 얘기가 되겠는데.' 납처럼
무거워진 팔다리로 땅을 기어가고 있는 동안에 움직일 때
마다 새로운 고통이 더해 오고, 간염에 걸릴지도 모른다는
두려움도 점점 남의 일이 아니게 되어가고 있었다.

'내가 이런 짓을 하고 있는 것도 이제 일이 눈앞에 닥쳐
왔기 때문이야.' 그녀는 마음속으로 중얼거리고 있었다.
'하지만 무엇 때문에? 이런 짓을 했다고 해서 누구 하나
기뻐해 주지 않을 텐데. 이렇게까지 하지 않았어도 모두가
속을 것이다. 지금 로드스가 죽은 이상 아무도 의심할 사람
은 없어. 하지만 이 행동을 계속해야 해. 이것은 계획 속에
있는 중요한 부분인 거야. 만일 다른 사람에게서 조사받게
되면 상대편에서 무엇을 찾아낼지 모른다. 하지만 조사해
봐도, 모두 미리 예상한 대로 딱 들어맞는다면 아무런 의문
이나 의혹도 일어나지 않을 거야. 때문에 만사 조리가 닿게
보이고, 내 입장을 완전하게 믿게 하기 위해서는 이런 불필
요한 고생을 하는 것도 헛된 일은 아니지. 내 모습이 심하
면 심할수록 그만큼 내 말이 다른 사람들에게 의심받을 염
려도 적어지니까.'

지금 그녀는 샛길의 길모퉁이까지 가서 천천히 바닥을
기며 돌아갔다. 3층 창에 그림자가 되어 비친 토미의 모습

을 보자 그녀는 기운이 났다. '친절한 토미 아주머니.' 그녀
는 애정을 담아 중얼거렸다. '저 사람은 항상 의지할 수 있
어. 창도 정확하게 열려 있네. 토미도 감기에 걸리지 말았
으면 좋겠는데. 이쯤에서 도움을 청해 보는 게 좋겠어. 집
안에 누군가가 들릴 만한 곳에 있는지도 몰라.'

"도와줘요." 그녀는 힘없이 외쳤다. "누구든 도와줘요."

그녀는 잠시 쉬었다가, 이번에는 조금 큰소리로 외쳐보
았다.

"부탁해요──도와줘요. 안 들려요? 도와줘요."

그녀는 몇 번이나 반복해서 외쳤다. 토미는 아직 꼼짝않
고 창가에 서 있다. '저런 멍청이!' 하고 그녀는 화를 냈다.
'왜 사람을 부르러 가지 않는 거야? 내 모습이 보이지 않
는 걸까? 사람을 부르러 가지 않고 창가에 서 있으면 대체
무슨 도움이 된다는 거야? 토미는 저곳에서 졸고 있으면
서 나를 이 눈 속에서 헛되이 죽게 내버려둘 작정이군. 조
금은 내 입장을 생각해 줬으면 좋겠는데. 저 사람이 여기에
와서 추위에 떨어봐야 해. 이대로 집에까지 가서 안으로 들
어갈 수도 있겠지만, 여기서 연기하는 쪽이 연극으로서도
돋보이는 거야.'

곱은 손가락을 코트 주머니에 넣고서 그녀는 또 손전등
을 꺼냈다. 스위치를 넣기 위해 엄지손가락의 감각을 되살
리는 데도 잠시 손가락을 입에 물고 있어야만 했다. 잠시
뒤 그녀는 손전등을 곧바로 토미의 방을 향해 비췄다. 토미
는 마치 바늘에라도 찔린 듯이 뛰어오르더니 양손을 모아
쥐고 창 밖으로 몸을 내밀었다. 마거트는 불을 떨어뜨렸지

만 창가의 사람 그림자가 물러나고 모습을 감춰버릴 때까지 불을 켜놓았다.

'저 사람이 잘하게 해달라고 하나님에게 빌고 싶을 정도야.' 하고 그녀는 간절히 생각했다. '저 사람이 하는 일은 얼마 되지 않지만 대단히 중요한 일이야. 아, 그렇다고 해도 너무 추워.' 그대로 꼼짝않고 누워, 부엌에 불빛이 켜지는 것이 보이고 뒷문이 열리는 소리가 들릴 때까지 기다리고 있었다. 이윽고 그녀는 가냘픈 신음소리를 내기 시작했다. 마이크 셸던이 가장 먼저 왔다. 침대로 들어가려다가 불려서 나왔는지 바지는 입고 있었지만 셔츠는 입고 있지 않았다. 그녀 곁에 한쪽 무릎을 괴고 땅에서 그녀의 머리를 안듯이 들어올렸다. 토미는 바로 그 뒤에 왔다. 얼굴 가득히 눈물을 흘리고 있었다.

"아, 마거트 양." 토미가 끝없이 울부짖었다. "어떻게 된 거예요? 상처는? 대체 어떻게 된 일이에요?"

'정신차려요, 토미.' 마거트는 초조해서 마음속으로 말했다. '너무 지나쳐서는 안돼. 너무 수다를 떨면 안된다고.' 그녀는 놀라서 어찌할 바를 모르는 토미에게 경고라도 하듯이 눈을 흘겨 주고 싶었다.

"나는 괜찮아요." 마거트는 헐떡였다. 거친 숨결로 한마디 한마디 쥐어짜듯이 말했다. "찰리가, 나는 괜찮으니까 차고로 가보세요."

파자마 바람의 수잔 퀸이 울 로브(길고 품이 큰 겉옷)를 케이프처럼 어깨에 걸치고서 얼굴을 내밀었다. 그 뒤에는 얼룩말 같은 화장복으로 땅딸막한 몸을 감싼 R 데이븐퍼트 케이츠가 육중하게 샛길을 내려왔다.

"차고요." 마거트가 재촉하듯이 되풀이했다. "찰리를 도와주세요! 빨리!"

마이크와 수잔이 샛길을 급하게 뛰어갔다. 토미는 땅바닥에 앉아서 마거트의 얼굴을 자기 무릎에 올려놓고는 횡설수설 종잡을 수 없는, 동정에 찬 얘기와 비탄의 눈물만 흘리고 있었다. 케이츠는 선 채로 잠자코 그녀를 바라보고 있었다.

"케이츠." 마이크가 차고에서 큰소리로 불렀다. "이쪽으로 와요, 좀 도와줘요."

잠시 투덜거리더니 뚱뚱한 남자도 차고로 들어갔다.

"이 남자를 밖으로 끌어내야 해요." 마이크의 말소리가 마거트에게도 들려왔다. "숨을 쉬지 않는 것 같소."

우선 엔진을 끄고, 다음에 라디오를 껐다. 케이츠가 마치 거인이 체조를 하는 듯한 신음소리를 내고 있는 것이 마거트의 귀에 들려왔다. 잠시 뒤 셸던과 케이츠가 축 늘어진 밀러를 가운데 매달고서 안절부절못하는 수잔의 뒤를 따라 차고에서 나왔다.

"그 사람은 어때요? 부탁해요, 괜찮다고 말해 줘요." 마거트가 기도하듯이 말했다.

"당신도 몸이 차가워졌어요." 토미는 얼음 같은 그녀의 손을 자신의 손으로 감싼 채 비비고 있었다. "이런 눈 속에 있으면 안돼요."

"나는 괜찮아." 마거트가 말했다. "찰리를 어떻게 하지 않으면 안돼요. 부탁해요, 괜찮겠죠?"

"아직은 모르오." 마이크가 불쑥 내뱉었다. "케이츠, 어떻게 생각하시오?"

"때를 놓친 것 같은데." 케이츠가 대답했다. "심장의 고동이 없소. 할 수 있는 거라면 인공호흡 정도인데, 다행히도 나는 보이스카웃에 들어간 적이 있었으니까 치료법이 떠오를지도 모르겠소. 차 안에 모포가 있는지 봐주시오."

수잔이 재빨리 차고로 되돌아가 모포를 갖고 왔다. 마이크와 케이츠가 밀러를 그 위에 엎어 뉘여놓고 케이츠가 그 위에 말타듯이 무릎을 꿇었다.

'지겨운 데브 공 얼간이!' 마거트는 거칠게 생각했다. '어째서 그런 쓸데없는 짓을 해서 내 일을 망치려는 거지? 죽어 있는 것을 그대로 놔둘 수는 없나? 그녀는 되살아날 징후에 대해 신경을 모아서 듣고 있었다. 그러는 와중에서도 밀러가 되살아났을 때를 대비해서 말을 생각해 놓았다. 그것이 사고가 아니라고는 그 남자 역시 설명할 수 없어.' 하지만 다른 대책을 쓰기가 어려워진다. 이번에는 상대편도 방심하지 않을 것이다.

"토미, 가만히 있어요." 그녀는 토미를 타일렀다. "저쪽 상황을 들어보게."

그러나 그녀의 귀에 들려오는 것은 케이츠가 리듬을 맞추는 소리뿐이었다.

"나쁜 공기는 나가고, 좋은 공기는 들어가라." 그러는 동안에 이 운동으로 인해 그의 호흡이 거칠어져 갔다.

"효과가 없어." 그가 겨우 말했다. "이 사람은 이미 죽었어."

"아, 세상에." 마거트는 울듯이 부탁했다. "좀더 계속해 봐요. 그 사람이 죽다니——" 나중에는 흐느껴 울기 시작 했다.

"당신을 안으로 들여보내는 것이 좋겠소." 마이크가 동정을 담은 시선으로 그녀를 내려다보았다. "당신도 상당히 지쳐 있어요. 자, 옮겨 드리죠."

"아니에요, 나는 걱정하지 마세요." 마거트는 거절했다. "밀러 씨를 살펴드리세요. 의사를 불러요. 무슨 수가 있을 거예요. 안된다니, 생각만 해도 무서워요——" 여기서 또 그녀의 말은 중단되어 버렸다.

"물론 할 수 있는 데까지는 해보겠소." 마이크의 어조에는 자신은 없었지만, 그래도 그는 밀러가 있는 곳으로 되돌아갔다. 마거트는 녹초가 되어 토미에게 의지한 채 호텔 안으로 들어갔다. 수잔이 바로 뒤를 따랐다. 두 사람의 도움을 받아 마거트는 곧바로 침대로 들어갈 수 있었다. 따뜻한 목욕과 마사지 덕분에 혈액순환을 정상으로 되찾고, 감기를 방지하기 위한 뜨거운 위스키로 기운이 되살아났다. 마이크와 케이츠가 상태를 보러 와서 의사가 오늘밤엔 오지 않겠단다고 알려주었다.

"아무래도 그 양반은 이제 어쩔 수가 없는 것 같소." 마이크가 안심시키려는 듯이 말했다. "의사에게 전화해서 상황을 얘기했더니 인공호흡을 해도 안된다면 어쩔 도리가 없다는 거요. 밀러는 이미 때가 늦었소. 게다가 이 눈 때문에 도로가 유리처럼 미끄러지기 쉬워요. 내일 아침 눈을 치우는 차가 길을 깨끗하게 만든 다음 온다고 합디다. 당신도 의사의 치료가 필요하기 때문이오."

"아뇨, 나는 괜찮아요." 그녀는 머리를 흔들었다. "단지 찰리를 도울 수만 있다면. 무서웠어요. 그 사람이 어떻게 되었는지 난 전혀 몰랐어요. 차에 올라타서 라디오를 듣기도 하고 얘기를 하기도 했어요. 그러는 동안에 갑자기 그 사람이 이상해지더니 정신을 잃는 거예요. 난 너무 마신 탓이겠거니 생각했죠. 그런데 나도 어쩐지 묘한 느낌이 들어서 빨리 맑은 공기를 마셔야겠다고 생각한 거예요. 간신히 문가에까지 갈 수 있었답니다."

"위험할 뻔했소." 마이크가 진지한 얼굴로 말했다. "완전히 닫힌 차고에서 엔진을 가동시키다니, 그 정도는 밀러가 알고 있었어야 했는데."

"나도 깜빡 잊었어요. 하지만 그 사람이 히터를 켜야겠다고 했을 때, 먼저 엔진을 가동시켜야 한다는 것은 몰랐어요. 나도 조금 마신 뒤고, 게다가 차에 관한 것에는 잘 모르거든요. 그래서 난 그만 깜박 잊었던 거예요. 그렇지 않았으면 차 열쇠를 그 사람에게 건네줄 리가 없죠. 어쩐지 내 잘못 같은 느낌이 들어요."

"어머나, 그런 식으로 생각하면 안돼요." 수잔이 위로하려는 듯한 표정으로 말했다. "이런 사고는 누구의 탓도 아니에요. 차로 가자고 고집부린 사람은 밀러 씨였고, 당신 역시 그것을 막을 수는 없었어요. 그리고 나서 생긴 일들도 어쩔 도리가 없었어요. 당신이 자학할 필요는 없어요."

"그 말대로요." 마이크도 뒤를 이었다. "대단한 충격이었을 테지만, 이제 와서 돌이켜볼 생각은 하지 마시오. 랜더스 의사도 자기가 와서 진찰할 때까지 우리들에게 당신을 잘 간호하라고 하더군요."

"그 선생님은 대단히 친절하세요." 마거트는 중얼거렸다. "내일 아침에 와 주신대요?"

"그렇소, 보안관도 데리고 오겠답니다." 마이크가 대답했다.

"보안관!" 토미의 입에서 비명소리가 새나왔다.

'토미! 입 다물어!' 마거트는 마음속으로 심하게 호통쳤다. '일을 엉망으로 망쳐버리면 안돼!' 하지만 셀던 쪽으로 치켜뜬 그녀의 눈은 침착한 질문을 담고 있는 눈길에 지나지 않았다.

"아니, 판에 박은 조사뿐입니다." 마이크는 아무렇지도 않은 듯이 설명했다. "사고사일 경우에는 조사하도록 되어 있거든요. 여러 가지를 기입하는 서식 같은 것이 있어서요. 뭐, 그런 정도입니다. 그다지 당신을 괴롭히지도 않을 겁니다."

"그러면 좋겠어요." 마거트가 고상하게 말했다. "어떤 질문에도 기꺼이 대답하겠어요."

"이제 우리는 모두 저쪽으로 가는 게 좋겠어요." 수잔이 말했다. "당신은 잠을 자야만 해요."

모두가 잘 자라고 말하고는 수잔과 마이크와 케이츠가 나갔다. 토미는 안절부절못하며 이불을 고쳐주기도 하면서 뒤에 남아 있었다. 그녀의 얼굴은 완전히 지쳐서 일그러지고, 손가락 끝도 떨리고 있었다.

"토미, 당신도 가요." 마거트는 초조해져서 말했다. "오늘은 고통스러웠어요. 조금 쉬어야겠어요. 그리고 나서 좀 더 확실하게 해두어야겠어요. 셸던이 보안관 얘기를 했을 때 당신이 펄쩍 뛰면 누구라도 이상하다고 생각할 것 아네요?"

"경찰이 온다잖아요. 어떻게 할 작정이에요?"

"가만둬요, 토미. 가서 자요. 당신이 이상한 얼굴을 하고서 그 사고가 우연은 아니라고 남에게 의심의 씨를 심어놓기라도 하지 않는 한, 경찰 역시 아무리 와봤자 의심받을 일은 없어요. 당신이 정신을 차리고 있어서 안심할 수 있기를 빌 뿐이에요."

"당신이 얘기한 대로 하겠어요." 토미가 대답했다. "하지만 조심하세요. 당신 일이 염려돼서."

"괜찮아요. 방으로 돌아가요. 그렇게 끙끙 앓을 거라면 당신 방으로 가서 앓아요. 나도 좀 자야 해요."

그녀는 거칠게 베개를 두드리고는 머리를 내렸다. 토미는 고분고분하게 방에서 나갔다. '정말로 토미는 바보야.' 하고 그녀는 만족스럽게 생각했다. '아무것도 염려할 게 없는데. 보안관이 와서 보고서에 기입한다고 해도 자기 맘대로 하게 내버려두면 되는 거야. 기꺼이 도와주겠어. 일산화탄소 중독은 잘 알려진 사건이고, 내 경우는 완전히 얘기가 만들어져 있지. 보안관이 증인들에게 심문하면 밀러가 막무가내로 차로 가자고 하며 나를 끌고간 것을 모두가 증언해 줄 거야. 의사와 함께 온다고 하니 더욱 안성맞춤이지 뭐야. 반드시 내가 불쌍한 미망인이라고 미리 불어넣어 줄 테니, 틀림없이 부드럽게 다뤄주겠지. 그리고 붙임성있게 밀러가 히터를 켰을 때 차 안에서 있었던 상황 등은 아무 것도 묻지 않을 거야. 그런 일은 편리하게 자기가 결론을 내릴 수 있으면 좋겠는데.'

'밀러가 본명이 아니라는 것은 경찰에선 곧바로 발견할 거야. 그의 짐에서는 아무것도 단서가 없을 테지만. 경찰에 서는 신원을 조사해 내는 방법이 있을 게 틀림없어. 하지만 그런 건 내게 있어선 어떻게 되든 똑같아. 경찰이 내게 와 서 그가 실은 로키 로드스라는 탐정이었다고 하면, 나도 다 른 사람들처럼 깜짝 놀라면 되는 거야. 게다가 그 남자가 전에도 이 호텔에 묵은 적이 있고, 주인과도 아는 사이였다 고 해도 그런 것 정도는 아무런 의미도 없는 일이야. 그 남 자가 가명으로 여기에 온 것은 경찰에게는 아무렇게나 좋 을 대로 생각하게 놔두면 되는 거야. 단, 상대편에서는 그 남자와 나를 연결지어 생각할 수는 없어. 게다가 그 남자가 집주인의 사인(死因)을 조사하러 왔었다는 것은 경찰로서는 짐작도 할 수 없을 거야. 가장 중요한 점은, 주인이 죽어 있 는 것을 안 것이 그 남자가 와서 하룻밤 묵은 다음날 아침 이었기 때문이지. 나는 깨끗한 몸, 보안관이 얼마든지 와도 상관없어.'

그녀는 마음속으로 보안관이 물어볼 만한 질문과, 자신 이 어떻게 대답해야 할 것인가를 대강 그려보았다. '틀림없 이 보안관은 나와 호텔 안 사람들과 얘기해 보고, 시체도 조사해 볼 테지. 어쩌면 차고로 가서 차도 대강은 훑어볼 것이다. 좋아. 난 특별히 뭐 하나 숨기지 않겠어.'

갑자기 그녀는 침대에서 일어났다. 보안관이 차를 조사

하는 모습을 그려보다가 깜짝 놀랐던 것이다. 마이크는 그저 형식적인 조사라고 했지만, 지문을 뜨는 것도 형식적인 조사에 속할지 모른다. '경찰의 방식에 대해 좀더 조사해 놓았으면 좋았을걸. 점화전의 열쇠를 조사해 본다면, 밀러가 그 열쇠엔 손도 대지 않았다는 것을 알아낼지도 몰라. 정말 그 바보는 어째서 그렇게 서툴렀을까? 그자가 점화전에 열쇠를 꽂고서 돌리는 간단한 일을 해주었다면, 이런 염려는 하지 않아도 되는 건데. 물론 열쇠를 꽂고 스위치를 넣은 것은 그가 시켜서 내가 했다고도 할 수 있어. 하지만 나는 밀러가 했다고 얘기해 버린걸. 수잔과 마이크와 케이츠가 그 얘기를 기억하고 있을 거야. 게다가 엔진을 작동시킨 것도 몰랐었던 것처럼 얼빠진 연극까지 해놨는데. 안돼, 이제 와서 내 얘기를 번복할 수는 없어. 그 얘기로부터 도망갈 수는 없어. 게다가 열쇠에 내 지문이 있는 이상 나는 거짓말쟁이가 되어버리고 말아.'

그녀는 완전히 잠이 달아나 버렸다. 잠잘 때가 아니었다. '보안관은 몇 시경에 올까?' 그녀는 생각했다. '아침 일찍 올 거야. 그 열쇠를 보안관 손으로 넘겨주는 위험한 행동은 할 수 없어. 내게 불리한 증거는 단지 그거 하나뿐이야. 무슨 일이 있어도 그것을 처치해 버려야만 해.' 이것도 역시 허깨비를 상대로 싸우는 일인지도 모른다. 누군가가 엔진을 끄면서 자기 지문을 남겨놓았는지도 모른다. 하지만 내 지문에 대해서는 확신할 수 없어서 자신이 없다. 게다가 틀림이 없도록 해놓아야만 한다.

그녀는 침대에서 나왔다. 떨면서 로브를 입고, 그 위에 모피 코트를 입었다. 창 밖을 내다보고 눈이 아직도 끊임없이 내리고 있는 것을 알았다. 그녀는 구두 위에 오버슈즈를 신었다. '아직도 운이 붙어 있어.' 하고 그녀는 자신에게 타일렀다. '눈에 남긴 발자국 때문에 의심받을 걱정은 하지 않아도 돼. 게다가 그 열쇠 역시 그저 하찮은 실수에 지나지 않아. 무슨 일이든 나는 무심코 지나치지 않기 때문이야.'

고무로 된 오버슈즈 덕분에 복도를 걸어 뒷계단을 내려가는데도 발소리는 나지 않았다. 그녀는 이 상황은 완전하게 자기 뜻대로 된다고 생각하고 있었다. '만일 어쩌다가 누군가가 잠을 깼더라도 내가 몽유병으로 방황하고 있다고 생각하면 좋을 텐데. 남편을 잃은 그날 함께 자리한 사람이 사고로 죽었으니 그 정도 머리가 된다 해도 조금도 이상하지 않아. 게다가 악몽에 빠져 끌려간 곳이 바로 이 차고라면 몽유병 환자의 입장에선 완벽하게 설명될 수가 있어. 하지만 맥베스 부인 얘기는 싫어. 손에 묻은 피를 씻으면서 중얼거리는 건 딱 질색이야. 얘기에 의하면, 잠을 자면서 단정하게 외출복을 입은 사람도 있다고 하니까 코트를 입고 오버슈즈를 신은 것도 변명거리가 된다. 그러나 아무튼 아무도 잠을 깨게 해서는 안돼. 꼴사나운 일이긴 하지만.'

뒷문을 열고 발을 내밀자 차가운 바람이 날카롭게 피부를 찌른다. 그녀는 차고까지 단숨에 달려가서 안으로 들어가 얼른 차에 올라탔다. 안을 살펴보니 점화전의 열쇠는 꽂혀 있지 않았다. '끝났어.' 하고 그녀는 생각했다. 엔진을 끄고 누군가가 열쇠를 가져간 것이다. 자, 그자가 누군지 찾아내서 보안관이 오기 전에 되찾아야만 한다. 게다가 수상하다고 생각하지 않도록 되찾아야만 하는 것이다. '마이 크라면 문제없을 텐데. 하지만 케이츠라고 하면 일이 성가 시게 될지도 몰라. 내가 열쇠를 탐내고 있다고 생각하면 재 미있어 하며 그것을 숨길 심술궂은 사람이니까. 왜 있던 곳 에 놔두지를 못하는 것일까?'

바닥에 떨어졌는지도 모른다고 생각하여, 그녀는 손전등 을 켜보았다. 빛의 고리가 시트를 비추자, 거기에 찾고 있 던 작은 가죽열쇠 케이스가 있는 것이 보였다. 겨우 걱정이 사라졌다. 그녀는 그것을 집어올려 손전등과 함께 코트 주 머니에 찔러넣었다. 방으로 갖고 돌아가 점화전의 열쇠를 잘 닦아 숨겨놓으려고 생각했다. 낮에 그것을 차고 밖의 눈 속에 묻어 눈이 녹고 나서 발견되도록 해놓아야지. 그렇게 하면 밀러의 몸과 함께 옮겨질 때 우연히 아래에 떨어진 것처럼 보일 것이다. 게다가 눈 속에 묻혀 있다는 점에서 지문이 없어진 것도 설명이 될 것이다. '이 계획에는 한치 의 잘못도 없어.'

그녀는 급히 자기 방으로 되돌아가 문을 잠그고 침대에 앉아 열쇠 케이스를 꺼냈다. 그러다가 깜짝 놀라 복잡한 생 각에 잠기며 그녀는 잠시 케이스를 손바닥에 올려놓았다. 몹시 가벼운 느낌이 든다. 케이스를 열고서 그녀는 몇 초 간 그것을 바라보았다. 열쇠가 하나밖에 없었다. 점점 심해 져 오는 불안에 싸여 그녀는 하나만 남은 열쇠를 꼼짝않고 바라보고 있었다. 그것은 차 문 열쇠지 점화용 열쇠는 아니 었다. '점화전의 열쇠가 없어졌어!'

이 말이 마음속에서 비명처럼 울려퍼졌다. 누군가가 지

문이 묻어 있는 열쇠를, 점화전의 열쇠를 가져가 버린 것이다. 점화전에 꽂혀 있지 않은 것을 보고 그녀가 생각한 것처럼, 이것은 틀림없이 고의로 가져간 것이다. 항상 차를 이용하는 사람이 엔진을 끄고서 기계적으로 열쇠를 가지고 나오는, 습관에 의한 행위는 아니었다. 그것은 일부러 한 짓이었다. 일부러 케이스를 열고서 열쇠 하나를 쇠사슬에서 떼어낸 뒤 케이스를 차 안에 던져넣는 불필요한 순서를 밟아야만 하기 때문이다. 누군가가 이 열쇠를 손에 넣고 싶어한 것이다.

'왜?' 그녀는 이 의문을 몇 번이나 되풀이해서 생각했다. '누군가가 내 열쇠를 탐냈다고 하면 그건 무슨 이유일까? 이유는 하나밖에 없다. 열쇠의 지문을 조사하기 위해서이다. 게다가 이 사고를 위장이라고 의심하고 있는 사람이 아니라면, 아무도 그런 것을 생각할 이유가 없다. 로키 로드스라면야 그럴지도 모르지. 이것이 그 탐정의 최초의 활약이었는지도 모른다. 하지만 로키 로드스는 죽었잖아. 다른 사람들은 아무도 나를 의심하지 않아. 그 사람들은 지문에 관해서는 생각도 하지 않을 것이다. 하지만 역시 누군가가 그 열쇠를 가져간 거야.'

그녀의 생각은 다람쥐 쳇바퀴 돌 듯할 뿐이었다. 마치 순환논리처럼 그녀를 괴롭힌다. 열쇠를 가져간 인물은 지문을 찾고 있는 것이다. 그러나 미리 지시를 받아 나를 감시하고 있었던 탐정만이 이렇게도 사고라는 것이 확실한 이 일에 살인이 얽혀 있다고 생각할 수가 있는 것이다. 사실 로키 로드스만이——

하지만 로키 로드스는 죽었다. 그녀는 머릿속에서 되풀이 반복되는 이 말을 억눌렀지만, 그때마다 자신감이 없어져 가는 것이다. '밀러가 로키 로드스라는 건 확실히 확인했어.' 하고 그녀는 필사적으로 의혹을 억누르려고 했다. '내가 여배우였다는 것을 알고 있었으니까 그 남자가 틀림없어. 그 남자는 그런 사실을 누군가에서 들어서 알았을 것이다. 그렇지 않다면 다른 방법은 생각할 수도 없다. 반드시 그자가 탐정이야. 게다가 그자가 죽은 것은 확실해. 그렇다 해도 로키 로드스가 아니면 이런——'

'그것이 틀림없을까?' 결국 마지막에 가서 그녀는 항복했다. '로키 로드스는 아직 살아 있는 것일까? 아직 이 호텔에 있으면서, 나를 사형장으로 보낼 만한 증거를 하나하나 모으며 내가 굴복할 때를 기다리면서 꼼짝않고 나를 주시하고 있는 것일까? 아, 그럼, 나는 다른 사람을 죽여버렸단 말인가?'

제9장

마거트는 깜빡깜빡 조는 옅은 잠에서부터 침실 문을 가볍게 노크하는 소리에 잠을 깼다.

"누구세요?" 갑자기 온몸의 신경을 긴장시키며 그녀가 물었다.

"나, 마이크요." 문이 조금 열렸다. "들어가도 되겠소?"

"잠깐만 기다리세요." 침대 곁의 의자에서 실내복을 집고, 그것을 어깨에 걸쳤다. '지독한 밤이었어. 나는 틀림없이 마녀 같은 얼굴을 하고 있을 거야.' 하고 마거트는 생각했다. 하지만 차양이 내려져 있으니까 이 사람에게는 잘 보이지 않겠지. "들어오세요. 옷은 입었어요."

그는 들어와서 문을 발로 닫았다. 손에는 김이 나는 커피포트와 삶은 달걀, 몇 장의 토스트를 담은 쟁반을 들고 있었다.

"당신에게 빈 속으로 하루를 맞이하게 해서는 안된다고 생각했습니다." 그는 큰소리로 말했다. "나는 요리는 잘하지 못하지만, 아침식사 정도라면 훌륭하게 만들 수 있죠. 게다가 이것을 전부 먹어치울 때까지는 여기서 움직이지 않을 겁니다. 어제 당신은 저녁식사까지 커피 외에는 아무것도 입에 대지 않은 것 같더군요."

"마이크, 당신은 역시 친절하시군요." 이렇게 중얼거리고 나서 긴장하여 입술을 깨물었다. 그가 창가로 가서 차양을 올려버렸기 때문이다.

"이게 더 좋은데요." 그는 만족스러운 듯이 말했다. "이러는 게 기분도 밝아질 겁니다."

"틀림없이 참혹한 얼굴이겠죠." 그녀는 변명조로 말을 하고 나서 슬픈 듯이 덧붙였다. "완전히 지쳐버렸어요."

"자, 그런 일은 이제 생각지 않는 겁니다." 그는 말했다. "지금까지 잘 견뎌왔고, 앞으로도 견뎌내야 합니다. 오늘 우리들은 문명사회에서 격리되어, 지금까지 있었던 상황에서 아무것도 할 수 없게 되었습니다. 그러니까 아무리 서둘러 봐야 불가능한 거죠. 지금 당신에게 있어서 무엇보다도 중요한 것은 충분한 아침식사를 하는 겁니다."

그는 쟁반을 테이블 위에 놓고서 테이블째 침대 옆으로 가져왔다. 계란을 잘라 받침접시에 올려놓고 커피를 찻잔에 따랐다.

"문명사회에서 격리되었다고요?"

"눈 말입니다." 그는 창 쪽으로 손을 흔들었다. "거의 밤새도록 내렸습니다. 지금 1피트(약 30cm) 정도 쌓여 있어요. 마을의 의사 선생에게 물어봤는데, 이런 계절에는 드문 기록적인 눈이라고 하는군요. 눈 치우는 차가 올려면 24시간 정도는 걸린다고 합니다. 게다가 그 동안엔 저쪽에서도 올 수 없고, 이쪽에서도 갈 수 없어요. 때문에 의사도 내일 아침까지는 올 수 없소."

"보안관도?"

"보안관도 꼼짝 못합니다. 게다가 이렇게 말하는 저도 그렇답니다. 오늘 아침에 떠나려고 생각했었지만, 이렇게 되었으니 저도 길이 날 때까지는 기다려야겠죠."

"떠나야만 하나요?" 그녀의 목소리에 들어 있는 낭패감은 진짜였다.

"있는 게 좋겠습니까?" 그는 이상하다는 듯이 눈을 동그랗게 떴다.

"어머, 물론이지요." 그녀는 얌전하게 눈을 내리깔았다. "그렇게 바로 떠나시리라고는 생각 못했어요. 모든 일이, 저——해결될 때까지 묵으시리라고 생각했거든요."

"저는 떠나고 싶지 않습니다. 하지만 편집장이 금발 미인과 관계가 있는 변명에는 그다지 좋은 얼굴을 하지 않거든요. 당신을 외톨이로 놔둘 수는 없습니다. 수잔은 호텔 지배인 부부가 돌아올 때까지 여기에 남아서 당신의 시중을 들겠다고 했습니다. 게다가 남자의 힘이 필요할 때는 케이츠가 도움이 될 겁니다. 그 남자는 눈이 오든 해일이 오든, 2주 동안은 여기서 보내기로 마음을 결정한 것 같거든요."

'그게 더 남자답지.' 하고 그녀는 대단히 불쾌하게 생각했다. '자신의 처지와 하찮은 업무밖에는 생각지 않는군. 내가 이 남자를 필요로 하고 있다는 것은 조금도 생각해 주지 않아. 만일 밀러에 관해서 내가 틀렸다면? 만일 케이츠가 진짜 탐정이었다면? 나로서는 케이츠를 혼자서는 감당할 수 없을 것이다. 마이크에게 도움을 받는다면 방법은 얼마든지 있다. 그런데도 나를 내버려두고 떠나려 하다니 정말 얄미워.'

"물론 당신이야 자신에게 가장 편리하게 하실 테죠." 그녀는 친근한 어조에 대드는 빛을 담았다. "하지만 당신이 없으면 외로울 거예요. 게다가 케이츠 씨는 나무랄 데 없는 당신의 대역이라고는 말씀드릴 수 없잖겠어요? 어쩐지 그 사람은 믿질 못하겠어요. 그 사람, 처음 얘기한 대로 진짜 작가라고 생각하세요?"

그녀는 진지하게 대답을 기다렸다. 아마 이 남자도 무엇인가를 느끼고 있을 것이다. 케이츠도 그녀와는 달리 다른 사람들에게까진 경계하지 않았을 것이다. 그러니 꼬리를 드러냈을지도 모르고, 아동물 작가라는 태도를 취하지 않았을지도 모른다. 마이크는 신문기자니까 사람을 보는 눈이 있을 것이다.

"묘한 인물이죠." 마이크는 냉담하게 말하며 어깨를 으쓱했다. "하지만 작가인 것은 틀림없다고 생각합니다. 작가도 아닌데 작가라고 할 이유가 없기 때문입니다."

"하지만 진짜 작가같이 보이질 않아요." 그녀는 물고늘어졌다.

"아이들 얘기를 쓰는 사람이 어떤 타입인지 전 모르겠지만, 아마 케이츠 같은 타입일 겁니다." 그는 가벼운 태도로 대답했다.

"그럼, 그 남자는 자기가 말한 그대로지, 그 이상의 사람은 아니라고 생각하시나요?" 그녀는 아직도 불만스러운 듯이 말했다. "왜 그런지는 모르겠지만, 어딘가 그 사람은 믿을 수가 없어요. 연극을 하고 있는 듯한 느낌이 들어서요."

"틀림없이 연극은 하고 있더군요." 마이크가 털어놓고 얘기하듯이 말하자 그녀도 뭔가 새로운 것을 들을 수 있을까

해서 앞으로 몸을 내밀었다. "그러나 그렇다고 해서 그 남자가 거짓말을 한다는 것은 아닙니다. 자신의 즐거움만을 위해 연극을 하며 살아가고 있는 사람이 얼마든지 있는 법이지요. 나는 케이츠에 대해서는 별로 걱정되지 않아요."

"제가 어떻게 되었나 봐요." 그녀도 인정했다. "이 주말에 여러 사건이 생겨서 머리가 어떻게 된 거예요. 게다가 당신이 떠나신다고 하니 괴롭기까지 하군요. 지금까지 얼마만큼 제게 의지가 되었는지 당신은 모르실 거예요."

그녀는 가슴이 설레일 정도의 미소를 보여 주었다. 마이크는 몸을 굽히고 격려하듯이 그녀의 어깨를 두드렸다.

"자, 눈이 쌓여 있는 동안엔 그런 것은 생각지 말기로 합시다. 이 눈은 어지간해서는――"

문에 가벼운 노크 소리가 들렸다.

"들어오세요." 마거트는 이 방해에 속태우며 소리를 질렀다. 이 남자를 매혹시켜 놓겠다고 그녀는 생각했던 것이다. '고작 일 때문에 나를 내동댕이치고 가는 것이 수치스러운 느낌이 들게 해줘야지. 이 남자를 붙잡아 놓은 뒤, 내가 시키고 싶은 일을 시켜야지.'

수잔 퀸이 조금 문을 열었지만, 안으로 들어오지는 않았다.

"옷을 갈아입을 만한 기분이 아니라면 아침식사를 갖다 드리려고요." 그녀가 말했다. "어떻게 하실――"

그녀는 마거트의 어깨에 손을 걸친 마이크를 보고 갑자기 입을 다물었다.

"어머." 하고 얼굴이 약간 빨개진다. "누가 있으리라고는 생각 못했어요. 실례합니다."

"괜찮습니다." 마이크가 선뜻 말했다. "나도 당신처럼 아침식사를 생각해 낸 거지요. 다만 내가 빨랐던 것뿐이오. 그러나 내 요리는 아무래도 상을 탈 수 있을 것 같지 않군요."

"대단히 맛이 있었는데요." 마거트는 당황해서 말했다. 그녀는 토스트 반 조각에다 커피를 한 잔 마신 뒤였다. "하지만 식욕이 없어서──"

"먹어야만 해요." 수잔이 진지하게 말했다. "배가 고프지 않더라도 음식물은 몸에 필요해요."

"토미는 어디에 있죠?" 마거트는 갑자기 하녀가 없는 것을 불안하게 생각했다. "언제나 내 일은 그 사람이 봐주었는데."

"쉬고 있어요." 수잔이 대답했다. "어젯밤에 감기에 걸린 것 같아요."

"감기?" 마거트는 의아한 듯이 말했다. "토미답지 않군요. 그 사람은 감기 정도로 맥을 못 춘 적은 없는데. 왜 내게 오지 않는지 이유를 모르겠네."

"실은 말예요, 부인." 수잔이 털어놓고 얘기했다. "단순한 감기보다 심한 건가 봐요. 그렇지 않아도 걱정거리를 가득 안고 있는 당신에게 이런 걸 얘기하고 싶진 않지만, 톰린슨 아주머니는 어제도 전혀 기운이 없었는데, 오늘은 더 심한 것 같아요. 무슨 일을 하는 데도 멍해 있기만 하고, 또 끊임없이 몸을 떠는 발작을 일으키는 거예요. 의사가 오면 한번 진찰받아야 할 거예요. 전에도 상태가 좋지 않은 적은 없었나요?"

'할 수 없군, 토미.' 하고 마거트는 생각했다. '어째서 신경을 억누르지 못하는 걸까? 그렇게 이성을 잃고 어떻게 할 작정이지? 무거운 짐을 지고 있는 건 난데. 나는 조금도 겁내지 않잖아. 하지만 토미의 히스테리와 필의 죽음과의 관계를 이 사람들에게 눈치채게 해서는 안돼.'

"불쌍한 토미." 그녀는 상냥하게 말했다. "그 사람은 대단히 참을성이 많아서 아무리 상태가 좋지 않더라도 아무 얘기도 한 적이 없어요. 게다가 내 일을 봐줘야만 하니 조금도 몸을 쉬려고 하지 않았고요."

"당신을 무척 위하고 있나 봐요." 수잔이 말했다. "그래서 몸이 좋지 않게 됐나 봐요. 당신이 어제 아침부터 참을 수 없을 정도로 괴로운 생각만을 하니, 그 사람도 당신의 일을 염려하다가 병이 들어버린 거예요."

"어머, 아녜요." 마거트가 당황해서 말했다. "그런 게 아니라는 걸 알고 있어요. 그 사람이 아픈 건 내가 고생하는 것과는 관계없는 거랍니다. 토미는 전에도 그런 발작을 일으킨 적이 있어요. 몸을 너무 혹사한데다가, 또 대단히 신경질적이거든요. 거기에다가 이따금 무척 침울해지는 적도 있어요. 하지만 곧 나을 거예요."

'잘됐어.' 하고 그녀는 냉혹하게 생각하고 있었다. '그 사람이 죽은 사람 같은 얼굴로 우왕좌왕하거나, 누가 말을 걸 때마다 버드나무 잎사귀처럼 벌벌 떨면 내가 곤란해져. 토미에게 가서 작작 좀 떨라고 말해 줘야지.'

"그 사람에 대해 이렇게 여러 가지로 걱정해 주시니 그 친절에 정말로 감사합니다." 마거트는 수잔에게 정숙하게 말했다. "그 사람에게 가서 기운을 내게 해줄 필요가 있는지 알아봐야겠어요. 또 의사에게 전화로 그 사람의 병세를 진단할 수 있는지 물어봐야겠어요. 아침식사를 갖다 주신다고 하니, 그 마음만으로도 감사하게 생각하고 있답니다."

수잔은 마거트의 어조에서 돌아가 달라고 하는 의미를 읽었다. 흘끗 마이크에게 유감스러운 시선을 던지고는 또 마거트에게 눈을 돌린다.

"그럼, 전 아래로 내려가는 게 좋겠군요." 그녀는 살피듯이 말했다. "틀림없이 아침식사는 아직 멀었냐고 케이츠 씨가 재촉할 테니까요."

한 번 더 그녀는 마이크에게 눈을 돌렸다. 그도 함께 아래로 가겠다고 말해 주었으면 하고 바라긴 했지만, 그는 친숙한 미소를 보일 뿐이었다.

"이제 다 드신 거라면 그 쟁반은 갖고 갈까요?" 수잔이 말했다. 그녀가 방을 나가기를 주저주저하고 있는 것이 눈에 보였다.

"좋아요." 마거트는 이 아가씨의 마음이 너무 빤히 들여다보였으므로 조금 재미있어 하면서 대수롭지 않게 말했다. '내가 있는 곳에서는 이 아가씨는 마이크에 대해서는 전혀 가망은 없어.' 하고 그녀는 업신여기고 있었다. '게다가 아무도 없는 곳에서도 이 아가씨로서는 별 가망이 없다. 숙련된 솜씨로 살살 구스르는 것이 없으니까 단념하는 게 좋아.'

심술궂게 승리를 과시하듯이 그녀는 마이크에게 따뜻한 미소를 보냈다. 거기에 대답하는 마이크의 눈길은 상당히 뜨거웠다. 수잔은 두 사람의 눈길을 눈치채고 몹시 실망한 표정을 지었다. 그녀는 또 뺨을 붉히며 눈을 바닥에 내리깔고는 쟁반을 집으러 갔다. 테이블 조금 앞에서 그녀는 몸을 구부리더니 마거트의 침대 밑에서 작은 물건을 주워올렸다.

"뭐가 떨어졌군요." 그렇게 말하면서 그것을 마거트에게 내밀었다.

지금은 차 열쇠가 하나밖에 붙어 있지 않은 가죽 열쇠 케이스였다. '어째서 이런 걸 깜박 잊고 있는 거지?' 마거트는 자신에게 화가 났다. '이런 걸 감췄다고만 생각하고 있었으니. 하지만 이미 없어진 열쇠 하나 때문에 신경이 곤두서 있었으므로 이것을 치우는 것을 잊었던 거야. 뭐, 대단한 일은 아니지. 만일 케이츠가 탐정이라면 이것을 내가 갖고 있는 것을 보고서 거기에서 무슨 결론을 이끌어낼지도 모르지만, 운좋게 그자는 여기에 없으니까.'

"어머나, 이건 차 열쇠로군요." 그녀는 신중하게 계산된 놀란 목소리를 냈다. "대체 어떻게 침대 밑에 들어가 있었을까?"

"떨어뜨린 겁니다." 수잔이 사무적으로 대답했다.

"하지만 이런 건 갖고 다니지 않았는데." 마거트가 말했다. "차 안에 놓아두었거든요. 뭐, 아무래도 좋아요. 틀림없이 어젯밤에 누군가가 차고에서 갖고 와서 내게 아무 말도 않고 침대 위에 놓아두었을 거예요. 자는 동안에 그게 떨어진 거죠."

그녀는 손을 뻗어 수잔에게서 그 케이스를 받았다. 마침 그때 문이 열리고 케이츠가 터벅터벅 들어왔다.

"안녕하시오, 여러분." 그는 먼저 수잔에게 머리를 숙여

인사하고, 다음에 마거트에게 가볍게 인사했지만, 열쇠 케이스에는 아무런 흥미도 보이지 않았고, 그것이 여기에 있는 것을 보고 놀라지도 않았다. "오, 셸던, 모두들 목소리가 좋은 것을 듣고 회의라도 시작했나 보다고 생각했소. 그래서 나도 빠져서는 안되겠기에 이렇게 왔소이다."

"이 모임을 깨뜨리지 않으면 아침식사를 직접 만들어야 한다고 추리했을 테죠." 마이크도 지지 않고 대꾸했다.

"명답이오." 케이츠는 미소를 보였다. "여기에 온 목적은 회의를 끝내게 한 뒤, 잘하면 퀸 양을 아래층 부엌까지 안내하는 영광도 누릴 수 있으리라고 생각한 게요. 부엌에서는 아무도 일하는 사람이 보이지 않는 것 같고, 톰린슨 아주머니도 병이 난 것 같더군요."

"곧 가겠어요." 수잔이 케이츠에게 말했다. "지금 이 쟁반을 들고 가려 한 거예요."

그녀가 테이블에서 쟁반을 집어들자 케이츠가 손으로 그것을 눌렀다.

"아니오." 그는 막았다. "여성에게 그런 짐을 들게 해서는 안되죠. 적어도 대신 들어야 할 남성이 옆에 있는 경우엔 말입니다. 쟁반은 셸던 씨에게 맡기세요. 당신도 밑으로 내려갈 테죠?"

그는 그렇게 물으면서 흘끗 마이크를 흘겨보았다. 마이크는 태연히 책장 쪽으로 다가가면서 꼼짝도 하지 않았다.

"네?" 마이크는 갑자기 몸을 일으켰다. "아, 그렇게 하죠. 쟁반은 내가 나르겠소. 다만, 마거트, 내게 볼일이 있으시다면——"

"미안합니다. 나는 이제 괜찮아요." 그녀는 우쭐한 미소를 떠올렸다. "나도 옷을 입으면 곧 아래로 내려가겠어요."

"그럼, 그때에." 마이크가 말했다.

케이츠가 수잔에게 손을 내밀자, 그녀도 의식적인 걸맞은 방식으로 그 팔을 잡았다. 마이크는 아침식사 쟁반을 갖고 그 뒤를 따라 나가며 문을 닫으면서, 마거트 쪽으로 미련이 남는 듯 뒤돌아보았다.

혼자만 남게 되자 마거트는 곧 침대에서 튀어나와 곧바로 화장대로 걸어갔다. 거울 앞에 앉아 자신의 얼굴을 모든 각도에서 바라보았다. '그렇게 심하지는 않군.' 하고 그녀는 생각했다. 안색이 무척 파랗고, 눈 밑에 검은 기미가 끼어 있었다. '하지만 이것이 잘 어울려. 이 상황에서는 이것이 딱 들어맞아. 하지만 루즈 정도는 바를 여유가 있으면 좋겠어. 루즈를 바르지 않은 모습은 보이고 싶지 않았어. 그녀는 빗을 집어들고 생각에 잠긴 채 머리를 빗었다. 이 머리카락을 똑바로 뒤로 묶어볼까? 평소때라면 너무 촌스럽겠지만, 오늘 같은 날엔 안성맞춤인지도 몰라. 그렇게 하면 안색이 파란 것이 눈에 더 띄고, 볼이 움푹 패인 것도 돋보이겠지. 정말 굉장히 로맨틱해. 게다가 길고 헐렁헐렁한 스커트를 입고, 목이 높고 검은 스웨터에 한 줄짜리 진주 목걸이를 해야지.'

그녀는 재빠르게, 그러나 신중하게 옷을 입었다. 그리고 나서 만족스럽게 생긋 웃고는 뱅그르르 돌아보더니, 거울에 비친 자신의 모습을 감탄스러운 듯이 바라보았다. 그녀는 거울 앞에서 여러 가지 미소를 만들어보았다. 남자와 얘기할 때, 감탄, 솔직, 조심스러움, 천진함, 그 밖에 우아한 미소 등을 말이다. 눈길도 여러 가지로 해보았다. 눈을 동그랗게 뜨기도 하고, 반쯤 감기도 하고, 고개를 갸우뚱해 보기도 하고, 조금 고개를 젖혀 보기도 했다. 이윽고 검은 스타킹의 솔기가 똑바로 되었는지를 마지막으로 확인하고서 그녀는 아래층으로 내려갔다.

케이츠는 아직 식당 테이블에 앉아서 커피포트를 앞에 놓고 마멀레이드를 잔뜩 바른 토스트를 손에 들고는, 아주 만족스러운 태도를 취하고 있었다. 자기 그릇의 딸각딸각하는 소리 때문에 내용은 들을 수 없었지만, 이야기 소리가 소곤소곤 들려오는 것으로 보아, 수잔이 부엌에서 설거지를 하고 마이크는 도와주는지 보기만 하는지 아무튼 그 옆에 있다는 것을 그녀는 알 수 있었다.

"찻잔을 갖고 오시죠." 케이츠가 친근하게 말했다. "커피를 조금 나눠 드리려고요."

"괜찮아요." 마거트는 쌀쌀맞게 대답했다. "지금은 마시고 싶지 않아요."

"저런! 하여튼 앉으시오." 그녀가 부엌 쪽으로 그대로 가려 하자 케이츠가 고압적으로 말했다. "저쪽 방은 일하는 중이오. 당신도 나와 똑같이 일에 흥미가 있으리라고는 생각지 않기 때문이오."

이 남자와 얘기해 보는 것도 좋을지 모르겠다고 마거트는 생각했다. 이 남자의 정체가 무엇인지 힌트 정도는 잡을 수 있을지도 모른다.

"그러시다면 마음을 바꾸죠. 커피를 주시겠어요?" 식기

선반에 찻잔을 가지러 가면서 그녀는 쾌활하게 말했다. 돌아와서 그의 오른쪽 의자에 앉더니, 그의 손짓에 따라 커피 포트를 들어 찻잔에 따랐다.

"토스트를 권할 수 없는 게 유감이군요." 그는 쾌활하게 말했다. "보시는 바와 같이 한 조각밖에 없고, 그나마 나에게 필요한 것 같아서요."

"괜찮아요." 마거트는 이번에는 미소에 조금 쓸쓸한 빛을 띠었다. "아무것도 먹을 수 없어요."

"아, 그렇죠." 그는 자신의 뺨을 집게손가락으로 가만히 찔렀다. "비탄에 빠진 숙녀. 당신의 인생에 비극이 닥쳐왔다는 것을 잠시 잊고 있었소. 그러나 내 기억력이 나쁘다는 것은 용서해 주시겠죠? 당신도 잊을 때가 있으니까 말입니다. 그 애끓는 슬픔이라는 것도 내게 표현하라고 하면 덧없는 것이죠."

"가능한 한 쾌활하게 행동하려고 합니다." 그녀는 그의 말에 걸맞은 노여움을 보일까 생각했지만, 얼른 생각을 고쳐 달콤한 어조로 대답했다. "내 자신의 슬픔을 남에게 떠맡기고 싶지 않아서 그래요. 그것이 괜찮다는 것을 알고는 안심했어요."

"훌륭한 대답이오." 그는 마지막 토스트에 버터를 바르면서 그녀를 칭찬했다. "그러나 물론 새빨간 거짓말이오. 내 앞에서는 위선의 가면을 쓸 필요가 없소. 로맨틱한 마을의 여인들에게는 효과가 있을지도 모르겠소. 그러한 사람들은 성실한 애정이라는 연극을 좋아하는 법이오. 게다가 남편의 유서 공개시, 눈물을 조금 보이고 엷은 레이스가 달린 손수건으로 눈을 누르면 그걸로 충분하오. 오래 사귀어온 고문 변호사도 대개 그러한 방법을 좋아한다오. 하지만 나에게는 그런 쓸데없는 행동은 보일 것 없소. 죽은 남편과 당신이 생전에 어떤 관계였는지는 모르겠지만, 남편이 죽었다는 사실로 인해 당신이 아무런 고통도 받지 않는다는 것은 알고 있소."

"어머나, 케이츠 씨, 아무리 어쩌면──" 더 이상 얼빠진 행동을 하고 있을 수는 없었다.

"자, 부인, 그렇게 당황하지 마시오." 그는 마거트의 항의를 막았다. "나는 조금도 당신을 화나게 할 생각은 아니었소. 나는 단지 당신이 이따금 생각이라도 난 듯이 어중간한 미망인 태도를 보이려 하는 것이 따분하게만 여겨졌고, 어쩌면 당신도 마음이 지쳐 있을 거라고 말하고 싶었던 것뿐이오. 철학도로서, 또 인간성을 탐구하는 연구자로서 나는 세상의 미망인들이 상복을 입는 것은 거의 다 체면 때문이라고 장담할 수 있소. 그 눈물이라는 것도 세상이 만들어낸 관습에서 온 것뿐이지, 마음 밑바닥에서 나오는 눈물은 좀처럼 없지요. 때문에 나는 당신이 울면 좋아할 그런 인간들이 있는 곳에선 어쩔 수 없겠지만, 그렇지 않을 때는 그런 연극은 하지 말라고 말하고 싶은 겁니다."

"말씀을 잘 모르겠군요." 마거트는 기분이 상해서 말했다. "내가 남들 앞에서 감정을 드러내지 않도록 노력하고 있는 걸 가지고, 내가 남편을 사랑하지 않았다고 욕을 하는 거군요. 이래봬도 전──"

"아니오, 그런 말을 한 게 아니오." 그는 몹시 나무라듯이 그녀 쪽으로 손을 흔들었다. "나를 속이려고 해도 별수 없어요. 게다가 아무런 도움도 되지 않소. 슬픔을 감추는 쾌활함과, 당신이 보여준 것과 같이 죽음을 잊어버리고 다른 의욕이 앞서 있을 때의 쾌활함과는 확실한 차이가 있는 거요. 아무리 다른 사람들에게 신경쓰지 않게 하려 한다고는 하지만, 남편을 방금 잃은 여자가 갑자기 찾아온 처음 만난 외간 남자와 히히덕거린 예는 그다지 흔한 게 아니오. 모두들 조심성이 많아 당신이 가엾은 저 밀러와 잠깐 불놀이를 한 경솔한 행동에 대해 아무도 얘기하지 않은 것 같소. 하지만 나만은 다르오. 나의 옛 친구 키플링이 훌륭한 말을 했소. 진리는 진리, 계산은 계산, 결국 두 가지는 어울릴 수 없는 거요. 나는 진리 쪽을 택하겠소. 그렇다고 도덕적으로 어떻다는 것이 아니오. 그쪽이 항상 재미있기 때문이지요."

"이렇게 무례한 사람은 처음이에요!" 마거트가 외쳤다. "내가 이렇게 지쳐 있는데 그런 말을 하다니! 그렇지 않아도 나는 당신이 끔찍하다고요. 남편이 세상을 떠나서, 당신이 어떻게 생각하든 나는 정신이 하나도 없었어요. 그런데도 그 불쌍한 밀러 씨 일로 그런 냉혹한 말을 하다니."

"아니, 괴롭히려고 해서 그런 게 아니라, 실은 이유가 있습니다." 그는 침착하게 말했다. "불과 하루 동안에 남편도 잃고, 사랑을 호소하는 남자가 갑작스럽게 죽어간 자리에 우연히 끼여들게 되었으니 행동거지나 몸가짐을 조심해야 한다는 걸 확실하게 깨닫게 해주고 싶었을 뿐입니다. 이런 상황은 세 번째 남자가 있을 만한 쪽으로 두리번거리고 싶어지는 마음과는 영 딴판이죠. 세 번째 사람이라고 하면, 당신이 나를 목표로 삼았다고는 나도 꿈에도 생각지 않지만 당신도 그것은 알고 있을 테니까, 확실하게 말해서 저 셸던 아닙니까?"

"용서할 수 없는 끔찍한 사람" 마거트는 노여움에 불탔다.

"흔히 그렇게들 말하죠." 그는 꿈쩍도 하지 않았다. "그러나 내가 얘기한 건 통한 것 같소. 셸던이 스스로 어리석은 행동을 하는 거야 내가 알 바 아니오. 그 남자를 지키는 일은 내 책임은 아니오. 하지만 퀸 양은 도움이 필요한 것 같소. 그 아가씨의 요리는 특히 맛있지도 않고 뭐 보통이오. 하지만 대단히 친절한 아가씨랍니다. 그 아가씨는 잠자고 있던 내 부성애를 불러일으켰소. 그 아가씨는 셸던에게 꽤 끌려 있는 듯하오. 아마 한때의 일시적인 기분일지도 모르지만 아무튼 지금은 심각하오. 마이크도 당신이 옆에서 그 압도적인 매력으로 매혹시키지 않을 때는 저 아가씨가 그다지 싫지는 않은 것 같소. 이 시합은 불공평하고, 퀸 양에게는 유감이오. 그래서 내가 힘을 보태어 도와주어야겠다고 생각했소. 이렇게 되면 시합이 좀전보다 공평에 가깝게 되잖겠소? 물론 셸던에 대한 당신의 흥미는 그저 피상적인 것으로써, 예쁜 여자라면 누구라도 갖고 있는, 또 한 남자를 매혹하고 싶어하는 본능적인 욕구에 지나지 않을 것이오. 때문에 당신의 페어 플레이 정신에 호소하여, 이번 사냥감은 정말로 그 남자를 원하고 있는 사람에게 양보해 달라고 부탁하고 싶은 거요. 그리고 이 부탁을 뒷받침하기 위해서 당신은 눈물에 잠긴 미망인과, 남자를 사로잡는 여자의 역

할을 동시에 할 수는 없다고 지적해 두겠소. 어느쪽이든지
한 가지만 하시오."

"뭐라고요!"

마거트는 이런 말은 들어본 적이 없었다.

'건방진 얼간이! 이자는 아마 자신의 얘기에 도취되었을
거야. 마치 목사라도 된 듯한 말투로군. 하지만 내 연극이
빤히 들여다보였다는 것은 이 남자가 말한 대로 일지도 몰
라. 나도 그렇게 값싸 보이고 싶지는 않아. 밀러 때는 어쩔
수 없었어. 눈 깜짝할 사이에 일어난 일이었고, 또 그 사람
을 어떻게 해서든 차고로 데리고 나가야만 했으니까. 적어
도, 나는 그렇게 생각하고 있어. 하지만 이번에는 내가 유혹
하는 것처럼 보였다가는 재미없어. 그럴 필요도 없잖아?
그 사람은 이미 내 수중에 들어와 있어. 내가 손가락을 구
부리기만 해도 그 사람은 뛰어올 거야. 이런 케이츠 같은
남자야 백만 명이 있어도, 그 앞에서 새침한 모습을 보여줬
을 거야. 게다가 수잔 퀸에게는 마이크를 붙들 기회가 없을
거야. 이 남자는 탐정치고는 너무 어리숙해. 하지만 그 중에
는 얼간이 탐정이 있는지도 모르지. 하여튼 이 남자를 다루
는 것은 그렇게 어렵지는 않겠어. 마이크의 도움이 필요할
지조차도 의심스러워졌어.'

"내 행동을 오해하고 있는 것 같군요."

그녀는 앞으로 몸을 내밀고서 애교 있는 미소를 보였다.

"하지만 충고는 감사하게 받아들이겠어요. 저 역시 오해
를 살 만한 일은 하고 싶지 않기 때문이에요. 그리고 퀸 양
의 자그마한 로맨스를 위해서라면 할 수 있는 일은 무엇이

든 하겠어요. 그런 일에 관심을 갖고 계시다니, 상당히 친절한 데가 있는 분이군요."

"이래뵈도 대단히 달콤한 사람이라오."

그는 코웃음쳤다.

"그럴 거예요."

마거트는 진지한 표정으로 고쳤다.

"그런데도 그것을 숨기려고 하시는군요. 그래서 아이들이 당신 소설을 좋아하는군요."

"정말로 좋아합니까?"

그는 깜짝 놀란 듯한 얼굴로 물었다.

"그런 건 어디서 들었습니까?"

"그럴 거라고 생각했을 뿐이에요."

그녀는 혼란과 노여움을 숨겼다.

"당신의 책을 갖고 있었으면 좋았을 텐데요. 꼭 읽고 싶군요. 줄거리는 어디서 얻는지 얘기해 주시지 않겠어요?"

"그거라면 기꺼이! 하지만 지금은 그만둡시다."

그는 남은 토스트 조각을 삼키고는 냅킨으로 손가락을 닦더니 테이블에서 떨어졌다. 그는 문에서 잠시 멈추어서서, 올빼미 같은 그럴듯한 얼굴로 마거트를 쳐다보았다.

"방향전환이 너무 빠른 것 같소. 셸던은 그다지 기분이 좋지는 않을 게요. 게다가 공교롭게도 당신이 남을 구슬리는 솜씨는 빤히 속이 들여다보인다오."

그가 가버리자, '얼간이같이 주제넘은 놈.' 하고 마거트는 거칠게 생각했다.

'저자가 로키 로드스라면 좋겠는데. 저 녀석의 마멀레이

드에 비소를 타든지, 벼랑에서 떼밀어 버리면 기분이 무척
좋아질 거야.'

제10장

3층으로 가서 토미의 상황이나 보는 것이 좋겠다고 마거트는 생각했다. '힘을 북돋아주고, 보통때처럼 일하도록 시켜야지.' 그러지 않으면 어째서 그렇게 떨고만 있는 건지 모두들 이상하게 생각하게 된다. 수잔과 마이크가 아직 일을 하고 있는 소리가 나는 부엌을 피해, 마거트는 정면 계단에서 2층으로 올라가서 뒷계단으로 톰린슨 아주머니의 방으로 갔다.

"농담이 아녜요, 토미." 녹초가 되어 침대에 누운 토미에게 그녀는 초조한 듯이 말했다. "대체 어떻게 된 거예요? 이유를 모르겠어요. 요 이틀 동안 마치 운명을 깨달은 예언자 같아요. 남들이 다 보는 앞에서 몸을 떨고, 소리를 지르고 뛰어올라가다니! 나를 곤란하게 만들고 싶다면야 그래도 좋지만요."

"저런, 당치도 않아요." 가까스로 토미는 몸을 일으켜서 침대 끝에 앉았다. "당신을 괴롭히려 하다니, 내게 그럴 수 있는 힘이 없잖아요? 게다가 지금도 내가 이성을 잃어버린 것을 가능한 한 밖으로 드러내지 않도록 하고 있어요. 다만 웨더비 씨 일이 잊혀지지가 않는데 —— 게다가 가엾은 그 밀러 씨도 ——"

"웨더비가 어쨌다는 거예요?" 마거트가 날카롭게 물었

다. "그 사람은 죽었으니, 이제는 끝난 거예요. 당신 역시 그 사람에게 그리 호의를 가지고 있지 않았으면서 왜 그래요? 지금 생각해 보니 내가 그 사람과 함께 있을 때 당신은 별로 마음이 내키지 않았던 것 같아요. 그런데 그 사람이 죽었다고 해서 어째서 당신이 그렇게 조바심을 내는 거지요? 게다가 밀러 역시 전혀 모르는 남 아녜요? 그런 남자 때문에 잠을 자지 못하다니 이상하네요."

"내가 걱정하는 것은 그런 사람들 일이 아네요." 토미는 힘없이 말했다. "걱정되는 것은 당신이랍니다."

"나 때문에 그렇게 허풍을 떨며 소란피우는 것은 그만두라고 몇 번이나 말했을 텐데요. 내 일은 내가 알아서 할 수 있어요. 웨더비가 어떻게 죽었는지는 아무도 몰라요. 게다가 밀러 역시 마찬가지고요."

"그럴지도 모르죠." 토미는 불안하게 말했다. "당신은 무사하게 빠져나가겠죠. 그렇지만 역시 당신이 한 일에는 변함이 없어요. 당신은 냉혹하게도 두 남자를 죽였어요. 두 생명을 빼앗은 거예요. 그렇게 좋은 일은 아니잖아요? 당신은 잡히지 않을지도 몰라요. 똑똑하니까요. 하지만 앞으로 어떻게 살아갈지 생각해 봤나요? 내 마음이 불안해지는 건, 당신이 지은 죄가 당신에게 되돌아가지 않을까 하는 염려 때문이에요."

"저런, 놀라워라." 마거트가 소리를 질렀다. "토미가 내게 설교를 다하네. 이런 설교를 당신에게서 들으리라고는 꿈에도 생각지 못했어요. 걱정의 근원이 내 양심의 상태에 관한 거라면 그런 염려는 이젠 잊어도 돼요. 틀림없이 나는 사람을 두 명 죽였어요. 하지만 내가 그것 때문에 밤에 잠도 잘 수 없을 거라고 생각했다면 유감천만이에요. 내 계획을 이루기 위해서라면 한 사람 정도 더 죽이지 않으면 안될지도 몰라요. 그렇더라도 나는 괴로워하지 않는다고요."

"안돼, 안돼요!" 토미는 양손으로 얼굴을 가렸다. 어깨가 떨리고 있었다. "그런 죄를 짓는 건 끝이 없어요. 당신은 자신이 말하는 것을 모르고 있어요."

"확실하게 알고 있어요." 마거트가 냉정하게 말했다. "게다가 당신이 하는 행동이야말로 바보 같아요. 하지만 나는 지금까지 두 번이나 운명에 순응하는 대신에, 용기와 재치로 내게 상황이 유리해지도록 바꾸었을 뿐이에요. 그것을 당신은 내가 괴물이라도 된 것처럼 행동하는 거예요. 세상 사람이 살인을 하지 않는 것은 고상한 도덕관념 때문이 아니에요. 겁이 많고 멍청하기 때문에 죽일 수 없는 것뿐이라고요. 머리가 있는 사람이라면 누구라도 웨더비는 죽여버려야 한다고 생각할 거예요. 살아 있어도 아무에게도 아무런 가치도 없는 사람이에요. 죽으면 내게는 자유와 즐겁게 쓸 수 있는 재산이 남아요. 필요한 것은 상당한 담력과 빈틈없는 계획뿐이에요. 밀러는 좀 잘못되었는지도 몰라요. 어젯밤에는 그 남자가 탐정이라고 생각했었지만, 지금은 그다지 자신이 없어요. 하지만 만일 그 남자가 탐정이었다면, 처치해야 하는 것은 어쩔 도리가 없었던 것 아녜요? 만일 그 남자가 탐정이 아니었다면 —— 고작 출장판매 세일즈맨 정도인데, 별로 애석한 일도 아니잖아요? 나는 내 계획을 이룰 때까지는 방해하는 사람은 누구든 해치울 각오예요."

"당신은 자신이 어떤 일을 하는지 모르고 있어요. 인과 응보라는 게 있잖아요?" 토미는 신음하듯이 말했다. "당신이 행복한 생활을 한 적이 없다는 것은 나도 알고 있어요. 거짓말도 하고 속이기도 하며, 살기 위해선 그런 좋지 못한 일들을 해야만 했었어요. 어쩔 수 없었던 거예요. 당신은 그렇게 하지 않으면 살아갈 수가 없었기 때문이죠. 당신 주변엔 지독히도 무법적인 사람들뿐이었고, 그러한 사람들과 싸우기 위해서라면 어떤 방법을 사용하든 나는 당신을 나무란 적은 없었어요. 하지만 살인이라면 얘기는 달라요. 당신은 완전히 미쳐버렸어요. 아아, 당신은 대체 어떻게 되어가는 거죠?"

"그런 염려는 작작 좀 해요——" 계단에서 들려오는 발소리를 듣고 그녀는 입을 다물었다. "쉿! 누가 와요."

문을 두드리는 소리가 났다. "들어오세요." 말하기 전에 마거트는 토미에게 경고하는 듯한 날카로운 눈길을 주었다. 들어온 사람은 수잔이었다.

"톰린슨 아주머니, 수프라면 드실 수 있지 않을까 해서요." 수잔은 쾌활하게 접시를 양손으로 들고 있었다. "조금은 힘이 생길 거예요."

톰린슨 아주머니는 머리를 좌우로 흔들더니 으악 하고 쓰러져서 울어버렸다.

"아아, 하나님, 우리는 어떻게 되는 건가요?" 토미는 몇 번이나 반복해서 중얼거렸다.

수잔은 문득이 마거트에게 눈을 돌렸다.

"불쌍한 토미, 완전히 이성을 잃어버렸어요." 마거트는 그녀의 어깨에 겉으로는 자상하게 손을 올려놓았지만, 잠시 뒤엔 손톱 끝을 세차게 어깨 살에 꽂았다. "이 사람은 도무지 짐작도 가지 않는 근심이 있을 때마다 이런 식으로 맥을 못 추고 만답니다. 지금 이 사람은 자신이 나이를 먹어 사람들에게 아무런 도움이 되지 않아 빈민구제소에서 죽을 거라고 하는 거예요."

톰린슨 아주머니가 아주 처량하게 얼굴을 들자, 마거트가 꼼짝않고 그 눈을 매섭게 쏘아봤다. '조심해야 해요.' 하고 그 눈이 말도 없이 고압적인 태도로 몹시 나무랐다. '내 말에 장단을 맞춰 줘야 해요.'

"하지만 그렇잖아요." 토미가 힘없이 말했다. "일할 수 없게 된 여자를 데리고 있는 곳도 별로 없고, 당신에게 귀찮은 존재가 되고 싶지도 않아요."

"바보같이!" 마거트는 애정이 깃든 조소로 대답했다. "당신이 없으면 안된다는 것은 이미 알고 있잖아요? 내가 살아 있는 한 당신이 살 수 있는 집은 있어요."

그녀는 수잔 쪽으로 뒤돌아보고는 친절한 미소를 띠고서 고개를 흔들었다.

"토미는 가끔 이런 발작을 일으킨답니다. 내가 결혼할 때도 지금과 똑같았어요. 내게 버림받을 거라고 생각하고는 자신은 빈민가에 떨어져 버릴 거라고 했었답니다. 필이 죽었기 때문에 또 똑같은 일을 생각하는 거예요. 전보다도 더 내게 이 사람이 없으면 안된다는 것을 알 것 같은데도 말이죠."

"나이를 먹는다는 건 무서운 거랍니다." 톰린슨 아주머니는 마거트의 속임수를 거들고자 애쓰고 있었다. 눈물이 아직도 뺨에 흐르고 있었고, 목소리는 떨렸다.

"점점 몸에 힘이 없어지고, 일도 할 수 없게 되는데도 아무런 저축도 하지 않았다는 생각을 당신에게 하게 하고 싶지 않아요. 앞으로 내가 어떻게 될지 모르겠어요."

"괜찮아요. 나는 알고 있어요." 마거트가 친절함이 깃든 어조로 단호하게 말했다. "진짜 할머니가 될 때까지 당신은 내 시중을 들어주면 되는 거예요. 아직 할머니 흉내는 일러요. 게다가 진짜 할머니가 된다면 그땐 내가 시중을 들어 줄게요. 자, 눈물을 닦고, 퀸 양이 모처럼 갖고 온 맛있고 따뜻한 수프를 들어봐요. 그리고 이젠 그런 바보스러운 한탄은 그만둬요."

"예." 그녀는 고분고분하게 에이프런 주머니에서 손수건을 꺼내어 눈을 닦았지만, 눈물은 아직 줄줄 흘러나오는 것이었다.

"전 아래층으로 돌아가겠어요." 수잔은 수프 접시를 테이블 위에 놓았다. "내가 할 수 있는 일이 있으면 말해 주세요."

"정말 고마워요." 마거트는 상냥하게 말했다.

톰린슨 아주머니는 흐느끼는 울음을 억누르기 위해 소리를 죽였다.

"어머, 이봐요." 수잔의 발소리가 들리지 않게 되자 마거트는 소리를 죽인 채 거칠게 말했다. "그렇게 넋을 잃고 있으니까 실수를 하게 되는 거잖아요. 아까는 내가 눈 깜짝할 사이에 생각해 냈으니 잘되었지만, 저 사람에게 의심받을 만한 말을 입밖에 냈을지도 몰랐어요. 아무리 애써도 떨리거나 울음이 나온다면 나이도 먹고 저축도 한 것이 없어서 그렇다는 방금의 얘기를 그대로 하는 거예요. 꼭! 그렇지 않으면 당신 때문에 내가 곤란해지게 된단 말예요."

"그게 오히려 나을지도 모르죠." 톰린슨 아주머니는 연약하게 말했다. "조금이라도 의심받는 것이!"

"대체 그게 무슨 뜻이에요?" 마거트가 물었다. "내가 붙잡혔으면 좋겠다는 거예요? 그게 당신의 본심이에요? 만일 그렇다면 방금 같이 하면 되는 거예요."

"아니, 아니에요." 톰린슨 아주머니는 더 떨기 시작했다. "당신을 괴롭히다니, 차라리 내가 죽어버리는 게 더 낫겠어요. 하지만 당신이 안전하지도 않고, 의심하고 있는 사람이 있다면 좀더 정신을 차려야만 하겠죠. 그렇지만 더 이상 사람을 죽이는 짓은 하면 안돼요."

"무슨 말을 하는 거예요!" 마거트는 화가 나서 외쳤다. "마치 내가 재미로 사람을 죽이고서 몇 사람 해치웠나 계산하며 기뻐하고 있다는 듯한 말투네요. 멋이나 오락으로 죽인 게 아니잖아요? 몸도 머리도 많이 써야 하고, 위험도 많이 따르는 일이에요. 나 역시 조금도 웨더비를 죽이고 싶지 않았어요. 다른 방법만 있었다면 죽이지 않았을 거예요."

"하지만 당신은 그 사람만으로 끝내지 않았어요." 토미는 더듬거리며 말했다. "다음날에는 밀러 씨까지 죽였잖아요. 그 사람까지 죽일 필요는 조금도 없었는데 말이에요."

"바보, 죽여야만 했다고요. 상대방의 목숨이냐 내 목숨이

냐 하는 거였어요. 내 죄의 증거를 찾으려 하는 탐정을 제
멋대로 행동하게 놔둘 수는 없잖아요."

"하지만 그 사람은 탐정은 아니었다고 방금 말했잖아요.
이번에는 다른 사람을 또 죽여야 한다고 했잖아요. 한번 시
작하면 끝이 없는 거예요."

"밀러가 탐정이 아니라고 하진 않았어요." 마거트는 반
박했다. "그전처럼 확신을 가질 수 없다고 했을 뿐이에요.
탐정이 아니라면 내가 무대에 섰었다는 것을 알 리가 없다
고 생각했었는데, 차의 점화전 열쇠를 누가 갖고 있는지,
또 왜 그랬는지 알 때까지는 확실하게 자신을 가질 수 없
어요. 점화전 열쇠에 대한 건 아직 당신에게 얘기하지 않았
죠? 뭐, 그건 아무래도 좋아요. 지금 당신의 상태로서는 아
무런 도움도 받을 수 있을 것 같지 않으니까요."

"그래요, 내게 도우라는 말은 하지 마세요." 토미는 공손
한 태도로 말했다. "이제 나로서는 아무것도 할 수 없어요.
어젯밤엔 당신이 밀러 씨를 죽일 거라는 사실을 알지 못했
어요. 창에서 당신을 지켜보라고 했을 때도 무슨 계획인지
짐작도 가지 않았어요. 알았다면 난 그렇게 서 있지 않았을
거예요. 밑으로 가서 당신의 모습을 보고 밀러 씨가 죽었다
는 말을 들었을 때는 나도 죽어버리고 싶을 정도였어요. 내
가 어떻게든 했으면 그 사람은 죽지 않고 살 수도 있었지
않을까 생각했어요. 그러니까 이제 내게 무슨 일이든 시키
지 마세요."

"염려하지 않아도 돼요. 부탁하지 않을 테니까요." 마거
트는 업신여기는 듯한 얼굴로 대답했다. "당신은 별로 도

움이 되지 않아요. 당신은 다만 사람들이 물으면 내 말과 틀리지 않도록만 대답하면 돼요. 보안관이 내일 아침에는 이곳으로 와서는 당신이 창에서 내 모습을 보고서 눈 속에 쓰러져 있는 나를 찾으러 간 것까지 얘기를 여러 가지로 묻겠죠. 당신은 다만 있었던 대로만 대답하면 되는 거예요. 있었던 그대로 전부를 말예요. 단지 내가 오는 것을 지켜보라고 했다는 것만은 덮어놓는 거예요. 그 정도는 할 수 있겠죠?"

"모르겠어요." 토미는 불안하게 대답했다. "두 사람을 당신이 죽였고, 그런 당신을 도와주었다는 걸 알고 있는데, 어떤 얼굴로 보안관을 만날지——이런 비밀을 안고 있다는 것이 두려워요."

"하여튼 비밀은 지키는 게 좋아요. 당신은 입버릇처럼 나를 위해서만 행동하고 내 신상에 불행이 오는 것을 보는 건 괴롭다고 했죠? 지금이 그것을 증명해 보일 때예요. 바로 조금 전에 그 퀸이라는 여자 앞에서 훌륭하게 연극을 한 것 갖고는 안돼요. 보안관에게는 좀더 훌륭하게 해야 돼요."

"해보겠어요." 토미도 약속했다. "내가 할 수 있는 데까지만 한다는 것은 알고 있겠죠? 하지만 보안관 같은 사람들은 만나지 않고 살고 싶어요. 당신이 대신 얘기해 줄 수는 없나요? 경찰의 심문은 받은 적이 없어서 지금부터 겁이 나요. 얼떨결에 잘못 말해 버리면 어떡하죠?"

"보안관이 조사하고 싶은 사람을 조사하는 것을 내가 말릴 순 없잖아요." 마거트가 초조하게 말했다. "지금부터 대답을 준비해 놓는 게 좋아요. 그리고 정신차려서 하는 거예요. 이번 일이 끝나면 신경쇠약에 걸리든 뭐에 걸리든 상관없지만, 지금은 당신에게 걸려 있는 일이 많아요. 당신이 이렇게 이성을 잃고 당황할 줄 알았다면 내가 한 일을 털어놓고 얘기하지도 않았을 거예요."

"그렇게 했었으면 좋았을 텐데." 토미는 신음하듯이 말했다. "아, 아무것도 몰랐으면 좋았을걸."

"하지만 이제 그런 말을 해도 때가 늦었어요. 그러니까 우는 소리는 그만해요. 당신은 가능한 한 다른 사람들 눈에 띄지 않도록 하고, 필요 이상으로 얘기하지 않으면 만사 잘 되어갈 거예요. 수면제를 갖다드릴게요. 틀림없이 무서워서 잠을 못 잘 테니까요. 푹 자면 그렇게 떨리지 않을 거예요."

마거트는 계단을 내려가서 부엌으로 갔다. 수잔은 파이를 만들 반죽을 개고 있었고, 마이크는 등 없는 높은 의자에 앉아서 긴 다리를 의자 다리 가로막대에 얹고 물끄러미 수잔을 바라보고 있었다. 마거트가 들어가자 그가 일어서면서 그때까지의 활기 있었던 대화가 끊어져 버렸다.

"톰린슨 아주머니는 기분이 좋아졌나요?" 수잔이 물었다.

"좀더 힘을 북돋워 주려고 했지만 아직도 상당히 침울해 있어요." 마거트는 대답했다. "그 사람이 그 우울한 발작에 시달리면 자연적으로 나아질 때까지 기다릴 수밖에 없어요. 때로는 며칠씩 계속되는 경우도 있답니다. 자기가 집 없는 빈털터리가 된다고 하는 잘못된 생각에 사로잡혀서 아무리

애기해 줘도 안되는 거예요. 더욱 곤란한 것은, 그렇게 되면 밤에도 불안해서 잠을 못 잔답니다. 요 이틀 밤만 해도 만족스럽게 자지 못했나 봐요. 주인을 위해 처방해 준 수면제가 있으니까, 한 알 먹으면 그 사람도 쉴 수 있을지 몰라요."

"그거 잘됐군요." 수잔이 대답했다. "하지만 한두 알만 건네주고, 그 이상은 놓고 오지 않는 게 좋지 않을까요? 걱정을 끼쳐 드리려는 뜻은 아닙니다만, 그 사람은 대단히 침울해 있는 것 같아서요. 그런 상태가 되면 누구라도 무슨 일을 저지를지 모르거든요."

"어머나!" 마거트는 깜짝 놀란 듯이 말했다. "설마 당신은──아니에요. 그 사람은 그런 짓은 하지 않아요. 하지만 틀림없이 그렇게 해야겠군요. 위험한 행동은 피하는 것보다 더 좋은 일이 없으니까요. 한 알만 주어야겠어요."

"신경쓰지 마세요." 수잔이 갑자기 따스함을 보이며 말했다. "그렇지 않아도 근심스러우실 텐데, 쓸데없는 말을 했군요. 할 수만 있다면 조금이라도 짐을 가볍게 해드리기 위해 뭐라도 하고 싶답니다."

"많은 도움이 되었어요." 마거트가 대답했다. "자질구레한 일을 모두 당신에게 떠맡겨서 정말 죄송합니다만, 나는 아무것도 하지 못해서요." 그녀는 어쩔 도리가 없다는 듯이 양손을 폈다.

"힘들지 않아요." 수잔도 진정으로 대답했다. "그리고 나는 조금이라도 도움이 되는 일을 한다는 것이 기쁘답니다. 당신은 쉬는 게 좋겠어요. 휴식이 부족한 얼굴이에요."

마거트는 달콤한 슬픔을 띤 미소를 수잔과 마이크에게
보냈다. 두 사람을 남기고 자기 방으로 돌아가면서, '조금
전 모습을 케이츠에게 보여주었어야 하는데.' 하고 생각했
다. 내가 마이크를 무시하고 수잔과 친밀한 대화를 나눈 그
태도는 반드시 그를 만족시켰을 것이다. '그것은 그녀에게
상당히 도움이 되겠지. 내가 피곤한 얼굴이라고 한 것이 혹
시 일부러 빈정대며 한 말은 아닐까? 패씸한걸. 아직 어린
계집애 주제에.'

'토미의 수면제는 나중에 갖다줘도 괜찮아.' 하고 그녀는
생각했다. '일부러 내가 이 계단을 오르락내리락하며 다리
를 피곤케 할 필요는 없어. 토미가 자살을 하다니, 수잔도
바보 같은 소리만 하는군. 토미에게는 그런 짓을 할 용기가
없어. 지금 그녀는 자기 그림자에도 겁을 내고 있어. 아니,
혹시 그 길만이 내 믿음의 줄인지도 몰라. 내일 아침 보안
관에게 심문받을 때 어느 정도 버틸 수 있을는지는 하나님
밖에 모르는 일이야. 만일 보안관이 심하게 질문을 해서 괴
롭힌다면 그 사람은 허점을 드러내고 알고 있는 것을 전부
말해 버릴지도 몰라. 보안관이 오기 전에 그 수면제를 반
병쯤 먹어버린다면 내게 있어서는 다행이겠는데. 그런 것
을 기대할 수는 없잖아. 그 사람은 심한 신경쇠약에 걸려
있지만 자살 같은 건 그 사람의 머리에 떠오르지도 않을
거야.

하지만 수잔은 그런 것을 생각하고 있는 것 같았어.' 마
거트는 갑자기 그렇다는 생각이 들었다. 게다가 마이크에
게까지 얘기했다. 그 두 사람은 토미가 자살할지도 모르는

정신상태라고 생각하고 있다. 그러니 만일 자살하더라도 그 두 사람은 조금도 놀라지 않을 것이다. '예상치 못한 일이야. 하지만 그렇게 되는 게 더 좋아. 보안관을 토미하고 얘기하게 내버려두었다가는 내 신변이 위험해. 그 사람은 지금 반미치광이 같은 사람이야.' 보안관이 여기에 올 때쯤에는 토미는 이미 자제심이라는 건 없어져 버릴지도 모른다. '내 신변의 안전을 위해서는 보안관이 왔을 때 그 사람이 죽어 있는 것이 좋아. 어제부터 그 사람이 심하게 침울해 있었던 것은 모두가 나서서 증언해 줄 거야. 게다가 수잔도 3층에서 우리들이 한 이야기를 곧바로 얘기할 거고. 그 사람이 침울해 있는 것이 늙어감에 따라 쓸모가 없어져서 그렇다고 하는 이야기를 꾸며낸 것은, 내게 있어서는 행운이었어. 게다가 그 사람도 그 역할을 누가 봐도 받아들일 수 있도록 해냈어. 지금 그 사람에겐 살아가는 목적이 아무것도 없다고 증명된 셈이야. 이 이상 완전한 만반의 준비는 기대할 수 없어. 내가 해야 할 일은 단지──'

'안돼!' 그녀의 마음은 이 생각을 세차게 밀쳐버렸다. '토미에게 그런 짓을 할 수는 없어. 그 사람만이 내 편인걸. 이야기를 할 수 있는 상대도 그 사람뿐이라고. 나에 대해서 조금이라도 걱정해 주는 건 그 사람뿐이야. 설교나 잔소리를 하는 것이 옥의 티지. 그 사람은 나를 위해서라면 무슨 짓이라도 해주잖아? 그 사람은 내 신변에 발생할 일을 염려만 하지 않는다면 내가 한 행동 때문에 그렇게 당황하지도 않았을 거야. 옛날부터 그랬어. 지방순회 연극을 하던 그 만 5년 간을 그 사람은 나를 위해서만 살아왔어. 내가 풋내기였을 때 그 사람이 연기를 가르쳐 주었어. 게다가 내가 좋은 역을 맡을 수 있게 하기 위해서 암호랑이처럼 싸워주기도 한 사람이야. 내가 매니저와 싸우고 해고 당했을 때 그 사람도 곧바로 그만두어 버렸고. 그 사람은 나의 친엄마보다도 훨씬 가까웠어. 이제 와서 그 사람에게 손가락 하나 대서는 안돼. 틀림없이 나는 웨더비를 죽였어. 하지만 그 사람은 죽어 마땅해. 그리고 밀러는 어쩔 수 없었어. 그런 것 때문에 나에게 인정이 없다고 해도 어쩔 수 없어. 하지만 토미는 이야기가 달라. 그 사람은 내게 있어서는 중요한 사람이야. 그 사람을 죽일 수는 없어.

하지만 그 사람을 그대로 놔두면 위험해.' 이 생각이 마거트의 머리를 아프게 했다. 그 사람이 살아 있는 한 나는 허점이 드러날 것을 두려워해야만 한다. 그 사람 역시 내 허점을 드러낼 의도는 아니겠지만, 그 사람으로서는 끝까지 견딜 수 없을지도 모른다. 그 사람은 내가 저지른 일을 전부 알고 있으니, 신경이 견디지 못할 거야. 단순한 한마디, 아니면 상황이 불리할 때에 잠깐 눈을 돌리는 것만 가지고도 그 사람이 경찰에게 진상의 실마리를 주게 될지도 몰라. 그 사람이 그런 것을 원한다는 뜻은 아니야. 그럴 바에야 차라리 죽어버리는 게 좋을 거라고 생각할 거야. 그건 나도 알고 있어. 내가 잡혀서 재판받는 게 그 사람 때문이라고 한다면 그 사람은 자살하려 들 거야. 만일 수면제를 갖고 가서 내가 그렇게 해준다면——

'안돼, 그건 안돼.' 그녀는 이 생각을 우울하게 떨쳐버렸다. 그 사람 역시 기쁘게 죽지는 않을 것이다. 하지만 그 사람으로서는 이번 고통에서 벗어날 수는 없을 것이다. '하여튼 안심은 할 수 없어. 게다가 보안관이 이곳에 올 때까지 그 사람 문제만은 절대 안전하다는 확신을 가져야만 해. 이 손으로 무슨 짓이든 해야만 하는 거야. 하지만 수면제는 안돼. 실패할 확률이 너무 높아. 함께 연극을 하던 여자가 수면제로 자살하려 했지만 토하고서 되살아났었어. 만일 토미가 그렇게 된다면 오히려 입장이 더 나빠질 거야. 게다가 그 퀸이라는 여자가 많이 건네주면 안된다고 한 뒤니까, 수면제는 더욱 좋지 않아. 왜 내가 병째 건네주었는지 의심받게 될 거야. 안돼, 좀더 좋은 방법을 생각해야만 해.

자살하기에 뭐가 가장 좋을까?' 마거트는 생각해 보았다. '익사? 욕조 속에 밀어넣어도 좋겠지. 하지만 안돼. 사람이 익사하는 것은 깊은 물 속뿐이야. 누구든지 욕조에 자신의 머리를 처박을 수는 없어. 독약은? 수면제와 똑같이 역시 불확실해. 가스는? 이건 부엌에서 해야 하는데, 누군가가 방해할지도 몰라. 그리고 일산화탄소와 마찬가지로 상황이 좋지 않아. 비교해서 생각하게 되면 곤란해. 손목을 면도칼로 자르는 사람도 있지만, 피가 많이 나와. 만일 옷에 피가 묻기라도 하면 오히려 궁지에 빠지게 돼. 권총으로 쏘는 것이 가장 좋겠지만, 토미가 내 권총을 갖고 있었던 것에 대해 좋은 설명을 생각해 내야만 해. 게다가 권총 소리를 듣고서 모두가 급히 달려오겠지. 화약 냄새 같은 걸 좀더 공부해 두었었으면 좋았을 텐데. 권총으로 쏘고 나서 모른 척하고 시치미를 떼는 것은 어려울 것 같다. 게다가 토미답지도 않고. 좀더 틀림없는 방법을 생각해 내야겠어.'

그녀는 여러 가지 자살 수단을 계속 생각해 보았다. '목을 매달아 자살하는 것이 좋겠어.' 하고 갑자기 그녀는 결론을 냈다. '해답은 이것이야. 이런 정도는 곧바로 생각이 나야 했는데. 이것이라면 완벽하게 만반의 준비를 할 수 있어. 게다가 지문이라든가, 흉기를 어떻게 손에 넣었는가 하는 문제가 복잡하고 까다로운 일 없이 끝나지. 시체가 발견될 때 나는 이 호텔의 다른 곳에 있어야 해. 범인이 나라고 하는 단서도 없을 테고, 자살 이외에는 설명을 할 수가 없을 거야. 지금 수면제를 갖고 가야지. 이것이 내가 한 번 더 토미의 방으로 갈 수 있는 완전한 구실이 되는 거야. 이제 앞으로 몇 분만 있으면 모든 것은 결말이 나겠지.'

그녀는 병에서 알약을 한 알 꺼내어 남편의 손수건으로 정성껏 쌌다. 잠시 뒤 그녀는 자기 방을 나와 복도로 걸어갔다. 뒷계단을 오르면서 그녀의 머리는 계획을 세우기에 바빴다.

제11장

"**토**미, 수면제를 갖고 왔어요." 마거트는 테이블 위에 손수건을 놓았다. "지금은 먹지 않아도 괜찮지만, 오후에 잠시 낮잠 잘 수 있도록 나중에 드세요. 당신은 쉬어야만 해요."

그녀는 토미와 나란히 침대에 앉아 토미의 이마를 친절하게 손가락 끝으로 어루만져 주기 시작했다. "이제 염려할 것 없어요, 그렇죠?" 마거트는 달래듯이 말했다. "만사잘될 거예요. 당신은 내게 맡겨두면 되어요. 나도 당신을 의지할 수밖에 없다는 것을 알고 있어요. 아까는 화내서 미안해요."

"괜찮아요." 토미는 미안하게 여기며 대답했다. "나도 바보 같은 소리를 한 것 같아요. 당신에게 화낼 생각은 아니었거든요."

"알고 있어요, 토미. 또 앞으로는 나를 돕지 않겠다고 했지만, 그것도 본심이 아니라는 것은 알고 있어요. 하지만 더 부탁할 것도 없어요. 다만 대수롭지 않은 일이 있어요. 그리고 나서, 이건 맹세해도 좋아요, 사람을 다치게 하진 않을 거예요. 하지만, 당신의 도움을 받아야만 할 수 있는 일이 있어요. 토미, 도와주겠죠?"

"당신이 말하는 거라면 거절할 수 없잖아요? 당신이 말하는 거라면 무슨 일이든지 할 수 있는 한은 하겠어요."

"과연 토미예요." 마거트는 격려해 주듯이 그녀의 어깨를 두드렸다. "나를 실망시키지 않을 거라고 생각했죠. 아주 간단한 일이에요. 밀러가 필이 부른 탐정이라는 확신이 희박해지는 듯한 일이 있었다고 얘기했죠? 즉, 탐정은 마이크 셸던이나 데이븐퍼트 케이츠인지도 모르니까 그것을 확인해야 해요. 그래서 그럴듯한 계획을 세웠는데, 당신도 역을 하나 맡아줘야 해요. 당신의 눈을 가리고 수건으로 입에 재갈을 물리고서 손목과 발목을 묶어야겠어요. 별로 즐거운 일은 아닐 테지만, 그저 4～5분만 있으면 끝날 거예요."

"나를 묶는다고?" 톰린슨 아주머니는 어안이벙벙해서 물었다. "그렇게 해서 무슨 도움이 되죠?"

"잘될지 자신은 없지만, 해봐도 손해는 없어요. 당신을 묶고 나서 곧바로 내가 소리를 질러 모두를 부르고, 당신이 묶여 있는 것을 발견했다고 하는 거예요. 그렇게 하면 어느쪽이 탐정이든 그 남자가 조사를 시작하지 않겠어요?"

"하지만 왜 탐정이 일부러 조사를 하겠어요?" 토미는 반항했다. "당신이 한 짓이 틀림없다고 탐정은 생각할 텐데? 그렇게 되면 당신의 입장만 점점 더 나빠질 뿐이잖아요?"

"내게 맡겨둬요, 토미. 내게는 빈틈없는 생각이 있으니까요. 만일 밀러가 정말 탐정이었다면, 그 두 사람은 어느쪽도 질문을 하지 못할 거예요. 하지만 그 두 사람 가운데 하나가 로키 로드스라면 당신에게 질문하기 전에 자신이 탐정이라고 밝힐 거예요. 게다가 만일 그자가 내 소행이라는 확신을 갖고 있다고 해도, 어째서 그런 짓을 했는지 알고 싶어할 거예요. 그러니까 꼬리를 드러내지 않을 수 없는 거예요. 그래서 어느쪽이 탐정인지 알고 나면 우리가 곧바로 전부 장난이었다고 하는 거예요. 제대로 설명이 되지 않겠지만, 하여튼 모든 건 이 가슴속에 있어요. 내 목적이 뭔지 당신은 잘 모르더라도 도와줄 수는 있겠죠?"

"정말 괜찮겠어요?" 토미는 염려스러운 듯이 물었다. "내가 무서워하고 있다는 것은 알고 있겠죠? 서툰 말을 해서 엉망진창으로 망쳐버릴지도 몰라요."

"괜찮아요, 그렇게 되지는 않아요." 톰린슨 아주머니의 손을 두드리면서 그녀는 상냥한 미소를 보였다. "토미, 난 당신을 완전히 믿고 있어요. 내게 분위기만 맞춰주면 잘될 거예요. 훌륭한 계획을 세우는 일은 내게 맡겨둘 수 있겠지요?"

"물론 당신을 믿고 있어요. 단지 당신이 염려스러울 뿐이에요. 당신의 계획은 틀림없이 훌륭하겠지만, 내가 잘 해낼지 불안해서요."

"괜찮아요. 할 수 있어요." 또 토미의 손을 가볍게 두드리고서 마거트는 일어나 욕실로 들어갔다. "셸던과 케이츠를 불러온 뒤에 당신이 완벽하게 잘 해내리라는 것은 조금도 의심하지 않아요. 단지 내 연극이 생각대로 훌륭하게 될지 걱정스러워요."

그녀는 타월을 갖고 되돌아왔다. "수건 재갈은 이거면 되겠네. 필의 손수건은 눈 가리개로 꼭 알맞은데요."

그녀는 수면제를 꺼내어 테이블 위에 놓고 타월과 손수

건을 그 옆에 늘어놓았다. 그리고 나서 옷장으로 가서 톰린 슨 아주머니의 화장복을 갖고 왔다. 벨트 대신에 사용하고 있는 끈을 고리에서 빼내고는 힘을 주어 잡아당겨 튼튼한 지를 시험해 보았다.

"이 끈은 괜찮을 거라고 생각했지." 그녀는 만족스러운 듯이 말했다. "꼭 알맞아요. 일어나요, 토미. 손수건으로 눈을 가릴게요. 하지만 그전에 문에 열쇠를 채워놓는 것이 좋겠어요. 준비가 끝날 때까지는 도중에 방해꾼이 들어오면 재미없으니까요."

재빨리 열쇠구멍의 열쇠를 돌리고서 그녀는 침대 있는 곳으로 되돌아왔다. 마거트가 손수건으로 눈을 가리고, 머리 뒤에서 손수건을 맬 동안 토미는 양손을 잡고서 꼼짝않고 앉아 있었다. 다음에 마거트는 타월 끝을 그녀의 입 속에 넣고 눌렀다.

"토미, 숨은 충분히 쉴 수 있죠?" 염려스러운 듯이 말을 걸었다.

토미는 말을 할 수 없으므로 고개만 끄덕였다.

"기분이 좋지 않겠지만 곧 끝나요." 그녀는 동정을 담아 말했다. "조금만 더 꼼짝 말고 있어요. 곧 모두를 부를 테니까."

그녀는 끈을 잡고 잡아당기면 조여지는 고리를 만들었다. 그리고서 재빠른 동작으로 그 고리를 토미의 머리를 거쳐 목까지 내리고서 힘껏 잡아당겼다. 나머지 한 손으로는 그녀의 입에 물린 타월을 꽉 눌렀다. 토미는 위를 향한 채 침대에 쓰러져서 양손으로 자기 목을 쥐어뜯었다. 타월 속에서 억눌린 소리가 새어나왔다. 양발이 뻗으며 허공을 찬다. 처음에는 격심하더니 잠시 뒤엔 그 발의 힘도 약해졌다. 드 디어 그녀는 완전히 늘어지고 말았다.

마거트가 양손을 풀자 타월이 바닥에 떨어졌다. 학질처 럼 몸이 떨리고 땀으로 온몸이 흠뻑 젖었다. 남편을 살해했 을 때는 계획의 기계적인 절차로 머릿속이 가득찼으므로 불필요한 생각이 파고들 여지가 없었다. 그렇지만 지금 톰 린슨 아주머니의 생명이 없어진 몸을 보고 있자니 살인했 다는 실감이 바싹바싹 다가오는 것이었다. 그녀는 침대 곁 에 무릎을 꿇고서 힘없이 늘어진 팔을 들어보았다.

'아아, 안돼.' 그녀는 오싹했다. '엄청난 일을 저질러 버렸 어. 토미를 죽이다니. 이 세상에서 이 사람만이 의지가 되 었었는데. 죽으면 안돼. 죽으면 안돼.' 그녀는 토미의 손을 문질렀다. 그렇게 하면 다시 피가 돌기라도 할 것으로 생각 되는 듯했다. 인공호흡을 할 수 있을지도 모른다. 그녀는 필사적으로 생각했다. '어젯밤 케이츠가 어떤 식으로 했지? 좋은 공기는 들어가고 나쁜 공기는 나와라. 아직 늦지 않 았는지도 모른다. 토미를 죽일 수는 없어. 난 악마가 아니 야. 이 사람은 나의 모든 것을 사랑해 주었어. 나를 믿어 주 었어. 나를 위해서라면 무슨 일이라도 해주려고 했어. 이 사람을 죽일 수는 없어. 살려내야만 해——

절망에 싸여 그녀는 목에 끈이 감겨 있는 시체를 바라보 고 있었다. '이미 늦었어. 늦었다고.' 이 말이 그녀의 마음 속에서 끝없이 울려퍼진다. '나로선 어쩔 도리가 없어. 단 한 사람밖에 없는 내 편을 죽여버린 거야. 그녀는 침대 위에서 죽어 있는 토미 옆에 얼굴을 파묻고서 흐느껴 울며 어깨를 떨었다. 하지만 눈물은 나오지 않았다. '나는 어떻게 될까?' 토미의 입버릇이 자기도 모르는 사이에 그녀의 입을 통해 반복되어 나왔다. '나는 앞으로 어떻게 될까?'

실제로는 불과 몇 분 간이었지만, 그렇게 하고 있는 동안이 그녀에게는 영원처럼 긴 시간으로 느껴졌다. 그녀는 침착해지려고 애썼다. '지금 기가 죽어서는 안돼. 할 일은 아직도 산더미처럼 많아. 이미 저질러버린 일을 되돌릴 수는 없는 거야. 끝까지 해내야 해. 토미 역시 내가 지금 이성을 잃고 당황해 하는 건 기뻐하지 않을 거야. 내가 체포되는 것을 기뻐하지는 않을 거야. 가까스로 생각을 가다듬은 그녀는 자신의 범행 흔적을 감추기 위한 계획을 생각했다. 그리고 기계처럼 정확한 움직임으로 그녀는 그 계획을 실행에 옮기기 시작했다. 이 방은 천장이 낮으므로 방 한쪽을 달리고 있는 파이프는 바닥에서 7피트(약 2.1m) 정도밖에 안 된다는 것을 알아차리고 그녀는 상황이 유리하다고 기뻐했다. 파이프 아래에 등받이 쪽 곧은 의자를 하나 갖다놓고 토미의 몸을 그 위로 옮겼다. 뚱뚱하기는 했지만 몸집이 작으므로 마거트가 다룰 수 없을 만큼 무겁지는 않았다. 그리고 지난번처럼 당면한 일 이외의 생각을 머리에서 쫓아버릴 수도 있었다.

계단에서 발소리가 들려온 듯한 느낌이 들자, 순간 온몸에 공포가 엄습했으나 자세히 귀를 기울여보니 아무런 소리도 들려오지 않자 잘못들은 거라는 것을 알았다. '사람이 오면 어떻게 하지?' 하고 그녀는 생각했다. '이런 장면을

보이면 안돼.'

서두르지 않으면 안된다고 생각하자, 오히려 더 손이 빨리 움직이지 않는 것이었다. 그녀는 일부러 더 천천히 행동하려 했다. '아무도 오지 않아. 누가 온다 하더라도 문에는 자물쇠가 채워져 있어. 아무도 들여보낼 필요없어. 토미는 자고 있으니까 방해하지 말라고 하면 되는 거야. 그렇게 하면 물러갈 거야. 별로 당황할 일도 없어. 실수 없도록 천천히 시간을 들여서 하는 것이 무엇보다도 중요해.

토미를 앉힌 의자와 나란히 또 의자 하나를 갖고 와서 그녀는 그 위에 섰다. 양손을 토미의 겨드랑이 밑에 넣고서 머리가 파이프에 닿게 될 때까지 들어올렸다. 한쪽 팔로 몸을 둘러안고서 끈의 한쪽 끝을 파이프 위로 던져 걸치려고 했으나, 몸이 너무 무거워서 잘못하면 의자가 뒤집어질 것만 같았다. 몇 번 몸을 다시 안고서 시도해 보았지만, 몸을 안으면 끈을 생각대로 던져서 묶을 수 없다는 것을 알았다.

이 실패에 울고 싶으면서도 무슨 일이 있어도 해내야 한다고 그녀는 생각했다. '포기할 수는 없는 거야. 토미가 매달려 있는 것을 발견하지 못한다면 이 계획은 완전히 실패하게 된다. 천장에 매달려 있지 않으면 자살이 되지는 않아. 살인이 되는 거지. 무슨 일이 있어도 매달아야만 해. 하지만 불가능해. 그렇다고 이대로 놔둘 수는 없잖아. 아아, 어째서 이런 방법을 썼을까? 왜 좀더 잘 생각해 보고서 무리라는 걸 깨닫지 못했을까? 왜 그렇게 서둘러 죽여야만 했을까? 하지만 이제 와서 그런 생각을 해봐도 늦었잖아. 어떻게든 해봐야지.'

　그녀는 시체를 침대로 다시 옮겨놓았다. 그리고 나서 온 힘을 다해 방구석에 있는 장롱을 밀고 끌고 하면서 파이프 밑으로 옮겼다. 한 번 더 토미의 시체를 안고 이번에는 가까스로 장롱 위에 올려놓았다. 자신이 옮기고 있는 것이 시체라는 사실을 생각하지 않으려고 그녀는 모든 의지의 힘을 다 사용했다. 이따금 일어나는 구역질과 싸워야만 했다. 의자 하나를 장롱 옆에 기대고는, 그 위에 올라서서 늘어져 있는 끈의 끝을 파이프에 걸치고서 단단히 묶을 수가 있었다. 그리고 나서는 어깨와 팔의 근육에 있는 힘을 쥐어짜서 장롱을 원래의 자리로 밀어 되돌려놓고는 시체의 발끝이 바닥에서 2피트(약 60cm)가 채 못 되는 곳에 매달리도록 했다. 시체가 끝에 매달릴 때 끈이 조금 늘어나는 바람에 그녀는 순간 섬뜩했다. 그러나 끈이 끊어지지 않자 겨우 숨을 돌릴 수 있었다. 의자 하나는 원래 자리로 되돌려놓고, 또 하나는 조금도 빗나가지 않도록 해서 토미의 발 밑에 놓고 나서, 목매달아 죽는 사람이 발로 찬 것처럼 살짝 바닥에 쓰러뜨려 놓았다. 재갈로 사용한 타월은 욕실 타월걸이에 걸어놓았다.

　'자, 끝났어, 완전히 끝났어.' 하고 그녀는 생각했다. '계획은 완전히 끝마쳤어. 이제 나는 아무에게도 발견될 리 없어. 문 밑에는 틈이 있으니까. 밖에서 자물쇠를 채우고 방 안으로 밀어넣으면 안에서 잠근 열쇠가 구멍에서 바닥에 떨어진 것처럼 꾸밀 수도 있지.' 그녀는 지문에 대해 생각해 내고는, 가슴에서 손수건을 꺼내어 그것으로 열쇠를 잡아 구멍에서 빼내어 밖으로 나왔다. '방안에 있는 지문은 문제가 되지 않아.' 하고 그녀는 마음속으로 중얼거렸다. '내가 곧잘 이 방에 왔다는 것은 누구라도 알고 있으니까. 내 지문이 어디에 묻어 있든 아무런 증거도 되지 않아. 가구를 움직인 것 역시 조금도 수상할 것 없어. 하지만 열쇠를 최후로 사용한 사람이 토미가 아니라는 것이 밝혀져서는 안돼. 게다가 자물쇠를 채워놓으면, 내가 준비를 다 갖출 때까지 아무도 이 방에 와서 시체를 발견할 염려가 없으니까 좋은 생각이야.'

방을 나와 문을 닫고 열쇠를 돌리면서, 자기 손에 든 손수건을 보고 토미의 눈을 가린 손수건이 생각났다. '이 손수건에서는 아무것도 알아낼 수 없어.' 하고 그녀는 자기 자신에게 타일렀다. 스스로 눈가리개를 한 것이 이상하게 생각될지도 모른다. 하지만 그런 생각을 전혀 할 수 없는 것도 아니다. '그렇지만 조금이라도 수상한 것은 없는 게 좋아. 그런데 그 손수건을 잊었을 정도니까, 그 외에도 또 잊은 것이 있지는 않을까? 세상에, 이 방에다 내 소행이라는 걸 알릴 만한 단서를 놔두고 온 건 아니겠지? 실수 없도록 해야해.'

떨리는 손으로 문의 자물쇠를 열고서 그녀는 다시 방으로 들어갔다. 매달려 있는 모습이 눈에 들어오지 않도록 그녀는 눈을 딴 데로 돌리고 있었다. 뒤로 접근해 가서 맥이 없는 손가락 끝으로 손수건의 매듭을 풀었다. 그녀는 그것으로 수면제를 싸서 테이블 위에 놓았다. 그리고 나서 못 보고 빠뜨린 것은 없나 하고 방안을 둘러보기 시작했다. 제일 먼저 눈에 띈 것은 문이었는데, 그녀는 방에 들어올 때 자물쇠도 채워놓지 않았을 뿐만 아니라, 활짝 문을 열어놓은 채라는 걸 깨달았다. '저런, 누군가가 올라와서 내 모습을 봤는지도 모른다!' 그녀는 필사적으로 생각했다. 여기서 도망가야만 한다.

매우 당황해 하며 복도로 나와서 그녀는 문을 닫았다. 잠시 뒤 열쇠에 손을 대려고 하다가 또 지문이 생각나서 손수건으로 싸고 열쇠를 돌렸다. 뒤이어 열쇠를 빼내어 문 밑으로 안으로 집어넣었다. 아까보다 더 심하게 몸이 떨려와서 잠시 벽에 기대었다가 가까스로 계단을 내려갈 기운을 되찾았다. 팔과 등이 아팠다. 입안이 깔깔하고 눈꺼풀이 눌어붙은 것 같았다. '아아, 나는 병이 난 모양이야.' 이렇게 생각하며 그녀는 남은 계단을 뛰듯이 내려가 자기 방으로 돌아갔다.

침대에 눕자 그녀는 겨우 제정신으로 돌아온 듯한 기분이 들었다. 양심의 가책은 사라지고 머릿속에서는 자신의 행동을 정당화하려는 움직임이 시작되었다. '토미는 죽지 않을 수 없었어. 물론 죽이고 싶지는 않았지만, 달리 어쩔 도리가 없었잖아? 그 사람이 내 약점을 드러내거나, 적어도 남의 의심을 초래할 것 같았거든. 게다가 그 사람은 버틸 수 없었어. 내게 고통스러운 일을 안겨주느니 차라리 죽는 게 좋다고까지 생각한 것을 나는 잘 알고 있어. 또한 만일 내가 잡힌다면 그 사람도 두 번에 걸친 살인사건의 공범으로 재판에 올려질 테고, 아마 감옥에 갈 거야. 그것도 오랫동안 종신형이 될지도 몰라. 나는 그 사람에게 그런 일을 당하지 않도록 도와준 사람이야. 그 사람에게 있어서도

그런 일을 당하는 것보다는 죽는 쪽이 낳을 게 틀림없어.'

이젠 침착해지자. 그녀는 3층 광경을 회상해 보았다. '만사 정확하게 되었어.' 하고 그녀는 생각했다. '그 최후의 순간에 그렇게 떨다니 나도 어떻게 됐었나 봐. 하지만 그전에 만반의 준비를 해놨어. 쓰러진 의자, 문 안쪽 바닥에 떨어져 있는 열쇠, 그리고 톰린슨 아주머니……마거트는 매달려 있는 그 모습이 떠오르는 것을 애써 피했다. 그래, 만사 문제없어. 당연한 자살이야. 누구라도 예상했었던 일이고, 동기도 납득이 가. 침대에 길게 누워, 양손을 머리 위로 올리고서 그녀는 화려하게 기지개를 켰다. 만사 순조롭게 진행되고 있어.' 그녀는 기쁜 듯이 반복하고 있었다.

문을 두드리는 소리에 그녀의 이 득의에 찬 미소는 방해를 받았다. "무슨 일이에요?" 하고 묻자 수잔 퀸이 점심식사 준비가 되었다고 말했다.

"아래로 내려가는 것이 싫으시다면 쟁반에다 갖다드리겠어요." 하고 덧붙였다.

"괜찮아요." 마거트는 대답했다. "곧 가겠어요. 일부러 신경을 써주셔서 고마워요.."

"톰린슨 아주머니에게도 쟁반에다 갖다드리긴 하겠지만 드실 기력이나 있으셨으면 좋겠어요.." 수잔은 이야기를 계속했다.

"어머, 안돼요!" 마거트는 날카롭게 말하고 나서, 어조를 부드럽게 고쳤다. "저, 갖고 가지 않는 게 좋을 것 같아요. 그 사람에게 수면제를 주었더니, 그것을 먹고 조금 자보겠다고 했거든요. 틀림없이 그 사람에게는 지금 자는 것

이 가장 필요할 거예요. 그러니까 누가 가서 잠을 깨우면
안돼요. 나중에 그 사람이 좀 잔 뒤에 그 사람 입에 맞는
것을 만들어주는 게 좋아요."

"그렇겠네요. 모처럼 자는 걸 방해하고 싶지는 않아요.
할 수 있는 일은 해드려야지요."

수잔은 아래로 되돌아갔다. 마거트는 정성껏 화장을 고
치고 나서 그 뒤를 따랐다. 식당에서 그녀는 셀던과 케이츠
사이에 앉아, 양쪽에 평등하게 관심을 쏟도록 신경을 썼다.
마이크가 곁눈질을 하거나, 작은 목소리로 무슨 얘기인가
를 해서 특별히 친근한 기색을 보이려고 했지만 그녀는 그
것을 묵살했다. 수잔에 대해서는 달콤한 정중함으로 요리
솜씨를 칭찬하기도 하고, 두 남자가 그녀의 헌신적인 봉사
를 받고 있는 사실을 새삼스럽게 들먹였다. 그녀는 한 손님
의 로맨틱한 계획에 협력하고 있는 정숙한 주부로서, 익숙
하지 않은 역할을 진지하게 완수하여 케이츠에게 칭찬받으
려고 했지만, 케이츠는 넘어가지 않으려는 표정을 하고서
재미있게 바라보고만 있었기 때문에 실망하고 말았다. '이
남자도 수잔이 마이크에게 열을 올려도 가망이 없다는 것
은 알고 있어.' 하고 마거트는 생각했다. 하지만 내가 수잔
을 위해 할 수 있는 데까지 하고 있다는 것은 이 남자도 알
것이다.

"마거트, 당신은 조금 여윈 것 같군요." 마이크가 몸을
앞으로 내밀고 자신이 딱지를 맞은 것도 깨닫지 못한 듯
진지하게 그녀의 얼굴을 바라보고 있었다. "필요한 것은
신선한 공기와 운동입니다. 집안에 틀어박혀 나오지 않는

것은 좋지 않아요. 점심식사가 끝나면 산책에 모시고 가죠. 눈사람을 만들면 재미있을 겁니다. 그렇게 하면 그 뺨에도 생기가 돌아올 겁니다."

마거트는 이 생각은 마음에 들었지만 거절하기로 했다. '말할 것도 없이 마이크와 눈 속을 걷고 싶어.' 그녀는 마음 속으로 그렇게 말했다. '잠시 이 집에서 벗어나 인간답게 행동할 수만 있다면 무엇이든지 좋아.' 하지만, 어차피 토미의 시체가 발견된다면 이쪽 계획은 변경되어야만 하기 때문에, 지금은 이 사람과 행동하는 것을 완강히 거절했다는 증거를 남겨놓는 것이 좋을지도 모른다.

"무척 자상하시군요." 케이츠의 눈길을 깨닫고서 자신의 눈길에 따스함을 억누르며 그녀가 말했다. "하지만 그럴 기분이 들지 않아요. 말씀은 고맙지만 혼자서 다녀오시죠."

"아니, 그럴 필요없소." 케이츠가 입을 열었다. "퀸 양을 데려가는 게 좋을 게요. 그녀는 하루 종일 하녀처럼 일만 했소. 그녀야말로 레크리에이션이 필요하지. 부인에게는 내가 마음에 드신 것 같으니까, 당신들이 없는 동안엔 내가 상대해 드리겠소. 이 집 뒤편에 있는 계곡에 올라가서 경치라도 보는 게 어때요? 가봤을 테지만, 어떻소?"

그는 조금 얼굴이 빨개져서 테이블보에 눈을 내리깔고 있는 수잔 쪽으로 돌아섰다.

"네." 그녀는 조용하게 대답했다. "저도 점심식사 뒤에 잠시 산책하고 싶어요. 이 호텔에서는 아직 얼마 나가보지 않았거든요. 주위에 펼쳐진 산 경치를 바라보면 아주 멋있을 거예요."

"어떻소, 셸던 씨?" 케이츠는 득의양양하게 말했다. "눈에 덮인 산과 사랑스러운 동반자. 이 이상의 것이 있겠소? 게다가 퀸 양도 저녁식사를 준비하는 시간까지만 돌아오면 될 테고 말이오."

"아니, 그런데——" 마이크는 멋적은 듯이 말했다. "실은, 그렇게 야단스럽게 산책을 할 생각은 아니었습니다. 나는 게으름뱅이랍니다. 이런 말을 꺼낸 것도 부인이 잠시 바깥 공기를 쐬는 것이 좋겠다고 생각했기 때문이었습니다. 나야 따뜻한 집안에 있는 것이 좋지요. 물론, 수잔, 당신이 정말 가고 싶다면 가도 좋습니다만——"

"어머, 괜찮아요." 수잔의 얼굴은 새빨개졌다. "저도 별로 걷고 싶지는 않아요. 잠시 밖으로 나가 높은 곳에서 둘러보고 싶었을 뿐, 아무도 함께 가주시지 않아도 괜찮아요."

"아닙니다, 기쁘게 함께 가겠소." 마이크는 정중하게 말했다. "당신만 좋다면——"

"아니에요, 괜찮아요." 수잔은 힘을 주어 말했다. "정말 혼자 가는 게 좋아요."

"그럼." 마이크가 쾌활하게 말했다.

마거트는 케이츠에게 조소를 담은 시선을 보내지 않고는 견딜 수 없었다. 그러나 케이츠는, 자신은 상관이 없다는 듯 빵을 질겅질겅 씹고 있었다. 그녀는 의자를 뒤로 밀면서 일어섰다.

"물을 한 잔 가져오겠어요. 누구 또 필요하신 분은?"

"제가 떠오겠어요." 수잔이 일어섰다.

"아니에요." 마거트는 웃는 얼굴로 내려다보았다. "신세를 몹시 지고 있는걸요. 물 정도는 내가 떠오겠어요."

"내게는 대신 커피를!" 케이츠가 찻잔과 접시를 내밀었다.

모두에게 정숙한 미소를 보내고 그녀는 부엌으로 들어갔다.

"토미!" 등뒤에서 문이 닫히자 그녀는 큰소리로 외쳤다. "이런 곳에서 뭘 하고 있어요? 왜 침대에서 얌전하게 자지 않는 거죠?"

그녀는 한숨을 내쉬고는 부엌 중앙으로 가서 잠시 말에 사이를 두고 다소 목소리를 높여 말을 계속했다.

"정말로, 토미, 적당히 좀 해요. 이 주말은 여러 가지 일로 머리가 복잡해요. 그런데 당신까지 마치 세상에 종말이 온 것처럼 훌쩍거리며 돌아다니니 너무하다고 생각 안해요? 게다가 있지도 않은 하찮은 일을 갖고 걱정이나 하다니요. 언제라도 내가 돌봐드릴 테니 빈민구제소의 상상화 같은 건 꿈도 꿀 필요가 없을 거예요."

여기서 또 그녀는 한숨을 쉬었다.

"응, 제발 훌쩍거리지 말아요. 그렇게 계속 푸념만 계속해대고 있으면 나 역시 진절머리가 나요. 계속 이런다면 나역시 얼마나 참고 견딜 수 없을지 몰라요. 자, 방으로 돌아가서 정상적인 사람처럼 행동하게 될 때까지는 두 번 다시 내려오지 마세요."

그녀는 설거지대로 가서 차가운 물이 잔뜩 쏟아지게 했다. 그리고 나서 잔을 한 개 들고는 수도꼭지 밑으로 내밀었다. 이것 때문에 계단을 오르는 토미의 발소리가 들려오

지 않는 것을 아무도 이상하게 생각하지 않을 거라고 그녀
는 생각했다. 고맙게도 내가 여기서 떠들고 있는 동안 이곳
에 오려고 하는 사람은 없었다. '조금은 위험했지만 여기에
서 끝나서 안심했어. 잘했어. 틀림없이 식당에 있는 모든
사람들은 토미의 울음소리를 들었다고 생각할 것이다. 자
살하기 몇 분 전에 토미가 부엌에 내려왔다고 모두가 증
언해 줄 것이다. 지금 내가 하는 일은 시체가 발견될 때까
지 모든 사람들과 함께 있도록 주의를 하는 것뿐이다. '이
런 한푼의 이득도 없는 살인에 이처럼 완벽한 방법을 사용
했다는 것이 아까운 일이야. 하지만 철저하게 완벽한 것이
불안감이 있는 것보다 좋아.'

케이츠의 찻잔에 커피를 따르면서 그녀의 입술은 빈정거
림으로 일그러졌다. '내가 독약을 사용해서 남편을 죽였다
고 생각한다면, 케이츠도 상당히 위험한 행동을 하는 사람
이군.' 그녀는 생각했다. '그렇다고 하면 이것은 이 남자가
로키 로드스가 아니라는 증거가 될까? 그렇지 않으면 자
신의 변장이 완전하게 나를 속였다고 생각하고 있는 것일
까? 하지만 이 남자도 당분간은 안전해. 난 여기서 독을
사용할 정도로 바보는 아니니까. 좀더 나중에 계획을 세울
여유는 있을 테니까. 하지만 지금은 안돼.'

그녀는 커피와 물을 갖고 테이블로 돌아가서 앉았다.

"톰린슨 아주머니에게 얘기하는 소리가 들려왔었어요."
수잔이 동정하듯이 말했다. "그분, 잘 수 없었나 보죠?"

"네." 마거트가 대답했다. "아직 수면제를 먹지 않았대요.
나도 좀 너무 요란스럽게 떠든 것 같네요. 이런 말까지 할

필요는 없었지만 나도 모르게 초조해져서 그랬어요. 아직도 침울해 있더군요."

"그래요." 수잔도 맞장구를 쳤다. "그분이 우는 소리가 들려왔어요. 그렇게 기운을 못 차리시니, 가엾은 분."

"이 커피는 뜨겁지 않은걸." 케이츠가 끼여들었다. "나는 무엇보다도 이렇게 미적지근한 커피는 견딜 수 없소."

"따뜻하게 해드릴게요." 수잔이 얼른 일어서서 부엌으로 가기 시작했다. "어차피 파이를 지금 꺼내야 하니까 커피도 다시 준비하겠어요."

모두 두서도 없는 얘기를 하면서 디저트를 먹었다. 마거트는 생각에 잠긴 얼굴로 그다지 말을 하지 않았다. 사람들이 다 먹고 난 뒤에 그녀는 자신이 멍청해 있었던 것을 변명했다.

"토미가 걱정이 돼요." 그녀는 털어놓듯이 말했다. "그런 말투를 쓰지 말았어야 했어요. 그런 식으로 말한 적은 없었는데, 그만 나도 모르게 짜증이 나서요. 내 자신도 무슨 말을 했는지 잘 기억이 나지 않아요. 틀림없이 그 사람은 깜짝 놀랐을 거예요."

"당신도 불안해 있기 때문이라는 것을 그분도 틀림없이 알고 있을 거예요." 수잔이 위로하듯이 말했다. "누구라도 당신 같은 입장이라면 그렇게 되죠."

"가서 사과하는 게 좋긴 하겠지만, 난 아직도 완전히 진정되지 않은 것 같아요." 그녀는 호소하듯이 수잔을 보았다. "그 사람이 또 내 신경을 건드리는 말을 해서 오히려 악화되어 버릴지도 몰라요. 수고를 끼쳐 미안하지만 당신이 가서 내가 그런 말을 한 것은 마음에도 없는 것이었고, 쌀쌀하게 대했던 것을 후회하고 있다고 말해 줄 수는 없을까요?"

"물론 좋아요." 수잔은 즉석에서 대답했다. "기꺼이 가겠어요. 그 사람이 끙끙 앓고 있다 하더라도 그렇게 말씀드리면 곧 괜찮아질 거예요."

"나중에 나도 간다고 말해 주세요. 하지만 그전에 수면제를 먹고 한숨 푹 자라고 말해 주세요."

수잔이 올라가자 마거트는 테이블에 남아 셸던과 케이츠가 정치에 대해 토론하고 있는 것을 강 건너 불구경하듯이 귀를 기울이고 있었다. 마이크가 자신이 전국을 함께 붙어다니는 후보자를 장황하게 헐뜯자, 케이츠도 다른 후보자들의 무능한 태도에 대해 입에 침이 마르도록 헐뜯었다. 잠시 뒤 수잔이 돌아왔다. 마거트는 물어보는 듯한 눈을 돌렸다.

"틀림없이 자고 있나 봐요." 수잔이 불안한 듯이 말했다. "노크해도 대답이 없어요."

"들여다보았어요?" 마거트가 물었다. "누구하고도 말을 하고 싶지 않을 정도로 풀이 죽어 있는지도 몰라요."

"문을 열려고 했지만 잠겨 있었어요. 조금 덜거럭덜거럭하고 소리도 내보았지만 대답이 없더군요."

"그거 이상하네." 마거트는 염려스러운 듯이 이마에 주름을 잡았다. "토미는 문을 잠그는 적이 없는데. 게다가 그렇게 금방 잠들어 버릴 리도 없어요. 괴로운데다가 마음이 흥분되어 있기 때문일 거예요. 틀림없이 혼자 있고 싶은 거

예요. 하지만, 내가 화냈다고 해서 혼자 끙끙 앓게 놔둬서
는 안돼죠. 가보는 게 좋겠는데요."

　"솔직히 말씀드리자면 무슨 나쁜 일이라도 일어날 것 같
은 느낌이 들어요." 수잔이 불안한 듯이 말했다. "문 밖에
서 꽤 소란을 피웠는데도 대답이 없었거든요. 귀도 기울여
봤지만 아무런 소리도 들리지 않았어요. 그렇게 기운을 잃
고 불안하게 있으니 —— 하여튼 아무 일도 없다는 것을 확
인하기 위해서도 문을 부수고라도 들어가 보는 게 좋지 않
을까요?"

　'착한 아이로군!' 마거트는 기뻤다. 그녀 입으로는 이런
말을 하고 싶지 않았다. 누군가가, '자살한 건 아닐까?' 하
고 생각해 주면 좋겠다고 생각했었다. 그리고 자신은 의심
할 여지 없는 조역이 되기로 작정하고 있었다. 한번 자살일
거라는 생각이 박히면, 나중에는 그렇게 믿을 수밖에 없게
되니까 말이다.

　"설마, 그런—— " 마거트는 깜짝 놀라서 소리를 질렀다.
"아니에요. 토미는 자살 같은 건 하지 않아요. 하지만 역시
당신이 말하는 대로, 방에 들어가서 아무 일도 없다는 것을
확인해야겠어요. 먼저 내가 얘기는 해보겠지만, 만일 내가
노크해도 반응이 없다면 자물쇠를 부숴주세요. 케이츠 씨,
해주시겠죠? 아무튼 함께 가주시면 고맙겠습니다만."

　열의 없는 모습으로 케이츠가 테이블에서 일어나 그녀의
뒤를 따랐다.

　"문이 튼튼하다면 두 사람의 힘이 필요할지도 모르겠군."
마이크도 그렇게 말하고 따라왔다.

한 덩어리가 되어 모두 3층까지 올라갔다. 마거트는 아까 부엌에서 연극을 하고 나서 20분 정도는 지났다고 계산했다. '이만큼의 시간이 있었으니 토미가 방으로 돌아가서 끈을 목에 걸고, 또 한 쪽을 파이프에 묶고는 의자를 걷어찰 시간은 충분해. 게다가 그 희생자가 살아 있는 최후의 모습을 보고 나서, 내가 식당을 떠나지 않았다는 것엔 세 사람의 버젓한 증인이 있다. 괜히 문에 자물쇠를 채우는 바보 같은 짓을 했어. 수잔이 문을 열고 시체를 발견했다고 해도 계획에는 조금의 변화도 없는데. 그렇다고 해도 역시 시체가 발견될 때 그녀는 가까이 있고 싶었어. 케이츠의 반응을 보면 뭔가를 알지도 모르지.'

'확실히 해둘 것은, 상대편이 내 표정에서 아무것도 읽을 수 없게 하는 거야. 만일 연극을 해서 효과를 내야 할 것 같으면 그렇게 하지 뭐. 시체가 발견될 때 놀란 표정을 짓는 것은 내가 전문가니까. 토미의 시체를 맞닥뜨리고서 내가 정신을 잃은 흉내를 낸다면 대단히 효과가 있을 거야. 틀림없이 깜짝 놀라겠지. 하지만 나는 정신을 잃는 흉내는 별로 훌륭하지 않아. 전에 한 그 연극에서는 쓰러지는 역에서 혼이 난 적이 있었어. 날개 없는 천사였지. 모두 내가 쓰러지는 것이 시체 같다고 했어. 진짜 같지 않다고 했지. 정신을 잃는 연기는 단념하는 게 좋아. 누군가에게 속임수라는 의심을 받게 되면 아무것도 안되니까. 시체를 보고선 곧바로 간신히 참는 듯한 비명을 지르자. 그거라면 잘 해낼 수 있을 거야. 그리고 나서는 양손으로 얼굴을 가리고 조용하게 신음하고 있으면 되는 거야.'

　모두 계단 위로 올라가 마거트가 노크하려고 손을 들었다.

　"내 목소리가 들리면 틀림없이 그 사람도 대답할 거예요." 마거트는 조용하게 말했다.

　"토미!" 그녀는 처음에는 가볍게 노크했지만 이윽고 손에 좀더 힘을 주었다. "토미, 문 열어요. 할 얘기가 있어요."

　그녀는 다른 사람들의 얼굴을 보았다. 눈에 약간 무서운 빛이 떠올라 있었다.

　"토미, 부탁이에요. 대답을 해요. 당신이 자고 있지 않다는 것은 알고 있어요. 할 이야기가 있다니까요. 아까 밑에서 한 말은 미안해요. 그런 말이 본심이 아니었다는 건 알고 있을 거예요. 잠시 안으로 들여보내 주면 곧 돌아가겠어요."

　그녀는 잠시 잠자코 귀를 기울였다. 다른 사람들은 아무도 입을 열지 않았다.

　"토미!" 그녀는 절박한 목소리로 말했다. "그렇게 놀라게 하지 말아요. 대답이 없으면 아프다고 생각하겠어요. 우리들이 문을 부술 거예요——"

　그녀는 또 귀를 기울이고서 기다리다가 잠시 뒤 케이츠 쪽으로 돌아섰다. 그녀는 침울하게 어깨를 떨어뜨렸다.

　"아무래도 낌새가 이상해요. 두려운 일이 발생했을지도 몰라요. 그렇지 않다면 그 사람은 내게는 대답을 했을 거예요. 부탁이에요, 가능한 한 빨리 안으로 들어가 봐요."

　케이츠는 한 걸음 옆으로 물러나더니 그 일은 마이크에게 하라고 손짓으로 가리켰다. 마이크는 앞으로 나아가서 문 손잡이에 손을 걸치고는 잠시 흔들어 보다가 어깨를 문에 부딪쳤다. 이 호텔에는 어디나 모두 그렇지만, 문이 낡고 흔들흔들했다. 세 번째로 부딪치자 자물쇠가 떨어져 나가면서 마이크는 방안으로 머리부터 들이밀며 고꾸라지듯이 들어가게 되었다.

"큰일났소!" 마이크는 뒤돌아보지도 않고 뒤로 말을 던졌다. "수잔, 당신은 부인을 아래로 데리고 가요. 부인에게는 아무 말도 하지 말아요. 케이츠, 도와주시오."

케이츠가 앞으로 나갔다. 마거트는 그 옆에서 톰린슨 아주머니의 땅딸막하고 오동통한 몸이 끈 끝에 매달려 있는 것을 보았다. 마이크가 손을 대자 시체가 조금 흔들리더니 얼굴이 문 쪽으로 향했다. 눈은 무섭게 딱 부릅뜨고서 매달려 있었다. 마치 자신을 죽인 범인을 노려보고 있는 것 같았다. 마거트는 손을 목 근처로 올리고, 입을 벌리고서 간신히 억누르는 듯한 비명을 질렀다. 목소리는 나오지 않았다. 그녀를 옆으로 끌어당기려고 수잔이 팔에 손을 걸치자 그녀는 완전히 정신을 잃고 바닥에 쓰러지고 말았다.

제12장

정신이 들어보니 마거트는 자기 침대에 눕혀져 부드러운 솜이불에 덮여 있었다. 눈을 떠보니 수잔이 염려스러운 듯한 얼굴을 하고서 옆에 앉아 지켜보고 있었다. 머리가 맑아지자, 자신의 입장이 확실하다는 걸 알 때까지는 별로 말을 하지 않는 게 좋겠다고 판단하고서 그녀는 자신을 억눌렀다.

"정신을 잃었었나 봐요." 그녀는 가냘프게 말했다. "어떻게 됐죠?"

"우리들이 안고서 내려왔어요. 정신을 잃은 것은 잠깐 동안뿐이었어요." 수잔이 대답했다.

"그런데, 토미는? 그 사람은──"

"죽었어요." 수잔이 조용하게 말했다. "하지만 그것은 지금 생각해서는 안돼요. 좀더 기운이 날 때까지는 말을 하지 않는 게 좋고요."

"세상에, 그런 일이!" 마거트는 눈을 감고 피로운 듯이 입술을 일그러뜨렸다. "내가 나빴어요. 내 죄예요. 내가 그런 말을 한 것이 그 사람을 자살로 몰아간 거예요."

"부인, 이제 그런 말은 그만두세요. 톰린슨 아주머니는 상태가 나빴어요. 일시적으로 제정신이 아니었던 거예요. 당신이 그런 식으로 자신을 나무랄 건 없어요. 게다가 마이

클 얘기로는 금방 죽은 것 같다더군요. 그다지 고통도 느끼
지 않았대요."

"그 사람들은 토미를 어떻게 했나요?"

"그런 얘기를 해도 정말 괜찮겠어요?" 수잔이 염려스러
운 듯이 물었다. "좀 나중에 아시는 편이——"

'아니야, 지금이 좋아.' 마거트는 마음속으로 외치고 있었
다. '순진하고 아무것도 의심하지 않는 당신 같은 사람에게
물어보는 게 좋아.'

"전부 얘기해 줘요, 수잔." 그녀는 아주 처량하게 부탁했
다. "꼭 듣고 싶어요. 내가 정신을 잃고 나서 어떻게 됐죠?"

"물론 무엇보다도 먼저 끈을 잘랐어요." 수잔이 고분고분
하게 대답했다. "그리고 나서 그 사람을 침대에 눕혔어요."

"살려내려고 해봤나요? 할 수 있는 방법은 다해 봤냐고
요——"

"어쩔 수 없었어요. 발견했을 때는 이미 죽어 있었거든요.
무슨 방법을 써볼 수도 없었어요."

"그럼, 케이츠 씨는 무얼 했나요?" 그녀는 그다지 열의가
깃들어 있지 않은 것처럼 물었다. "그리고 셸던 씨는? 그리
고 나서 어떻게 되었나요?"

"네, 당신을 이리로 옮겨다 놓았어요." 수잔은 간단하게
말했다. "그리고 나서 나는 여기서 당신이 괜찮은지 옆에
붙어 있었던 거죠."

"그렇지만 남자분들은?" 마거트는 집요하게 물었다. "지
금 어디에 있나요?"

"또 위로 올라갔나 봐요. 뒤처리 때문에."

"알았어요." 마거트는 침대 깊숙이 가라앉았다. 수잔에게서는 이 이상 아무것도 알아낼 수 있을 것 같지 않았다. '지켜보고 있다가 알려주는 데에는 이 아가씨가 머리가 너무 나빠.' 케이츠가 지금쯤은 사냥모자에 확대경을 가진 탐정 스타일로 바로 거기에서 킁킁 코를 울리면서 찾아다닐 테지만, 그가 단서를 잡을 수 있다고는 마거트는 생각지도 않았다. '이렇게 확실하게 눈을 뜨고 있어야만 하는 중요한 때에 어째서 정신을 잃는 불운한 일을 당했을까? 케이츠가 탐정으로 변하는지 내 눈으로 확인할 절호의 찬스였는데, 나는 그것도 헛되이 지나쳐 버렸어. 하여튼 그 남자는 어차피 아무것도 증거를 잡을 수는 없을 테니까 나는 안심해도 돼.'

"저, 잠시 쉬어야겠어요." 그녀는 수잔에게 말했다. "어쩐지 한숨 푹 잘 수 있을 것 같군요. 당신은 맞은편에 있어도 괜찮아요."

"쉬시겠다면 그게 좋아요." 수잔도 동의했다. "나도 아무것도 할 일이 없으면 잠시 산책하러 나가겠어요."

"그러세요. 틀림없이 당신도 바깥 좋은 공기를 마시는 게 좋을 거예요."

수잔이 나가자 마거트는 그녀가 혼자서 산책하고 있는 모습을 떠올리고는 잠깐 웃었다. 케이츠가 그녀를 마이크와 맺어주려다 실패하자 그녀가 어색한 얼굴을 했었던 것을 생각해 냈기 때문이다. 저 여자도 나와 똑같이 산책 같은 건 가고 싶지 않았을 거라고 그녀는 확신했다. 하지만 체면을 지키기 위해, 마이크와 랑데부하기 위해 망을 친 것이 아니라 정말로 산책하러 나가고 싶었다는 증거를 보여주기 위해 나갈 수밖에 없을 것이다. '가엾은 바보. 자신에게는 1루 베이스에 진출할 가망도 없다는 것을 깨달을 정도로 센스는 있으면 좋을 텐데.' 그 여자에게 힘을 북돋워주기 위해 조금은 비결을 가르쳐 줘도 되겠지만, 그렇다고 해도 그 여자에게 마이크는 손이 미치지 않을 것이다.

그녀는 꼼짝않고 누워서 마음이 향하는 대로 마이크의 모습을 그려보았다. 단정치 못한 빨간 머리, 미소를 띤 구부러진 입가. 그 사람의 눈은 웃고 있을 때도 고지식한 면이 나타나 있었고, 점잔빼는 얼굴일 때에도 쾌활한 빛을 잃지 않았다. '난 마이크가 좋아.' 하고 그녀는 혼잣말을 했다. '그 사람은 내 기호에 맞아. 게다가 그 사람은 나에 대한 호의를 조금도 숨기려 하지 않고 있어. 나는 시카고에 대한 소식은 상당히 오랫동안 듣지 못했지만, 그곳은 옛날부터 내가 좋아하는 곳이었어. 이 복잡한 일이 정리되고 유서 공개도 끝나 자유의 몸이 된다면, 시카고에 가볼까? 그리고 마이크에게 안내해 달라고 해야지. 2~3개월 머물러 보자. 좀더 오래 있어도 되고. 마이크와 화려하게 노는 거야.'

'마이크를 죽이지 않아서 다행이었어.' 그녀는 차고에서 스패너를 무기로 해서 그의 머리 어느 부분을 내리치면 가장 좋을까 하고 생각했었던 광경을 생각해 내고는 잠시 몸을 떨었다. 기름 밴 차고 바닥에 머리가 깨진 그가 엎드린 채 쓰러져 있는 모습을 생각하니 오싹했다. 게다가 그 전날 밤 베개 밑에 권총을 숨기고 그가 오기를 기다리고 있었을 때의 일도 말이다. '위험할 뻔했어.' 하고 그녀는 새삼스럽게 생각했다. 무심코 충동적으로 무슨 일을 저질러 버리지 않도록 조심해야 한다. 터무니없는 실수를 저지르게 될지도 모른다. '나는 마이크를 죽이고 싶지 않아. 게다가 그런 짓을 했다간 굉장히 일이 성가시게 될 뻔했어. 마이크가 로키 로드스라고 완전히 믿고 있었거든. 그 사람의 이름이 나와 있는 신문 사진을 봐서 다행이었어. 그것 때문에 그 사람을 의심하지 않게 되었던 거야. 게다가 케이츠에 대해서도 내가 진짜로 의심하고 있다는 뜻은 아니야. 화가 솟구칠 땐 올바른 생각을 할 수 없고, 바보스러운 일들만 상상하게 되거든. 없어진 점화전의 열쇠 역시 천천히 침착하게 잘 생각해 보면 설명이 얼마든지 생기는 거야. 이제 그런 일은 신경쓰지 말아야지. 밀러는 내 남편에게 들었다고밖에 생각할 수 없는 것을 알고 있었기 때문에, 자기가 탐정이라고 자백한 것과 마찬가지야. 그러니까 로키 로드스는 이미 죽었는데도 나는 풍차를 향해 창을 들고 덤벼드는 행동을 하고 있었어. 하지만 이젠 그런 짓은 하지 않아. 이제부터는 마음에서 솟아오르는 미치광이 같은 불만은 쫓아버리고, 최대한으로 즐기는 거야.

하지만 어느 정도 신중함은 필요해.' 하고 그녀는 자신을 억눌렀다. 당분간은 마이크도 어중간한 곳에 세워두자. '지금 이쪽이 그 사람에게 흥미는 없는 것처럼 보여 놓으면, 시카고에 가서 만났을 때 대단히 기뻐할 거야. 게다가 케이츠도 자신이 말한 대로 들어주었다고 좋아할 거고. 그리고 나로서도 그러한 입장에 어울리게 행동하고 싶어. 남편을 방금 잃은 여자는 상당히 신중하게 행동해야 돼. 게다가 이 집에는 두 구의 시체가 있어. 밀러가 자기 침대 위에 뒹굴고 있고, 토미도 그래. 쾌활하게 웃을 수 있는 곳이 아니야. 그러니까 나는 케이츠를 만족시켜 마이크를 애태우고, 동시에 정숙한 미망인의 역할을 하는 거야. 아침이 되면 보안관과 의사가 올 테지. 그렇게 되면 나는 마을 안에서 주목의 대상이 되는 거야. 아마 나는 마을에서 호기심의 대상, 즉 불행한 3중 비극의 희생자가 될 것이다. 이 주말에 남편과 친구와 하녀, 세 사람이 죽어버린 여자. 운이 좋게도 세 사람 모두 여러 가지 방법으로 죽었고, 그것도 전혀 의심할 여지가 없는 병사, 사고사, 그리고 자살이기 때문에 아무리 우연이 너무 겹쳤다고 해도 의혹은 전혀 일어나지 않을 것이다.'

의혹을 일으키지 않는 것이 무엇보다도 다행이라고 되풀이 중얼거리고 있는 동안에 그녀는 어딘가 이 근처에 자신이 남편에게 먹이려고 했었던 독약이 있다는 것을 생각해 냈다. 몇 시간 동안 그녀는 그것을 완전히 잊고 있었던 것이다. '하지만 그런 것은 이제 아무것도 아니야.' 하고 그녀는 자신에게 타일렀다. '탐정이 죽어버린 이상, 다른 사람은 아무도 그런 것이 있다는 것을 알고 있는 사람이 없어. 그 약은 내게는 이제 아무런 해도 없는 거야. 그렇다고 해도 만일 누군가가 우연히 그것을 찾아낸다면? 필이 그 약과 함께 놔둔 편지에 뭐라고 썼는지 나는 모른다. 뭔가 수상한 것이 쓰여 있는 게 틀림없다. 경찰에서 조사해 보고 독약이라는 걸 밝힐지도 모른다. 거기서부터 쇠사슬처럼 여러 가지 일이 연결되어 가서 결국엔 모든 것이 내 소행이라는 걸

알게 될지도 모른다. 필은 대체 그 약을 어디에다 숨겼을까?'

그녀는 비타민제 대신에 알약 두 알을 여느 때처럼 셀로판 봉지에 넣어, 남편의 점심식사 쟁반에 놓인 우유 잔 옆에 두었던 그날을 신중하게 떠올려보았다. 그녀는 쟁반을 갖다 놓고 간 뒤에 자기 방에서 귀를 기울이며 기다리고 있었다. '독약은 곧 효과가 나타날 테니, 독약을 먹은 사람은 급성심장발작처럼 몸부림칠 거야.' 그렇지만 아무런 일도 없었다. 필이 쟁반을 옆으로 치우고 침대에 상당히 오랫동안 누워 있는 모습에 그녀는 귀를 기울이고 있었다. 다음에는 남편이 방안을 걸어다니는 소리를 들었다. 지금에서야 생각난 일이지만, 그때 남편은 알약에 대한 편지를 쓰고 있었던 게 틀림없었다. 그리고 나서 남편이 방을 나왔으므로 그녀도 얼른 복도로 나가 남편과 얼굴을 대했다. 남편의 얼굴을 자세하게 바라보았지만, 평소와 다른 점은 볼 수 없었으므로 독약이 효과가 없었거나 어떻게 잘못된 것일 거라고 생각했다. 즉, 효과가 없었을 뿐이라고 생각했었던 것이다. 약을 먹지 않은 예가 없는 남편이었기 때문에 말이다. 그가 먹지 않았다고는 꿈에도 생각지 못했었다. 지금에 와서 생각해 보니 그때 남편의 태도가 상당히 이상했었다. 아내가 말을 걸어도 눈을 딴 데로 돌리는 것이었다. 어디 가느냐고 물으니 남편은 산책이나 해야겠다고 대답했었다. 이것도 드문 일이긴 했지만, 그녀는 단순히 일시적인 기분이라고 생각하여 별로 신경쓰지 않았었다.

지금 그녀는 남편이 그때 약을 주머니에 넣었을 것이고,

그것을 숨기러 가는 길이 틀림없었다는 걸 알았다. '하지만 어디로 간 걸까?' 그때 그가 뒷문으로 나갔다는 것을 생각해 냈다. '차고인가?' 차 안에는 없었다. 차는 세심히 조사해 봤던 것이다. 하지만 차고 안에 숨겨놓았는지도 모른다. 여기서 그녀는 그날 오후 늦게 토미와 이야기한 대화의 단편을 생각해 냈다.

"웨더비 씨가 오늘은 건강하게 보이지 않는군요." 하고 토미가 말했었다. "혼자서 그렇게 오래 산책을 하셔도 될까요?"

"그렇게 오래 산책을 하다니?" 마거트는 흥미는 없었지만 그래도 물어보았다.

"그게 벌써 30분이나 되었는걸요. 외출하실 때 제가 부엌에 있었는데 말도 걸지 않으시더군요. 평소엔 그렇게 친절한 분이었는데요. 어쩐지 몹시 상태가 이상하게 느껴지더군요. 뒷문으로 나가 차고 맞은편으로 가시더군요. 저 산 꼭대기까지 올라가셨을까요? 정말 괜찮으시겠어요?"

"괜찮아요." 마거트는 어깨를 으쓱하고서, 독약이 나타내는 효과가 늦어져 남편이 차고 앞의 샛길에서 쓰러져 죽었으면 좋겠다는 헛된 희망만 안고 있었다. 그렇지만 그는 그 뒤에 돌아와서 마거트의 희망은 물거품처럼 사라져 버렸던 것이다. 지금에야 그때 토미의 말이 새로운 의미를 갖고 그녀에게 되살아났다.

'아, 그래, 왜 좀더 일찍 생각해 내지 못했을까?' 그녀는 이불을 젖히고서 침대에서 뛰어내렸다. '필은 전망대로 갔었어. 약을 숨긴 곳은 거기야. 지금도 약은 그곳에 숨겨져

있어. 나는 단지 그곳에 가서 가져오기만 하면 되는 거야.'

그녀는 전망대에는 한 번밖에 간 적이 없었다. 7월초, 이 호텔에 와서 이틀째 되는 날에 남편이 산장과 이 주변의 상황을 둘러볼 때 그녀를 그곳에 데려갔었던 것이다. 산꼭대기 50피트(약 15m) 탑 위에 세워진 산불 감시초소였다. 옛날처럼 산불 감시원은 고용하지 않았지만, 당시 가구류는 그대로 남아 있었다. 의자 몇 개와 간이 침대, 테이블과 책장 등이 말이다. 책장에는 전주인의 다양한 취미를 증명하듯이 괴담 서적에서부터 과학논문집 등이 늘어서 있었다. 거의 그곳에 가는 사람은 없었지만, 호텔 손님들이 책을 읽거나, 기록을 한다거나, 명상에 잠기기도 하며 남에게 방해받지 않는 조용한 장소를 원할 때에 도움이 되었다. 그 전망대 밖에 달린 작은 난간에서는 몇 마일에 걸친 다른 산봉우리들이나 발 밑 골짜기의 경관을 바라볼 수도 있었다.

마거트는 단 한 번 그 전망대에 올라갔었지만, 그때는 제대로 경치도 보지 못했다. 고작 하찮은 경치를 보기 위해 남편이 무리하게 그녀에게 그런 높은 계단을 올라가게 한 것에 대한 불쾌감을 숨기려고도 하지 않았었다. 그녀가 조용히 귀를 기울이며 따분해 하자 남편은 자랑스러운 듯이 가까운 산봉우리들의 이름을 가르쳐 주며, 그전 여름에 그곳에 올라갔었을 때의 추억을 얘기해 주었었다. 남편이 여러 가지 얘기한 것 중에서 한 가지가 지금 그녀의 마음에 역력하게 되살아났다. 그는 책장 위에 있는, 길거리 우체통의 모양을 그대로 본뜬 작은 우체통을 가리키며 진지하게 이야기했었다.

　"좋은 아이디어지? 여기에 있었던 감시원 한 사람이 갖고 온 건데, 지금도 도움이 되고 있어. 마치 보통 우편물처럼 편지를 이 입구로 넣는 거야. 그럼, 한 달에 한 번 산림 감시원이 여기에 들르는데, 그때 문을 열고 가져가게 되지."

그 모형 우체통의 완전한 기능을 보여주려고 남편은 투입구를 손가락 끝으로 통겨보이며 문도 열어보았다. 그러나 그녀는 하품을 하며 호텔로 돌아가겠다고 말했을 뿐이었다. 지금 그때 남편이 장난감에 대해 어린아이같이 기쁜 얼굴을 한 것을 생각해 내자, 약을 숨기려고 한 남편이 그 우체통을 사용하려고 생각했었던 것이 틀림없게 여겨졌다. 그런 우습게 보이는 전망대까지 내가 올라갈 염려가 없다는 것은 그 사람도 알고 있었을 것이다. 내가 아니라고 해도, 조금 물정을 아는 사람이라면 그런 곳에는 올라가지 않을 것이다. 하지만 그 약은 태우든가 어떻게든 해버리는 게 좋다. 나중에 누군가에게 발견되어 곤란한 일이 되는 위험을 파놓을 필요는 없다.

　그녀는 코트를 걸치고 뒷계단을 내려가 부엌문으로 나갔다. 발이 눈에 깊이 빠져 장화를 신지 않은 것을 후회했지만, 그대로 차고 쪽으로 계속 걸어갔다. 자신의 발 밑에다 정신을 집중시키고 가는 중에 작은 단화의 흔적이 있다는 것을 깨달았다. '수잔 퀸이야.' 코웃음을 치면서 그녀는 생각했다. '그 여자는 장화를 갖고 있지 않았어. 하지만 그 여자는 산책하러 나가지 않을 수 없었지. 어쩌면 그 여자가 산속에서 길을 잃어 수색대를 보내야만 할지도 몰라. 그렇게 되면 재미있는 기분전환이 될 수도 있겠는데. 이 주말은

여기에 있는 사람들에게는 평생 잊을 수 없는 주말이 되겠
어.'

차고 앞을 지나 그녀는 산봉우리를 향한 급한 오르막길
에 접어들었다. 여기서 그녀는 수잔의 발자국도 전망대 계
단 아래까지 계속되어 있다는 것을 깨달았다. '그 여자는 이
런 곳에서 무엇을 하고 있는 거지?' 그녀는 당황해 하며 생
각했다. '전망대의 오두막에 무슨 볼일이 있는 걸까? 여기
서 잠시 마음을 가라앉히고 산책을 하다가 그곳에 들르게
되는 것도 당연하지 뭐.' 하고 자신에게 타일렀다. 호텔에
처음 온 사람이라면 누구라도 호기심을 갖고 계단 위에 있
는 오두막을 보러 올라갔을 것이다. 그렇다고 해도 그녀는
자기를 앞지른 그 아가씨에 대해서 심한 분노를 느꼈다.
'약을 가지고 올 동안 전혀 방해하지 않을 여자는 아니야.'
그녀는 근거도 없이 이런 생각을 하고 있었다. '어째서 좀더
다른 방향으로 산책하러 나가지 못했을까? 정상적인 사람
이라면 대개 현관으로 나가는 법인데. 부엌문 같은 데로 나
가지는 않아. 그 전망대는 호텔 안에서는 보이지도 않을 것
이고 말이야. 그런 곳에 작은 오두막이 있다는 것도 알 리
가 없잖아? 이 호텔에는 처음 왔을 텐데.'

갑자기 어떤 생각이 머리에 떠올라 마거트는 발에 걸리
는 눈을 난폭하게 걷어차고서 달려갔다. '그 여자가 지금까
지 여기에 온 적이 없다면 어떻게 나를 알까? 그 사람이 로
키 로드스가 아니라고 어떻게 확언할 수 있지? 여자 탐정
도 있어. 로드스라고 하는 아가씨인데, 남자처럼 록키라는
별명을 붙였을 수도 있는 거잖아. 어째서 나는 탐정이 꼭

남자라고 단정을 해버렸을까? 필은 함께 낚시를 한 사이라고 했어. 수잔은 그런 옥외 스포츠를 즐길 타입은 아니지만, 어쩌면 낚싯대 정도는 잡을 수 있을지도 모른다. 그 아가씨가 내가 찾고 있는 상대는 아닐까?'

미끌어지기 쉬운 길바닥에서 그녀는 몇 번이나 넘어질 뻔했다. 그녀는 일부러 걸음을 늦추었다. 서두를 건 없다고 생각했다. 넘어져서 팔이라도 부러지면 손해다. 수잔은 내가 갈 때까지 저쪽에서 기다리고 있을 것이다. 계단을 내려오는 길 이외에 전망대 오두막에는 출구가 없다. 만일 그 아가씨가 로키 로드스라면, 그리고 약을 이미 손에 넣어 버렸다면 그녀를 붙잡는 데에 이런 절호의 장소는 없다. 그 난간에서는 아래까지 수직으로 몇백 피트나 된다. 나는 그 아가씨보다 키가 훨씬 크고 힘도 훨씬 세다. 그녀를 밀어 떨어뜨리는 데엔 어려움이 없을 것이다. 또 불행한 사고가 하나 늘어날 뿐이다. 발이 약한 사람이 등산하다가 흔히 발생하는 사고이다.

그녀는 계단 밑에 붙어서 오르기 시작했다. 여행용 가방에 SQR라는 머리글자가 있었다는 것을 생각해 내고는, 왜 그때 생각해 내지 못했을까 하고 그녀는 자기 자신도 이상하다고 생각했다. 언니가 라일리라고 하는 남자와 결혼했다고 하는 얘기도 지금에 와서 생각해 보니 거짓말 같았다. 로키 로드스가 남자라고만 생각하고 있었으므로, 그때는 그녀를 의심한다는 건 꿈에도 생각할 수 없는 일이었다. '뭐, 곧 알게 되겠지. 기대가 되는걸. 사실을 털어놓게 해야지.' 호텔에서는 꽤 떨어져 있으니까 그녀의 비명 소리 같은 것

은 아무에게도 들리지 않을 것이다. 만일 그녀가 로키 로드
스라면 알고 있는 것을 다른 사람에게 얘기할 만한 생명은
없을 것이다.

　지금 그녀는 계단 꼭대기까지 올라가 있었다. 오두막의
이쪽 문은 열린 채였다. 안으로 들어가니, 수잔이 작은 오두
막 맞은편에서 이쪽으로 등을 돌리고 책장 옆에 있는 것이
눈에 들어왔다. 한쪽 손으로 모형 우체통 문을 열고 있었다.
또 한 손에는 작은 셀로판 봉지를 핀으로 꽂은 카드를 들고
있었다. 고개를 갸웃거리며 그녀는 카드를 읽고 있었다. 마
거트가 들어온 낌새에 그녀는 깜짝 놀라서 카드를 우체통
에 다시 집어넣고는 문을 닫고서 뒤돌아보았다.

　'여로의 끝이구나!' 마거트는 기쁨이 용솟음쳤다. 드디어
약을 발견했다. 게다가 로키 로드스도 함께 말이다. 이젠 아
무도 내게 손가락 하나 까딱할 수 없다. 마음 밑바닥에서부
터 힘이 솟아오르는 느낌이었다. 냉정하게, 완전하게 자신
의 운명을 손에 쥔 주인과 같은 느낌이 들었다. 관절이 삐
걱이는 듯한 소리를 내는 문을 닫고 나서 그녀는 수잔에게
익살맞은 정중함으로 가볍게 인사를 했다.

　"로드스 양이로군요." 빈정거리는 미소를 입가에 떠올리
며 마거트는 말했다.

제13장

수잔은 순간 말도 없이 그녀를 바라보았다.

"깜짝 놀랐어요, 부인." 가까스로 그녀는 입을 열었다. "누가 올라오리라고는 미처 생각도 못했거든요."

"그건 그랬겠지요." 마거트는 상냥한 어조로 맞장구를 쳤다. "틀림없이 여기라면 혼자서만 있을 수 있으리라고 생각했을 테니까요. 게다가 아가씨가 찾고 있는 것을 발견한 것도 나는 보고 말았어요."

수잔의 손이 무심결에 등뒤에 놓여 있는 모형 우체통으로 갔다.

"그래." 마거트는 기세좋게 얘기를 계속했다. "남편이 아가씨를 위해 남겨놓은 알약이지. 좀 놀랐어. 좀더 빨리 발견할 줄 알았는데. 하지만 필이 그 작은 우체통에 그렇게 열을 올렸을 줄은 아가씨도 몰랐겠지. 나 역시 방금 전까지만 해도 짐작도 하지 못했으니까. 어쩐지 서로 좀 둔했었던 것 같아. 게다가 아가씨에게 있어서는 가엾은 일이 되었고."

"전——무슨 말인지 모르겠어요." 수잔이 물끄러미 마거트의 얼굴을 두려운 눈빛으로 바라보면서 천천히 말을 꺼냈다.

"예를 들면, 아가씨는 어제 이곳에 왔을 수도 있단 말이야." 마거트는 얘기를 계속했다. 조용한 표정으로 거침없이 말해 나갔다. "아가씨가 손에 넣었으리라고는 꿈에도 생각지 못한 사이에 아가씨가 그것을 갖고 갈 수도 있었지. 그렇지 않고 만일 내가 어제 이곳을 눈치챘다면 그런 것은 이미 불태워 버려서 아가씨에게는 발견되지 않았을 거야. 시간이 이렇게 중대한 의미를 갖는 일이 또 있을지 모르겠네?"

그녀는 친근한 미소를 띠었지만 상대는 소리를 내지 않았다.

"아가씨는 그 알약에 대해 알아내고 싶었겠지. 정말로 독약인지 말이야. 아가씨에게는 그것을 조사할 기회가 없으니까 지금 답을 가르쳐 주겠어. 그래, 독약이야. 단 한 알만으로도 사람 하나는 죽일 정도의 양이지. 나는 신중에 신중을 기했어. 만일 필이 그것을 마셨다면 5분 이내에 죽었을 거야. 인망 두터운 랜더스 의사가 심장마비라고 진단할 수 있는 상태로 죽는 거지. 물론 조사해 보면야 그렇지 않다는 증거가 나오겠지만. 하지만 난 까맣게 모르고 있었어. 아가씨가 불려온 것은 필에게 내가 그 알약을 주었기 때문이거든. 그 사람이 먹었다면 아가씨는 이런 곳에 나타나지도 않았을 거야. 물론 그 점에서는 필이 한 수 위였어. 하지만 아무리 똑똑했다고 해도 결국은 아무런 도움도 되지 못했어, 그렇지? 사람이라는 것은, 너무 똑똑하게 굴어도 안 되는 일이 있는 법이야."

여기서 그녀는 방 반대쪽에 있는 아가씨에게 또 한 번 즐거운 미소를 보냈다.

"무슨 일인지 전혀 모르겠어요." 수잔이 멍하니 말했다.

"무슨 농담 같은 거겠지만, 내게는——"

"농담? 당치도 않아. 꽤 재미있는 일은 틀림없을 테지만, 농담은 아니야. 앉아. 아가씨도 내게서 듣고 싶은 것이 많이 있을 테고, 나도 조금은 확실하게 해두고 싶은 것이 있어. 여기라면 아무도 방해하러 오지 않을 테지. 말하자면 저녁식사 시간까지는 아무도 우리들이 없어졌다는 것을 알아차리지 못해. 그러니까 우리도 천천히 느긋하게 재미있는 얘기를 하는 거야."

그녀는 가까운 의자 등받이에 손을 걸치더니 문 앞으로 끌어당긴 뒤 거기에 앉았다. 수잔은 선 채로 멍하니 그녀를 바라보고 있었다.

"편안히 앉고 싶지 않다면 아가씨 마음대로 해." 마거트는 어깨를 으쓱했다. "그렇게 서 있는 게 아가씨가 지방검사 같고, 내가 증인석의 피고처럼 보이지? 우리, 법정 흉내를 낼까? 그게 훨씬 화려하고 좋겠는데. 맹세코 진실을 진술하고, 진실 이외는 진술하지 않겠습니다. 따라서 하나님의 가호가 있으시길!"

마거트는 오른손을 들고 이 공상에 잠시 미소를 떠올렸다. '이 여자에게는 죄다 진상을 얘기해 줘야지. 필에 관한 것이나 밀러에 관한 것, 토미에 관한 것을 전부 말이야. 한 사람 한 사람을 내가 어떻게 죽였고, 죄를 피하기 위해 어떤 계획을 세웠는지. 이런 것을 입 밖에 내는 것도 이것이 마지막이야. 이 수잔이 죽어버리면 내가 세 개의 완전범죄를 해치웠다는 것은 아무도 알 수 없게 된다. 다만 내가 죽인 사람이 넷이 되겠지. 토미만은 죽이지 않았으면 좋았을 거라고 생각하지만. 누군가 이야기 상대가 필요해. 아무리 똑똑한 방법을 사용했다고 해도. 털어놓고 얘기할 상대가 없으면 아무것도 안되는 것 아냐? 하지만, 토미는 사실 어쩔 도리가 없었어. 그렇게 지나치게 긴장해 있으면 무슨 얘기를 해줘도 재미가 없어. 앞으로는 외톨이로 참아야만 해. 하지만 죄다 설명해 줄 수 있는 이 최후의 기회는 이용해야지.'

"자, 어서 최초의 심문을 하시지." 마거트가 재촉했다.

수잔은 아직도 공포에 질려 눈을 동그랗게 뜨고서 그녀를 바라보고 있었다.

"하지만 아가씨도 이미 완전히 알고 있겠지?" 마거트는 편안하게 고쳐앉았다. "그런데 이상하지? 아직 내게 설명해 줄 수 있는 일이 조금은 있는 것 같거든. 예를 들면, 내가 남편을 독으로 죽였다고 생각하겠지? 하지만 틀려. 처음에 제대로 되지 않았기 때문에 좀더 좋은 방법을 생각해 낸 거야. 내 입장에서는 좀더 안전한 방법이지. 아가씨가 오기 한 시간인가 전에 남편을 베개로 질식시켜 죽였어. 당신이 이곳에 왔을 때 남편이 이미 죽어 있었다는 사실을 알고 있었나?"

"당신은 지금 자신이 무슨 얘기를 하고 있는지 모르고 있어요." 수잔은 마른 입술로 간신히 자기 생각을 말했다. "내게 그런 얘기를 들려줄 필요가 전혀 없어요."

"하지만 나는 아가씨에게 들려주고 싶어. 전부 알려주고 싶어. 게다가 아가씨가 일한 태도도 칭찬해 주고 싶고. 바로 방금 전까지만 해도 아가씨는 나를 완전하게 한 방 먹였으니까. 하지만 물론 나는──" 그녀는 여기서 공평해지기로 했다. "남자 탐정이 올 거라고만 생각했기 때문이야. 그것도 아가씨가 몰랐었지. 필은 살해당하기 조금 전에 아가씨가 온다는 것을 얘기했어. 알약을 숨긴 사실을 얘기한 것도 그때였어. 하지만 아가씨에 관해서는 그다지 상세하게는 얘기하지 않았지. 로키 로드스라는 탐정이라고만 했기 때문에 설마 여자라고는 난 전혀 생각도 못했어."

"이곳에 왔을 때 그런 말을 했었죠?" 수잔이 우물거리며 말했다. "나를 로드스 양이라고 하면서요. 난 무슨 사투리인줄로만 생각했었죠. 그런데 정말이었군요. 당신은 나를 누군가와 착각하고 있어요."

"오, 그만두시지." 마거트는 화도 내지 않고 말했다. "이미 들통났으니까. 이제 와서 연극을 해도 소용없어. 난 아가씨에게 완전히 다 털어놓고 얘기하고 있는 거야. 아가씨도 그렇게 하는 게 괜찮지? 연극을 해도 이젠 어쩔 도리가 없어. 아가씨의 정체는 이미 알고 있으니까. 필이 의뢰한 탐정이 아니면 그 알약에 관해서 알 리가 없지. 다른 사람이 이런 곳까지 그것을 찾으러 올라오지는 않아."

"난 이 알약에 대한 것은 몰랐어요." 수잔은 필사적으로 항변했다. "아무것도 찾지 않았어요. 단지 산책하러 나왔을 뿐이에요. 그런데 이 오두막이 보여서 올라와 안을 둘러본 거예요. 장난감 우체통 같은 건 본 적이 없었기 때문에 어떤 형태로 되어 있는지 만져보고 있는데 그 카드가 나온 거예요. 난 뭔지도 몰랐어요."

"아무튼 읽었잖아." 마거트가 날카롭게 쩔렀다.

"그래요, 읽었어요." 수잔의 얼굴은 새빨개졌다. "무슨 비밀인 것 같지도 않았고, 또 읽었어도 어떤 게임의 소도구인 모양이라고 생각했어요."

"정말?" 마거트는 조금 소리를 내어 웃었다. "우리들이 어떤 무서운 놀이를 한다고 생각하는 거지? 나는 아직 그 카드를 보지 못했어. 뭐라고 쓰여 있었지?"

"필립 웨더비의 서명이 들어 있었어요. 당신 남편이겠죠." 그녀는 마지못해 대답했다. "그리고 작은 봉투에 들어 있는 알약은 당신이 점심식사 때 건네준 것인데, 독이 들어 있는 것 같다고 쐬어 있었어요."

마거트가 아무 말도 하지 않고 미소만 짓고 있었으므로 수잔은 오싹 몸을 떨었다.

"그래서 난 당신이 들어왔을 때 깜짝 놀랐던 거예요." 수잔은 설명했다. "다 읽고 나서 어쩐지 기분이 나빠 있는 참에 갑자기 당신의 모습이 눈에 들어와서——"

"특히 내가 본명으로 이름을 불렀을 때는 더욱 그랬겠지." 마거트는 득의에 찬 미소를 지었다. "필시 깜짝 놀랐을 거야."

"아니, 그렇지 않아요." 수잔이 항의했다. "나는 로드스라는 사람이 아녜요. 당신은——"

"부탁해. 그런 연극으로 불필요한 시간낭비는 그만두시지." 마거트가 감질난다는 듯이 말을 끊었다. "나는 아가씨가 로키 로드스라는 것을 알고 있고, 또 아가씨도 자백한 거나 똑같아. 이렇게 된 이상 어떻게 하든 똑같은 일이야. 설령 아가씨가 훌륭하게 연극을 해서 나를 속이더라도 알약을 손에 넣은 사실엔 변함이 없어. 내가 그것을 빼앗는다 해도, 그 카드에 쓰여진 것이나 내가 얘기한 것을 아가씨는 잊지 못할 거야. 그러니까 어때? 나를 속이려 해도 소용없어. 여하튼 아가씨를 여기서 살려보낼 수는 없으니까."

"세상에, 그런! 설마 제정신으로 그런 말을 하는 것은 아니겠죠?" 수잔은 정신을 가다듬고서 말했다.

그녀는 필사적인 눈길로 마거트 등뒤에 있는 문을 바라보고 나서, 그 다음에 오두막 정면에 난 문으로 눈을 주었다. 뛰어나갈 거리를 계산하고 있는 것 같았다.

"나라면 정면 포치로는 나가지 않겠어." 마거트가 태평스럽게 말했다. "허공으로 뛰어나가 버리는 거니까. 아래는 깊지. 그 정면에 난 문은 경치를 보기 위한 것뿐이야. 어디로도 나갈 수 없어. 단 한 가지 안전한 길은 내 뒤에 있는 이 문뿐이지. 하지만 아가씨는 이 문을 빠져나갈 수 있을 것 같지 않은데."

"세상에!" 수잔은 몸을 웅크리고 책장 쪽으로 조금 뒷걸음질쳤다.

"하지만 얘기는 계속하지." 마거트가 기세좋게 말했다. "필의 죽음에 대해서 그밖에 더 듣고 싶은 것은 없나?"

수잔은 잠자코 머리를 흔들 뿐이었다.

"물론 지극히 간단한 일이었지." 마거트가 말했다. "미리 자세한 것까지 완전히 계획을 세워두었었어. 하지만 실제로 해보면 미리 생각해 놓은 것과는 다른 법이지. 마치 생사의 권한을 쥔 신이라도 된 듯한 느낌이 드는 거야. 하지만 아가씨 같은 사람이야 그런 기분이 어떤 건지 알 수 없을 테지."

잠시 그녀는 입을 다물었다. 남편을 죽이던 순간순간이 생생하게 되살아났던 것이다. 그래서 몇 분 간은 자신의 약한 마음을 나무라고 있었다.

"아가씨 같은 사람이야 알 수 없는 일이지." 그녀는 갑자기 생각난 듯이 말했다. "아가씨는 내가 탐정이 온다는 것을 모르고 있기 때문에, 정체를 알아차리지 못했을 거라고 생각했을 거야. 내가 마이크 셸던을 그 탐정이라고 오랫동안 믿고 있었던 것도 아가씨는 모르겠지? 이미 적어도 그 사람을 죽일 뻔한 적이 두 번이나 있었어."

수잔은 잠시 몸을 떨었다.

"놀랐지?" 마거트는 속을 떠보았다. "그래, 나 역시 그런 짓은 하고 싶지 않았어. 하지만 만일 해치워 버렸다면 아가씨에게도 죄가 있는 거야. 아가씨가 가명을 사용해서 오지만 않았다면 그 사람 역시 그런 위험한 지경에 이르지 않고 끝났을 테니까. 그러니까 밀러의 죽음도 아가씨에게 책임이 있어."

"밀러 씨의 죽음도 내게 책임이 있다뇨?" 수잔은 속삭이는 듯한 목소리를 내는 것이 고작이었다.

"물론이지." 마거트가 의기양양하게 말했다. "아가씨가 내게 거짓말만 하지 않았다면 그 사람은 아직 살아 있을 거야. 하지만 그 사람이 내가 연극계에 있었던 것에 대해 얘기하는 바람에 남편에게서 그 얘기를 들은 게 틀림없다고 생각해 버렸지. 그 사람이 그런 것을 알고 있었던 것은 토미가 무심코 입을 잘못 놀린 건데, 나중에 내게 자백하는 것이 두려워 그런 적 없었다고 한 것으로밖에 생각할 수 없어. 거짓말을 하면 얼마나 끔찍한 일이 발생하는지 잘 알겠지? 셰익스피어 연극에도 그런 대목이 있었어. 이번 경우엔 그 불운한 역을 맡은 것이 찰리 밀러였던 거지."

"그럼──밀러 씨도 당신이 죽였군요──그 사람을 탐정이라고 생각해서?"

"그래." 마거트는 태연하게 대답했다. "어떻게 그런 짓을 했는지 지금까지 몰랐었겠지? 그건 대단했어. 일산화탄소가 그 사람을 완전하게 죽여버릴 때까지 차고 밖에서 기다리다가 내가 얼어죽는 줄 알았다고. 게다가 그곳부터 샛길을 넙죽 엎드려서 기어가는 것은 또 얼마나 괴로웠었는지. 아무리 돈을 준다고 해도 두 번 다시 그 짓을 할 마음은 없어. 게다가 그것이 모두 쓸데없는 노력이었다는 걸 생각해봐! 밀러 같은 사람을 죽일 필요는 전혀 없었거든. 그 사람은 아가씨가 위장했기 때문에 생긴 희생자야. 그리고 토미도 그래."

"가엾은 톰린슨 아주머니." 수잔은 중얼거렸다. "그럼, 그 아주머니는 당신이 한 짓을 알고 있었군요? 그래서 그 아주머니는──"

"토미는 전부 알고 있었어. 하지만 용기가 없어졌지. 그 사람은 버틸 수 없었던 거야. 게다가 내 결점까지도 드러낼 것 같았어. 그래서 죽인 거야."

"죽였다고?──아니, 설마! 아무리 그렇다고 해도 톰린슨 아주머니를!" 수잔의 눈에서 공포의 빛이 동정으로 변했다. "부인, 당신은 병을 앓고 있어요. 불과 이틀 동안에 이렇게 여러 가지 일이 발생했으니 당신이 병에 시달리는 것도 이상하지 않아요. 우선 주인의 죽음, 다음에는 밀러 씨가 무서운 사고로, 그리고 또 톰린슨 아주머니의 자살. 게다가 언제나 당신은 이렇게 했으면 살았을 거다. 그것을 하지 않았다면 살았을 거라고 계속 당신을 자학하고 있었기 때문이에요. 너무 그런 것들 때문에 고민했기 때문에 당신 자신이 그 모두를 죽인 듯한 생각이 든 거예요. 하지만 당신이 저지른 일이 아니에요. 그렇게 자신을 가다듬지 않으면 안돼요. 누구라도 자신을 나무랄 원인은 갖고 있는 법이에요. 실수가 전혀 없는 사람은 없어요. 얼간이 짓을 했다거나, 자신이 하는 일이 잘되지 않는다고 해서 그것을 갖고 괴로워하다 보면 누구라도 마음이 이상하게 되어버린답니다. 당신에게 필요한 것은 지금까지의 일을 모두 잊고 천천히 휴식을 취하는 일이에요. 자, 호텔로 돌아가시죠."

그녀는 마거트 쪽으로 다가가서 일으켜 주려고 손을 쭉 내밀었다.

"움직이지 마!" 마거트는 벌떡 일어서서 몸에 힘을 주었다. "이 문에서 나갈 생각 마. 그랬다간 좋지 않으니까. 훌륭한 방법이야. 내 머리가 미쳤다고 생각하는 척하며 지금 내가 말한 것을 믿지 않는 듯이 행동을 한단 말이지? 하지만 그건 좋지 않아. 필도 찰리도 토미도 내가 죽였고, 아가씨가 그걸 알고 있다는 것을 나는 알고 있으니까."

"아니에요. 당신이 한 짓이 아니에요." 수잔은 그녀에게서 두세 걸음 떨어져 멈추어서서 조용하게 말을 되풀이했다. "다른 사람은 어떤지 모르겠지만, 톰린슨 아주머니를 죽인 것이 당신이 아니라는 것만은 알고 있어요. 그때의 상황을 생각해 보세요. 당신은 부엌에서 잠시 그 사람에게 불평을 했어요. 그 사람은 자기 방으로 돌아가고 당신은 식당으로 온 뒤에, 모두 함께 올라가서 시체를 발견할 때까지 죽 식당에 있었어요. 그러니까 당신이 그 사람을 죽였을 리가 없다는 것은 알겠죠? 단순한 망상이에요."

"틀림없이 아가씨는 진심으로 그렇게 생각하고 있는 것 같군." 마거트는 만족스러운 듯이 말했다. "남편이나 밀러를 내가 죽였다는 것은 모두 알고 있겠지만, 토미의 자살만은 감쪽같이 속은 것 같아. 난 훌륭하게 해냈어. 그것을 남에게 설명해 줄 기회가 없었다면 유감스러울 정도였으니까. 그렇지만 아가씨에게는 정말 두손 들었어. 그런 케케묵은 트릭에 속아넘어갔으니 대단한 탐정이라고는 할 수 없겠는데. 그런 것은 연극에서 흔히 사용하는 수법이거든. 즉, 문가로 가서 무대에 나오지 않은 사람에게 얘기를 하면 관객은 그 상대방 인물이 해먹(튼튼한 그물, 또는 천으로 매단 침대)에 누워 있거나 풀장에서 수영하고 있는 모습을 떠올리게 되는 거지. 그렇지만 그 동안 무대 뒤에 있는 그곳에는 먼지투성이의 종이 잡동사니만 가득 있을 뿐, 얘기의 대상이 된다고 관객들이 생각하고 있었던 그 배우는 벌써 분장실에 가 틀어박혀 있는 거야. 속임수는 단지 그것뿐이지. 내 연극이 훌륭했기 때문에 사람들은 토미의 울음소리를 실제로 들은 듯한 느낌이 들었던 거야."

"아니, 정말 들렸어요." 수잔은 그렇게 말은 했으나 어쩐지 불안한 듯이 덧붙였다. "그렇지 않았나요? 톰린슨 아주머니가 당신과 함께 있었다고 생각했었는데."

"이 사건이 재판에 걸리지 않는 것이 유감일 정도지." 마거트는 신이 나서 말했다. "아가씨는 변호사측의 완벽한 증인이 될 거야. 여자 셜록 홈즈 씨, 토미는 부엌에 없었어. 그때는 이미 죽어서 자기 벨트에 매달려 있었지."

"정말로 당신이 그랬군요!" 책장이 있는 곳으로 되돌아가면서 수잔은 믿을 수 없다는 듯이 그녀를 보았다. "당신이 톰린슨 아주머니를 죽였군요! 하지만 어떻게 그런 짓을 할 수 있었죠? 그렇게 사람 좋고, 더구나 당신만을 위한 사람을?"

"저런, 토미 같은 말투를 쓰는군." 마거트는 화를 내며 말했다. "그 사람은 마치 내가 취미로 사람을 죽인다고 생각하는 것 같았어. 달리 어쩔 도리가 없기 때문에 죽였을 뿐이라고 말했지만 그 사람은 이해하지 못했어. 게다가 토미 역시 죽이지 않고 끝날 사람이라면 죽이지 않았을 거야. 그 사람만은 죽이고 싶지 않았고, 지금도 유감스러워. 하지만 그 사람은 누가 한마디 묻기라도 하면 아무에게라도 모두 털어놓고 말 것 같았어. 그 사람은 아가씨를 상냥한 아가씨라고 생각하고 있었어. 아가씨가 탐정이었다는 말을 들었다면, 그 사람도 아마 몹시 놀랐을 거야. 하지만 그 사람을 죽일 때 내가 내 자신의 신상에 관한 것만을 생각했다고 생각지는 마. 그 사람에게 있어서도 그렇게 하는 것이 가장 좋다고 생각하여 저지른 일이니까. 그 사람은 죽는 쪽이 행복했었던 거야."

"그럴지도 모르죠. 그 사람이 당신을 사랑하고 있었다면."

수잔은 쉰 목소리로 말했다. "하지만 반항도 하지 않는 노인을 죽이다니! 생각할 수도 없어요."

"아가씨처럼 자존심도 없으면 할 수 없는 일이겠지." 마거트는 업신여기듯이 반박했다. "그렇지만 해야만 할 일이라면 나는 무엇이든 할 수 있어. 그 사람에게 괴로운 생각은 갖게 하고 싶지 않았어. 나 역시 아무리 그 사람을 죽여야 한다 하더라도 태연하게 괴롭힐 정도로 냉혹하지는 않으니까. 눈깜짝할 사이에 결말이 났지. 그 사람은 뭐가 어떻게 되었는지도 모를 동안이었어. 나는 단지 목에 감긴 끈을 당기기만 했고, 그 사람은 눈깜짝할 사이에 잠잠해졌지."

그녀는 토미가 발로 허공을 차던 일이나, 갑자기 몸이 버둥거리던 것, 아직도 그녀의 눈에 강렬하게 남아 있는 공포로 일그러진 죽은 얼굴 등에 남아 있는 기억을 쫓아버리며 도전이라도 하듯이 이 마지막 말을 되풀이하여 중얼거렸다.

"누구에게도 괴로운 생각은 시키고 싶지 않았어." 그녀는 수잔에게 들려줌과 동시에, 자기 자신에게 이해시키듯이 힘을 주어 말했다. "필은 베개를 꽉 눌렀을 때는 자고 있었어. 아무것도 느끼지 못했을 거야. 또 밀러는 취해 있었지. 그 사람은 자기 자신도 전혀 느끼지 못하는 사이에 정신을 잃어버렸어. 그러니까 내겐 감정이라는 것이 없다는 듯이 말하는 것은 착각이야. 남에게 괴로움을 주지 않도록 나로서도 할 수 있는 만큼은 한 거니까."

정말로 그대로라고 그녀는 자기 자신에게 타일렀다. '나는 냉혹한 짓은 무엇 하나 하지 않았어. 누구라도 언젠가는 죽는 거야. 필이나 토미는 살아 있었어도 조금도 행복하지

않았을걸. 죽여버린 게 정말로 친절한 행동이지. 그런데 밀러의 경우는 실수였어.'

"후회하진 않나요?" 수잔은 이상하다는 듯이 그녀의 얼굴을 보았다. "조금도 후회하지 않나요? 죽은 사람은 모두 당신을 사랑했었던 사람들이에요. 당신 남편도 틀림없이 그랬을 테고, 톰린슨 아주머니가 당신을 사랑한 것은 나도 알고 있어요. 그런데도 당신은 그러한 사람들을 죽인 걸 조금도 후회하지 않는 것 같군요. 하지만 겉으로는 그렇게 용감한 척 말을 해도 틀림없이 후회하고 있을 거예요. 마음 밑바닥 깊은 곳에서 틀림없이 당신은 자신이 한 일에 대한 심한 괴로움의 고통을 맛보고 있을 거예요."

"아가씨도 토미와 꼭 닮았군." 마거트는 코웃음쳤다. "도덕적인 점도 꼭 닮았고, 얼빠진 점도 꼭 닮았어. 그 사람은 내가 양심 같은 것에 괴로워할 거라고 믿고 있었지. 양심이란 것은 설교할 때 모인 신자들을 등치기 위해 목사가 발명해 낸 것에 지나지 않아. 대개의 사람들에게는 양심은 겁쟁이의 별명에 지나지 않는 거라고. 그런데 나는 겁쟁이가 아니지."

그녀는 잠시 입을 다물고 수잔을 가련함이 깃든 눈으로 바라보았다.

"정말 아가씨가 안됐다고 생각해." 그녀는 이야기를 계속했다. "정말 아가씨는 죽지 않아도 될 사람이야. 필이 당신을 부른 것이 유감이야. 그 사람이 아가씨를 부르지 않았다면 한 사람을 죽이는 것만으로 끝났을 텐데. 틀림없이 찰리 밀러도 죽지 않았을 거야. 그리고 집안에 탐정이 있다는 걸 알고 있었기 때문에 토미도 그렇게 죽게 된 거야. 그렇지 않았으면 그 사람 역시 아무 일도 없었을지도 몰라. 필이 아가씨를 불렀기 때문에 이렇게 어수선한 일들이 발생한 거란 말이야."

"하지만 당신 남편은 나를 부르지 않았어요." 수잔은 끝까지 항의했다. "어째서 당신이 그렇게 생각하는지 모르겠어요. 금요일 밤까지는 당신 남편 이름은 들어본 적도 없었어요. 나는 탐정도 아니고, 로드스란 사람도 아네요. 내 말을 믿을 수 있는 방법이 뭐 없을까요?"

"당신은 바보로군." 마거트는 업신여기듯이 말했다. "아무런 이득도 되지 않는데 끝까지 거짓말을 하다니. 아가씨가 로키 로드스라는 건 알고 있어. 아무리 뭐라고 해도 내 마음은 변하지 않아. 게다가 만일 아가씨가 탐정이 아니라고 해도 나에게 있어서 위험한 사람임에는 변함이 없어. 어차피 죽어야 하니까 본명으로 죽는 게 좋지 않을까? 내가 또 실수를 저지르는 게 아닌가 하고 의심하도록 유도해 볼 계획이로군. 그렇다 해도 아가씨는 살아날 수 없어. 내가 또다시 탐정이 데이븐퍼트 케이츠인가 마이크 셸던인가 하고 고민하기 시작하는 것뿐이야. 그리고는 당신으로 인해 또 한 번 더 살인이 발생한 뒤에 나에 관한 것이 결말이 나게 되겠지."

"마이크." 수잔은 중얼거렸다. "설마 마이크를 죽이지는 않겠죠?"

"나는 금요일 밤에 총알을 잰 권총을 준비한 적이 있었어." 마거트가 말했다. "잠시 뒤에 쏠 생각이었어. 그렇게 해서 멋지게 결말을 지을 계획이었지. 그런데 아가씨와 찰리가 오는 바람에 아슬아슬한 고비에서 계획을 바꿨던 거야. 그런 놀란 얼굴은 하지 마. 아가씨가 마이크에게 홀딱 반한 것은 알고 있어. 하지만 그 사람 역시 신은 아니지. 이제 그 사람에 대해서 꽤 알게 되고 나니 죽인다는 것이 괴롭긴 해. 하지만 내 일에 방해가 된다면 나는 죽일 거야."

"나 때문에 그렇게 될 수는 없어요." 수잔은 지금은 좀 전보다 침착해 있었다. 그녀는 벌떡 일어서서 침착한 목소리로 말했다. "당신은 밀러 씨를 죽인 것이 나 때문이라는 거죠? 나 때문에 사람들이 위험에 빠지게 되었다든가, 내가 처음부터 진짜 이름을 댔으면 좋았을 거라고 하는 말이 내게는 이해가 되지 않아요. 하지만 더 이상 부정한다 해도 소용없겠군요."

"어머, 어지간히 얘기가 통한 것 같네." 마거트는 의기양양하여 말했다. "마이크 이름을 꺼내서 위협하면 꼬리를 드러낼 거라고 생각했지. 조금 쓸 만한 올가미를 쳐봤더니 멋지게 걸려드는군. 실은 마이크는 조금도 위험할 것 없어. 어제 그 사람 여행 가방을 조사해 보고, 그 사람이 자기가 얘기한 인물이라는 걸 증명할 만한 신문을 발견했거든. 내가 눈여겨보고 있었던 사람은 R 데이븐퍼트 케이츠야. 지금까진 그 사람이 로키 로드스라고 생각했어. 그래서 죽일 방법을 생각하고 있었던 참이었지. 하지만 그쪽 미끼로는 아가씨가 그렇게 간단히 걸려들지는 않을 거라고 생각해서 마이크의 이름을 사용해 봤던 거야."

"끔찍한 일을 당하는 사람이 케이츠 씨라고 해도, 나 때문에 그렇게 되는 건 원치 않아요." 수잔은 단호한 태도를 바꾸지 않았다. "다른 일을 저지르기 전에 내 정체를 안 게 다행인지도 몰라요."

"아가씨는 정말로 오랫동안 나를 속여왔어." 마거트가 말했다. "틀림없이 아가씨는 어디에서 봐도 조금도 탐정답지 않기 때문이야."

"그것은 내가 본격적인 탐정이 아니기 때문에 그래요." 수잔은 당황해서 말했다. "영화에 나오는 것처럼 경찰과 협력해서 살인사건 같은 것을 해결하는 탐정과는 달라요. 나는 단지 백화점의 좀도둑이나 사무실에서 수표를 훔친 사람들을 붙잡을 뿐이니까요. 그런 하찮은 일만 해왔어요. 큰 사건은 맡아본 적이 없어요."

"그럼, 살인사건은 이게 처음이겠군." 마거트는 동정하듯이 말했다. "실패하는 것도 당연하지. 필도 아가씨 같은 사람에게 전화하기 전에 잘 좀 조사해 봤어야 했는데 말이야. 하지만 아가씨는 그렇게 서투르지는 않았어. 운만 좋았다면 아가씨가 승리했을지도 몰라. 알약도 찾아냈고, 점화전의 열쇠도 손에 넣었으니까. 여기서 내게 잡히지 않았다면 보안관에게 그 두 가지 유력한 증거를 건네줄 수도 있었다는 뜻이지. 그건 그렇고, 그 점화전 열쇠는 어떻게 했지?"

"점화전 열쇠?" 수잔은 멍하니 앵무새처럼 중얼거렸다.

"그래." 마거트도 안달이 난 듯이 말했다. "시치미떼지 마. 밀러의 시체를 발견했을 때 아가씨가 차에서 갖고 갔다는 것을 알고 있어. 지금 그 알약이 내 수중에 있는 이상 그것이 내게 불리한 증거로 남아 있는 유일한 거야. 자, 어떻게 했지?"

"당신에게 얘기할 이유는 없어요." 수잔은 천천히 대답했다. "비밀장소에 남겨놓은 채 당신에게 고통의 씨를 드리겠어요."

"안돼, 그렇게는 안돼." 마거트는 의자에서 벌떡 일어났다. "대답하도록 해줄 테야."

"가능할까요?" 수잔은 방어태세를 갖췄다. "나를 죽일 생각일 테니. 그 이상은 할 수 없을 거예요."

"좋아." 마거트는 어깨를 으쓱하고는 편안히 앉았다. "고집 피우려면 피워 봐. 열쇠는 어차피 아가씨 방에 있으니까. 찾아내는 것은 문제없지."

"그럴까요?" 수잔이 진지한 얼굴로 말했다. "상당히 잘 숨겨놓았어요."

"꽤나 잘 숨긴 모양이지." 마거트는 코웃음쳤다. "열쇠를 미끼로 해서 여기서 나갈 생각인 모양인데, 그렇게는 안되지. 열쇠가 내게 발견되지 않을 정도라면 다른 사람에게도 발견되지 않을 거야. 게다가 열쇠에 대해서 알고 있는 사람은 나뿐이거든. 만일 누군가가 우연히 발견했다 해도 그 사람에게는 아무런 의미도 없고 말이야. 그 열쇠를 증거로서 도움이 될 수 있는 유일한 방법은 아가씨가 가져가서 밀러가 죽은 차에서 갖고 온 것이라고 증언하고, 열쇠 지문에서 엔진을 켠 것이 나라는 증거를 밝힐 때뿐이야. 적어도 증거로서 도움이 되는 것은 아가씨 뒤의 상자 속에 있는 물건뿐이고, 아가씨를 해치우면 곧바로 그 증거도 처리해 버릴 거야."

"그래요?" 수잔은 우체통을 손으로 집고서 그것을 바라보며 생각에 잠겨 있었다. 그러더니 갑자기 뛰어나가는 바람에 마거트는 허를 찔렸다. 그녀는 일어서지도 않았는데 수잔은 이미 방을 가로지르고 있었다. 상대가 문으로 도망가려나 보다고 생각하고서 마거트는 문에 기대어 섰다. 그렇지만 수잔은 빠른 동작으로 문 옆에 있는 창가로 방향을 바꾸더니 우체통을 창에서 내던졌다.

"바보 같은 것!" 마거트는 곧바로 그 옆으로 다가가 팔을 붙잡았다. 강철 같은 손톱이 수잔의 살에 파고들었다. "그런 짓을 하면 어떻게 되는 줄 알아?"

두 사람은 함께 우체통을 내려다보았다. 우체통은 계단 아래 눈 위에 떨어져서 샛길을 2~3피트(약 60~90cm) 굴러내려가고 있었다. 떨어졌는데도 부서지지 않았고, 우체통 문은 그대로 닫힌 채였다. 약은 아직도 그 안에 있었다.

"내가 끝내주지." 겨우 마거트가 말했다. "아무도 이곳에는 오지 않을 테니까 내가 내려갈 때까지 우체통은 그대로 있을 거야. 내가 찾으러 계단을 내려가는 사이에 아가씨를 도망가게 내버려두는 어리석은 행동을 할 줄로 생각했었나 보지? 이제 아가씨는 마지막 카드를 꺼내고 패배했어. 나도 더 이상 쓸데없이 시간을 낭비하고 싶지 않아."

제14장

쓸데없이 너무 시간을 허비했어, 하고 마거트는 생각했다. '여기에 오자마자 곧바로 이 여자를 포치에서 밀어 떨어뜨리는 건데. 그러는 쪽이 계단을 올라와 보니 비명이 들리면서 떨어지고 있었다고 말할 수도 있는데. 하지만 아직 그렇게 할 수 없는 것도 아니지. 내가 호텔을 나오고 나서 어떻게 되었는지 아무도 모르거든. 그렇지 않으면 여기 앉아서 수잔과 얘기를 하다가 수잔이 경치를 보러 포치에 나갔다가 그렇게 되었다고 해도 되겠지. 너무 포치 끝에 기대면 위험하다고 했는데도 이 여자가 말을 듣지 않다가 잡아줄 틈도 없이 떨어져 버렸다고 얘기하자. 이쪽은 군소리없이 끝날 거야.

그렇다고는 해도 쓸데없이 시간만 낭비했어.' 어째서 자신이 한 일을 이 여자에게 얘기하는 게 기분이 좋아질 거라고 생각했는지 알 수가 없었다. '이 여자는 다른 사람들이 죽은 얘기를 듣기만 하고도 이성을 잃어버렸으니, 이런 일에 어느 정도 용기와 두뇌가 있는지 전혀 모른다. 언젠가는 모든 것을 털어놓고 얘기할 수 있는 누군가를 만날 것이다. 깜짝 놀라거나 융통성 없는 말을 하지 않고, 내 계획을 칭찬해 줄 만한 멋진 센스를 갖고 있는 사람을! 토미나 이 얼빠진 집오리 아가씨와는 다른 사람.'

　그녀는 수잔의 팔을 거칠게 잡아끌었다. 온힘으로 저항
했지만 수잔은 마침내 방 안쪽으로 몇 피트 다시 끌려들어
오게 되었다. 필사적으로 그녀는 무릎을 구부리고 몸을 뒤
로 젖히다가 결국 바닥에 쓰러져 버리고 말았다. 마거트도
끌려서 넘어졌다. 수잔은 한쪽 팔로 옆 테이블에 붙은 다리
를 껴안았다. 테이블이 꽈당 하고 넘어져서 그녀의 손에서
벗어나 버렸다. 마거트는 그녀의 노력이 헛된 것을 비웃으
며 잠시 짧은 웃음소리를 냈다. 두 여자는 거친 숨을 내쉬
고 있었지만, 마거트는 그날 아침 톰린슨 아주머니와 맞붙
고 나서 근육이 굳어졌던 것과 같은 것을 느끼고 있었다.

　수잔은 바닥을 끌고 가려는 마거트에게 온몸으로 버텼다.
마거트는 그녀 위에 올라타고서 상대의 팔꿈치를 꽉 붙잡
고는, 문 쪽으로 질질 잡아끌고 있었다. 수잔은 팔을 풀려
고 바둥거리기도 하고, 마거트에게서 몸을 빼내려고 덧없
는 몸부림만 치고 있었다. 하지만 그때마다 힘은 약해지고
마음은 점점 불안해졌다. 마침내 문 쪽으로 가자 마거트는
수잔의 몸을 돌려서 머리부터 먼저 나가게 각도를 잡았다.
'자, 신중하게 하는 거야.' 그녀는 자신에게 타일렀다. '좁은
포치에서 맞달라붙는 위험한 행동은 안돼. 두 사람이 함께
떨어지기 쉬우니까. 이 여자 등뒤로 돌아가는 게 좋겠어.
그렇게 하면 문 이쪽에서 냅다 밀어버릴 수 있고, 상대편에
서 내게 매달릴 틈도 주지 않고 끝난다.'

　수잔의 양쪽 손목을 꽉 잡은 채 그녀는 몸을 일으켜 그
녀 등뒤로 돌아갔다. 수잔은 이제 얌전해졌다. 죽음의 계곡
과는 불과 몇 인치밖에 떨어지지 않았다. 마거트는 깊이 숨

을 들이쉬고 무릎을 붙이고서 몸을 일으켰다. 그녀는 잠시 꼼짝도 하지 않고, 몸속에서 용솟음치는 힘과 정복을 맛보고 있었다. 자, 이제서야 비로소 그녀는 정말로 자유롭게 될 수 있는 것이다. 온 힘을 다해 일격을 가하면 수잔은 허공으로 떨어져 나갈 것이다. 로키 로드스는 죽을 것이다. 마거트에게 불리한 증거는 무엇하나 남지 않게 된다.

여기서 돌아갈 때 그 우체통을 주워 알약을 없애 버리는 것을 잊어서는 안된다. 그녀는 그렇게 생각하고 있었다. 본능적으로 그녀의 시선은 우체통을 던진 창으로 갔다. 이 전망대로 올라오는 샛길을 눈을 밟고 터벅터벅 걸어오는 남자의 모습이 눈에 들어오자 그녀는 깜짝 놀랐다. 눈을 가늘게 뜨고서 확실히 누구인지 확인이 될 때까지 꼼짝않고 그 모습을 바라보았다. 마이크야. 갑자기 그녀의 마음에 공포가 일어났다. 마이크 셸던이다. 게다가 이쪽을 향해 오는 것이다. '어떻게 하면 좋을까? 틀림없이 그 사람은 우체통을 발견할 텐데. 알약을 발견하고는 필의 편지를 읽을 것이다. 어째서 난 이 여자에게 저것을 내던지게 했을까? 그것이 발견되면 안돼. 마이크의 손에 들어가기 전에 먼저 내 손에 넣어야만 해.'

그러나 공포는 곧 사라지고 자신은 괜찮다는 확신이 되돌아왔다. '마이크라면야 뭐.' 하고 그녀는 자기 자신을 이해시키려 하고 있었다. '그 사람은 내게 빠져 있어. 저 편지도 그 사람에게는 아무런 의미도 없을 거야. 어리석은 못된 장난이라고 속이고서 알약을 뺏을 수 있어. 잠자코 있어 달라고 내가 부탁하면 그 사람은 아무에게도 얘기하지 않을 거야. 그 사람은 아직 계단 아래에서 꽤 먼 곳에 있다. 수잔을 처치하는 데는 3분도 걸리지 않을 테지. 그 사람이 여기에 왔을 때는 모든 것이 끝나 있을 것이다. 계단을 오르는 발소리가 들려올 때까지 기다리고 나서 밀어도 괜찮을 거야. 그 사람이 문을 열고서 내가 이런 모습을 하고 있는 걸 보면 내가 도우려고 잡아끌었지만 너무 무거워서 어찌할 도리가 없었다고 생각할 것이다. 하지만 일부러 기다릴 건 없어. 떨어질 때 비명이 들릴 테니, 그 사람에게 실제로 떨어지는 순간을 봤다고 믿게 하는 것이 어려운 일은 아니야.'

그녀는 수잔의 손목을 놓고는 양손으로 그녀의 발을 들어올려 문에서 좁은 포치로 몸을 밀어냈다. 머리가 포치 가장자리 위에, 몸은 거기서 채 1피트도 안되는 곳에 가 있었다. 덮쳐 누르듯이 하여 마거트는 수잔의 등, 가는 허리 주위에 양손을 갖다댔다. 그렇게 하면서도 그녀의 머릿속에서는 이 계획의 마무리가 생각나고 있었다. '만일 이 여자가 비명을 지르지 않는다면 내가 질러야지. 그렇게 하면 마이크가 문을 열 때 내가 여기에 쓰러진 채 그녀를 잡으려고 허공을 휘젓고 있는 모습을 볼 수 있을 것이다. 예행연습을 한다 해도 이 이상 완전한 타이밍은 잡을 수 없어.'

그러나 이 만족감은 그녀의 마음을 반밖에 만족시키지 못했다. 게다가 한 가지 집요한 의혹이 남아 있었다. 뭔가 잊고 있는 듯한, 뭔가 중요한 일을 잊고 있는 듯한 느낌이 들었다. '마이크가 계단을 올라와서 문 손잡이에 손을 댈 때 그녀가 비명을 지른다.' 여기까지 생각하자 갑자기 그 의혹이 튀어나왔던 것이다. 그러한 장면에서 생각해 내야 할 일이 있을 거라고 그녀의 직관이 알리고 있었다. 한 번 더 그녀는 마이크가 계단을 올라오는 모습을 그려봤지만 그게 되지 않았다. 이 계단이 아니고 다른 계단, 또한 자기가 계단 위에 서서 기다리고 있는 것이 아니라 밑에 서 있는 것이었다. 시간을 생각해 보니 어쩐지 먼 옛날처럼 느껴지긴 하지만, 바로 요전 금요일 밤, 즉 그저께 밤의 일이었다. 그녀는 호텔 계단 아래에 서서 마이크가 올라가는 것을 지켜보고 있었다. 그가 다 올라가서 필의 방문을 열려고 돌아서는 것을 보고 있었던 것이다. 바로 그때, 남편이 그 방에서 죽어 누워 있는 것을 생각하고 그녀는 비명을 지르며 마이크를 쫓아올라갔었다.

지금 그때 일이 생각나면서 갑자기 그녀는 그 의미를 깨닫게 되었다. '그때 알아차렸으면 좋았을걸.' 하고 그녀는 몹시 불쾌하게 자신을 나무랐다. '무슨 단서가 없나 하고 그렇게 찾아다녔는데. 그렇게 확실한 증거가 그 동안 죽 자기 마음속에 있었던 거야. 하지만 그런 곳에 증거가 있으리라고는 꿈에도 생각지 못했어. 금요일 밤에 그 의미를 몰랐던 것은, 그때는 처음부터 마이크를 로키 로드스라고 믿고 있었기 때문이었어. 달리 증거를 찾으려고도 하지 않았었으니까. 토요일 아침까지는 의심도 해보지 않았고, 또 그 사람의 신원을 증명해 줄 만한 것을 찾으려 한 것도 토요일이 되고 나서였어. 그때는 이미 늦었던 거야. 금요일 밤에 있었던 일이 그때에는 대단한 의미가 없는 것처럼 생각되었기 때문이지. 그런 것은 완전히 잊어버렸던 거야.'

그녀는 수잔이 포치의 난간을 지탱하고 있는 썩은 가로

막대를 잡고 있는 것을 알아차렸다. 조심스럽게 포치 위로 기어나가 손가락을 비틀어서 떼어놓았다. 그러나 그녀는 자신이 하는 행동을 제대로 의식하지 못하고 있는 것 같았다. 그녀는 자기가 금요일 밤에 한 말을 중얼거리고 있는 느낌이 들었다. "'송어 방'으로 가세요. 오른쪽 두 번째 방입니다." 그녀는 틀림없이 오른쪽이라고 했다. 마거트는 필사적으로 생각했다. 방 이름은 틀렸지만 장소는 틀림없이 가르쳐 준 것이다. 그렇지만 그 사람은 반대쪽으로 가서 곧바로 이름을 가르쳐 준 방으로 갔다. 여기에는 설명할 방법이 한 가지밖에 없다. '송어 방'이라고 하는 말을 듣고는, 그 뒤 왼쪽이라고 하지 않고 오른쪽이라고 한 것을 새겨듣지 않았던 것이다. '그 사람은 그 방이 어디에 있는지 알고 있었어. 그래서 내가 장소를 가르쳐 주는 말에는 주의를 기울이지 않았던 거야. 그 사람이 그 문 손잡이에 손을 댔을 때, 거기서 내가 알고 싶었던 것을 전부 자백했던 거야. 결국 그 사람은 로키 산맥에서 길을 잃고 헤맨 뜨내기 손님이 아니었던 거지. 그 사람은 이 호텔에 전에도 온 적이 있었어. 그 사람이야말로 로키 로드스였던 거야.'

여기서 또 끝장이라고 하는 기분에 사로잡혔다. '그 사람이 어떤 인물인지 나는 알고 있었어. 그 사람이 필의 방에 들어갈 것 같아 당황해 하는 바람에 이성을 잃고 비명을 지른 자신에게 화를 내느라 그 사람이 그런 꼬리를 드러낸 것도 깨닫지 못했던 거야. 누군가가 얼간이 같은 짓을 해서 탐정의 정체를 나타낼 만한 증거를 입 밖에 내거나 행동할 것을 그렇게도 고대하고 있었잖아. 게다가 마이크가 호텔

에 들어와서 몇 분도 안되어 그런 얼간이 짓을 저지르고
말았는데. 그런데도 나는 그때 깨닫지도 못했고, 지금까지
짐작도 하지 못했어. 지금이야말로 겨우 누가 로키 로드스
인지 알았어. 이제 의심할 여지가 없긴 하지만. 이미 때가
늦었어.

　하지만 정말 그럴까? 전에도 나는 확실한 증거를 잡았
다고 생각했지만 틀리고 말았잖아. 또 틀린 것은 아닐까?'
이번에는 틀림없도록 해야만 한다. 생각을 집중하려고 머
릿속의 순서를 더듬으면서 그녀는 기계적으로 수잔의 손가
락을 풀어놓고 있었다. 마이크를 로키 로드스라고 믿고 싶
진 않지만 그렇게 믿지 않을 수가 없다. '그 트렁크 속의 신
문은 그가 탐정이 아니라는 것을 확실하게 증명해 주고 있
잖아. 그 신문이 어떤 건지, 그 사람이 어떻게 그런 신문을
손에 넣었는지 나는 모르겠지만, 어떻든 그것이 그가 이 호
텔의 방 위치를 잘 알고 있다는 사실과 반드시 모순된다고
는 할 수 없어. 밀러는 내가 무대에 섰었다는 것을 알고 있
었던 것 때문에 정체를 알아냈다고 여겼었지만, 그런 얘기
를 하기 전에 그 남자는 이 호텔에 만 하루나 있었단 말이
야. 토미가 얘기하지 않았다고 단언할 수도 없어. 그렇지
않으면 내가 무심결에 입 밖에 흘렸는지도 모르지. 하지만
마이크는 이 호텔에 온 적이 없다고 했어. 콜로라도엔 온
적도 없고, 산장 호텔 같은 데 들른 적도 없다고 한 그가
만일 길을 잃었다면 어딘가 다른 곳으로 갈 만한 사람이야.
그의 말이 정말이라면 호텔 방의 배치를 알고 있을 리 없
지. 게다가 그는 '송어 방'으로 조금도 주저하지 않고 갔었

어. 그렇다면 그건 거짓말이 틀림없지. 게다가 살인범보다
선수를 치려고 하는 탐정이 아니라면 거짓말을 하거나 뜨
내기 손님 행세를 할 이유도 없겠고. 그래, 그밖에는 달리
생각할 방법이 없다. 케이츠는 케이츠, 밀러는 역시 밀러였
던 거야. 마이크 셀던이야말로 로키 로드스야.

'하지만 수잔 퀸은 어떻게 된 걸까?' 기진맥진한 채 냉혹
한 마거트가 떼어놓은 손에 저항할 힘도 빠져버린 수잔을
보고 그녀는 막연하게 희망이 번뜩거리는 것을 느꼈다. '이
아가씨는 자기가 탐정이라고 했어. 로키 로드스가 자신이
라고 했어. 그러니 수잔이 자백한 이상 마이크가 로키 로드
스일 리는 없는 거야.' 그러나 이 생각에는 확신이 없었다.
'수잔이 거짓말을 한 거야.' 마거트는 결단을 내려 사실에
직면하려고 했다. 이 아가씨를 탐정이라고 생각할 올바른
이유는 하나도 없었다. 여행 가방의 머리글자는 아무런 결
정적인 단서가 되지 않고, 알약을 발견한 것 역시 증거가
되지 않는다. 이 아가씨가 말한 대로 우연히 발견했을 수도
있는 것이다. 하지만 이 여자에게 거짓말을 하도록 강요한
것이다. 이 여자가 로키 로드스가 아니라면 누가 탐정인지
찾아내서 자기 손으로 죽여 버리겠다고 했기 때문이다. '이
아가씨는 아무리 발버둥쳐도 자신은 죽음을 당할 거라고
생각하고는, 자신이 탐정이라고 하면 마이크의 생명을 살
릴 수 있다고 생각한 거야. 그래, 그녀는 거짓말을 했어. 좀
도둑을 뒤쫓는다는 등 하는 것도 거짓말이다. 내가 더 이상
탐정을 찾지 않도록 자신이 그 탐정이라고 내게 믿게 하기
위한 거짓말이었던 것이지. 그 정도는 나도 알아차릴 만한

사람이었는데. 자동차 열쇠에 관한 얘기를 할 때 입이 굳었던 것도 이상한 일은 아니야. 누군가 다른 사람이 갖고 있는 것을 내가 발견해서는 안된다고 생각했기 때문이야.'

뭔가 방법은 있을 것이다. 희망이 없어져 가는 가운데에서도 그녀는 생각을 짜냈다. '만일 수잔을 죽이고 나서 마이크도 죽일 수 있다면 만사 문제는 없을 거야. 하지만 그것은 불가능한 일이지. 지금 생각을 짜내서는 이미 늦었어. 이제 와서 마이크가 내게 죽음을 당할 만한 틈을 보이지는 않을 거야. 어쩌면 탐정의 가면도 벗어버릴 테지. 수잔이 그가 찾고 있는 단서를 그의 눈앞에다 던져놓았어. 지금 그는 그 알약을 손에 넣었으니까 더 이상의 증거를 필요로 하지는 않을 것이다. 남편 살해의 증거만이 아니라 밀러도 내가 죽였다고 하는 증거인 차 열쇠까지도 갖고 있는데. 게다가 수잔도 내가 죽였다는 것을 곧 알아차릴 거고 넘어진 테이블이나 방안의 난잡한 상황에서 어떻게 된 일인지 그가 확연히 알아차릴 것이다. 아마 토미를 죽인 것만은 그로서도 증명할 수 없을 테지만. 그에게는 생각이 미치지 않는 일인지도 모른다. 하지만 그렇다고 해서 얼마나 달라지는 걸까? 살인 증거는 한 건만으로 충분하다. 사람은 사형 판결을 한 번밖에 받아들일 수 없다. 게다가 그는 이용할 수 있는 증거는 전부 갖고 있다. 그는 단지 아침이 되어 보안관이 오기만을 유유히 앉아서 기다리기만 하면 되는 것이다. 보안관이 왔을 때 증거를 갖춰서 나를 넘겨주면, 내 인생은 끝나는 거지.

그렇게 놔둘 수는 없어!' 마거트는 세차게 중얼거렸다.

'그 사람에게 항복 같은 건 하지 않아. 붙잡혀서 감옥에 가게 되다니, 그것만은 절대 안돼. 두 번 다시 나갈 수 없는 우중충한 감옥에 갇혀서 그 끔찍한 죄수복밖에 입지 못한다는 것은 나로서는 참을 수 없는 일이야. 게다가 모두 우르르 달라붙어서 나를 재판에 회부하겠지. 나를 작은 방에 집어넣고 가스로 가득 채울 거야. 그러면 나는 거기에서 나오지 못하고 숨이 막혀 괴로워하다가 죽음을 맞이하겠지. 안돼! 그건 안돼! 그렇게 되지 않도록 이렇게 고생하고 정성껏 계획을 세웠는데. 애써서 얻은 웨더비의 재산도 아무런 도움이 되질 않잖아. 내가 고생하며 꿈꾸던 것 —— 하고 싶었던 것, 가고 싶었던 곳, 사고 싶었던 옷 —— 모두 물거품이 됐어. 고생해서 손에 넣었는데, 지금 그것을 잃게 되는 거야. 하지만 목숨만은 살 수 있을지도 몰라. 어딘가로 가서 이름을 바꾸고 발견되지 않도록 생활하는 거야. 처음부터 다시 시작하는 거야. 언젠가 또 부자가 될 기회를 만날지도 모르지.'

이윽고 그녀가 귀를 기울이고 있던 방향에서 소리가 들려왔다. 긴 계단 발판이 마이크의 무게로 삐걱거린다. '난 머리가 미쳐버리기라도 한 걸까?' 하고 그녀는 필사적으로 생각했다. '아냐, 도망갈 수 없어. 곧 마이크가 여기로 온다. 증거를 잡은 지금, 그는 자신이 탐정이라고 밝히고 보안관이 올 때까지 엄중한 감시의 눈을 늦추지 않을 것이다. 이 오두막에서는 계단을 내려가는 길 외에 다른 출구는 없어. 그가 나를 잡으러 오는 것을 기다릴 수밖에 방법이 없어.'

'아냐, 있어.' 그녀는 의기양양하게 자신의 절망에 반발

했다. '나를 잡을 수는 없어. 안돼! 절대로 잡힐 수 없어. 이 오두막에서 나가는 길이 하나만은 아니야. 또 하나 포치에서 뛰어내리는 길이 있어. 한순간만 용기를 내면 나는 영원히 자유롭게 되는 거야. 잡혀서 감옥에 들어갈 수는 없어. 재판에 회부되어 사형당하고 싶지 않아. 더구나 몇 년이나 경찰의 눈을 피해 숨어 있는 것도 싫어. 죽음으로부터 도망칠 수는 없다고 해도 법률로부터는 도망칠 수 있다. 단지 한 번 박차고 나가면 되는 거야. 허공으로 뛰어나가 떨어지는 거지. 그렇게 하면 아무에게도 지겨운 꼴을 당하지 않게 돼.'

마거트는 지독하게도 수잔의 손가락을 포치에서 억지로 떼어내고 있었다. 함께 뛰어내리자고 그녀는 생각했다. '우선 이 아가씨를 떨어뜨리고 나서 나도 뛰어내린다. 하지만 이 아가씨는 어째서 이렇게 고집을 부리는 걸까? 지금 뛰어내리지 않으면 시간이 없는데. 시간이 없어. 당장이라도 마이크가 들어올지도 모른다. 내가 바닥에 엎드려 있는 것을 보게 되면 일어서서 포치에서 뛰어내릴 여유가 없어져 버릴 것이다. 나를 끌고 가서 뛰어내릴 수 없게 막을지도 모른다. 그러면 안돼. 어째서 난 이런 어리석은 아가씨를 기다리고 있는 걸까? 이런 아가씨는 나에게 있어서는 아무것도 아닌데. 이런 아가씨야 살든 죽든 나는 아무렇지도 않아. 하지만 살려두기엔 이 아가씨는 너무 많이 알고 있어. 필에 관한 것이나 밀러에 관한 것, 토미에 관한 것까지도 모두 얘기해 버린걸. 이 아가씨는 나에 대해서 불리한 증인이 될 것이다. 죽여야 해.

난 완전히 머리가 미쳐버린 걸까?' 그녀는 문득 생각해 보았다. '수잔이 알고 있다고 해서 어떻다는 거지? 무엇이 든지 내키는 대로 증언하라지 뭐. 내가 죽어버리면 똑같은 일인데. 이 아가씨 때문에 쓸데없는 시간을 너무 허비했어. 이 아가씨는 내버려두자. 나는 뛰어내려야만 해. 자, 바로 지금이야! 마이크가 문을 열기 전에. 어서!'

그녀는 잡고 있던 수잔의 손가락을 놓고는 무릎을 대고 일어섰다. 부둥켜 안고서 싸운 탓에 거의 기운이 남아 있지 않았다. 일어서면서 오두막 벽을 꽉 붙들어야만 했다. 그리 고는 길게 늘어진 수잔의 몸을 넘었다. 수잔은 새로운 공격 을 받나 보다 하고 꼼짝않고 머리를 돌려서 그녀의 모습을 지켜보았다.

"방해가 되니까 비켜!" 마거트는 자기가 무슨 말을 하고 있는지 알 수 없을 정도로 중얼거렸다. "난 뛰어내려야만 해."

그녀는 지금 포치의 끝에 서서 다이빙 자세로 몸을 경직 시키고 마지막 숨을 들이마셨다. '완전히 거꾸로 떨어지는 거야.' 하고 그녀는 각오를 했다. '그쪽이 빨리 결말이 난다. 자, 어떤 기분인지 곧 알게 되겠지.'

"안돼!" 수잔이 쉰 목소리로 외쳤다. "안돼요. 자살은 안 돼. 어떤 괴로운 일이 있더라도 자살로는 해결이 되지 않아 요."

수잔은 마거트 뒤로 기어가서 양손으로 그녀의 발을 잡 았다. 허리를 안으려고 그 손이 위로 뻗었다. 마거트는 그 녀를 난폭하게 걷어찼다.

"뇌!" 그녀는 거칠게 내뱉고는 수잔이 뒤로 젖혀질 정도로 세게 걷어찼다.

그녀는 이제 자유의 몸이었다. 수잔을 걷어찬 반동으로 그녀는 포치 바깥으로 튀어나갔다. 순간 그녀는 균형을 잡으려고 휘청거렸다. 그녀는 거기서 정상에서 내다보이는 경치를 바라보았다. 마치 처음 보는 경치 같았다. 맑은 공기, 산중턱의 푸른 나무들, 날카롭게 눈밑에 깎아지른 낭떠러지의 가장자리. 오두막 포치에서 계곡 끝까지 깎아지른 일직선으로 긴 낭떠러지였다. '아냐, 죽고 싶지 않아.' 그녀는 필사적으로 생각했다. '지금은 안돼. 이렇게 죽는 건 싫어. 이 밖에도 방법이 있을 거야. 뭐든지 생각할 수 있어. 항상 그랬으니까.' 그녀는 몸이 앞으로 고꾸라지는 것을 느꼈다. 필사적으로 팔을 휘둘렀다. 뭔가 떨어지는 것을 막아줄 물건을 찾으려는 듯이 손가락이 경련을 일으켜서 펴졌다 오므라졌다 했다. 하지만 그 손이 붙잡은 것은 공기뿐이었다.

"살려줘." 온 힘을 다해 외쳤다. 수잔의 손이 또 발에 닿으면서, 오두막 문을 여는 소리를 듣고 그녀는 안심했다. 마이크가 왔으니까 이젠 안심이라고 생각했다. '그 사람이 도와주겠지. 수잔이 마이크가 올 때까지만 버텨 주기만 하면 돼. 수잔을 죽이지 않은 게 다행이었어.'

그러나 그녀의 몸은 아직도 앞으로 계속 튀어나가고 있었고, 발이 수잔의 손에서 떨어진 것이 느껴졌다. 잠시 뒤 수잔의 손에 구두를 남기고 그녀의 몸은 허공에 떴다. 그녀를 지탱하는 것은 아무것도 없고, 그녀를 붙잡는 사람도 없었다. '안돼, 이런 건 싫어!' 그녀는 두서도 없이 생각했다. 눈을 감고 귓가를 달리는 세찬 바람소리를 들었다. 하지만 그녀는 의식을 잃지 않았다. '하나님, 전 어떻게 되는 겁니까?' 무의식중에 그녀는 의미도 알 수 없는 말을 중얼거렸다. 잠시 후 꽈당 하고 격심한 통증이 머리에서, 그리고 동시에 온몸을 덮치듯이 전해져 왔다. 그리고 그녀는 소리도, 생각도 느낌도 없는, 그녀를 지켜주는 듯한 암흑에 둘러싸이게 되었다.

제15장

얼마 뒤 마거트는 천천히 의식을 반쯤 회복했다. 마치 자신이 공기가 된 듯이 허공에 둥실둥실 떠서 구름과 안개 속을 조용히 날아다니고 있는 것 같았다. 아무것도 보이지 않았지만, 자신이 눈을 뜨고 있는 건지 감고 있는 건지 알 수 없었다. 눈꺼풀을 들어올리려고 했지만 몸이 전혀 말을 듣지 않는 것이었다. 마치 몸은 없어지고 혼만이 허공을 떠돌고 있는 듯한 기분이었다. 무슨 소리가 들려왔다. 처음에는 먼 비행기의 폭음이나 벌이 웅웅거리는 소리 같았다. 마지막에 그 소리가 두 개로 갈라지면서 확실해지더니 사람의 얘기 소리라는 것을 알게 되었다. 마음을 진정시켜 그 목소리에 신경을 집중시키고서 다른 것에 신경이 쏠리지 않도록 하자 가까스로 알아들을 수 있었다. 지금 그녀는 거의 완전히 의식을 회복하고 기억도 돌아온 듯한 느낌이 들었다.

지금 들려오는 것은 마이크와 수잔의 목소리라고 그녀는 생각했다. '그 두 사람은 샛길을 더듬어서 내가 있는 곳으로 온 거야. 떨어지고 나서 어느 정도나 시간이 지났을까? 불과 몇 분인지도 모른다. 하지만 몇 시간이 지났는지도 몰라——그렇지 않으면 며칠인지도. 사람은 며칠씩이나 의식을 잃는 적도 있다고 하니, 나도 심한 충격을 받아서 그렇게 되었을 거야. 그런데 여기는 어딜까? 아직 계곡 밑에 있는 걸까? 그렇지 않으면 이 사람들이 호텔로 옮겨다 준 걸까? 만일 정말로 그렇게 오랫동안 정신을 잃고 있었다면 나는 이제 병원으로 옮겨질지도 모른다. 아무것도 느껴지지 않는다는 것이 정말 이상한 일이야. 그렇게 뼈가 온통 부러질 정도로 떨어졌는데도 조금도 아프질 않으니. 틀림없이 운이 좋았어. 하지만 아직 의식을 회복한 것은 알아차리지 못하도록 하는 게 좋아. 내게 도움이 될 만한 일을 들을 수 있을지도 모르거든.'

"하지만 이 사람을 호텔로 옮길 수는 있을 거예요." 수잔이 묘하게 텅 비어 울리는 목소리로 말하고 있었다. "케이츠 씨를 불러와서 도와달라고 할 걸 그랬어요. 이 사람을 이런 눈 속에 눕혀 놓는 게 염려스러워요."

"어찌할 도리가 없소." 마이크가 대답했다. 그의 목소리도 메가폰을 거꾸로 대고 듣고 있는 것처럼 묘한 목소리로 들려왔다. "목뼈가 부러진 것 같소. 이제 생명도 얼마 남지 않았고, 움직이려고 하면 곧 죽어버릴 게요. 움직이지 않는다고 해도 남은 건 시간 문제일 뿐이오."

"케이츠 씨에게 의사한테 전화를 걸라고 하고서 전 담요를 필요한 만큼 갖고 오겠어요." 수잔이 설명하고 있었다. "옮길 수 없다고 하면 하다못해 이것만이라도 깔아줄 수는 없을까요? 조금은 편안해지지 않을까요?"

"그것을 깔아주려고 몸을 쳐들기만 해도 이 사람은 생명을 잃게 될 거요." 마이크가 대답했다. "게다가 그녀의 고통은 염려할 것 없소. 아무것도 느끼지 못하니까. 적어도

200피트(약 *60m*)는 떨어졌소. 게다가 머리를 바닥에 부딪쳤소. 틀림없이 의식을 회복하지도 못할 게요. 의사도 이 눈 때문에 오늘밤엔 올 수 있을 것 같지도 않고, 만일 온다고 해도 이미 때가 늦을 것이오. 아무도 손을 쓸 방도가 없소. 단지 옆에서 지켜보며 최후를 기다릴 뿐이오."

'이 사람, 머리가 어떻게 되기라도 했나?' 마거트는 원망스럽게 생각했다. '그렇지 않으면 나를 위협할 작정인가? 틀림없이 내가 대단치 않다는 것은 다 알 텐데. 아무데도 아프지 않은데. 내가 큰 상처를 입었다는 걸 어떻게 안다는 거야? 이 이상 나를 속이려 해도 안된다는 걸 깨닫게 해줘야지.' 마거트는 눈을 뜨고서 휙 돌아보고는, 그의 얼굴을 정면으로 노려보며 자기 생각을 숨김없이 말해 주려고 했다. 그녀는 정말로 그렇게 할 생각이었다. 그렇지만 자신의 몸을 생각대로 움직일 수 없음을 깨닫자 오싹 공포가 엄습해 오는 것을 느꼈다. '머리를 움직일 수도 눈을 뜰 수도 없어. 그렇다면 가만히 누운 채 나는 아무런 문제도 없다고 확실히 얘기해 줘야지.' 그렇지만 정작 입을 열려고 해도 도무지 되질 않고, 말도 나오지 않는 것이었다. 입술이나 혀가 움직이지 않을 뿐만 아니라, 자신의 입술이나 혀가 어디에 있는지도 전혀 알 수가 없는 것이었다. 마치 그러한 것들이 자기 몸의 일부가 아닌 것 같았다.

'어떻게 된 걸까?' 그녀는 필사적으로 생각했다. '어째서 난 움직일 수 없는 거지? 왜 입이 말을 듣지 않는 거지? 왜 아무것도 느낄 수 없는 걸까? 죽음이란 이런 걸까? 한 번 죽었다가 다시 살아난 사람에 대해서 들은 적이 있다.

아직 죽지 않고 살아 있다는 것을 알리려고 애쓰고 있는데
도, 주위의 사람들이 이미 죽어서 전혀 들리지 않을 거라고
생각하여 장례 절차 등을 얘기하고 있는 것이 들렸다는 이
야기이다. 그런 사람들은 이젠 가망이 없다고 체념한 상태
에서 되살아난 것이니, 나도 그러한 상태에 해당된다. 어째
서 의사가 빨리 오지 않는 걸까? 의사가 오면 어떻게든 해
줄 방법이 분명히 있을 텐데.'

"어째서 호텔로 돌아가지 않소?" 마이크가 수잔에게 마
음을 쓰며 물었다. "틀림없이 기분이 좋지 않을 텐데. 여기
서 기다리는 것은 나 혼자만으로도 충분해요."

"나도 같이 있겠어요." 수잔이 대답했다. "만일 이 사람
이 정신이 든다면 내가 할 수 있는 일이 있을지도 몰라요."

"그렇다면야 다행이지만. 그럼, 이 담요를 개서 앉아요.
내 짐작으로는 그렇게 오래 걸리지 않겠지만, 잠시 여기에
있어야 할지도 모르니까. 음, 맥박이 또 약해지고 있소. 거
의 느낄 수 없을 정도요."

'마이크가 내 손목에 손가락을 대고 있는 것 같지만 내게
는 그것이 느껴지지 않아.' 하고 마거트는 생각했다. '내 팔
을 잡아보고는 아래로 떨어뜨렸나 본데 나는 느껴지질 않
아. 마이크가 말하는 대로인지도 모른다. 나는 죽어가고 있
고, 아무도 손을 쓸 도리가 없는 건지도 몰라. 늦지 않게 의
사가 와주면 좋겠는데.'

"정말 괜찮겠소?" 또 마이크가 수잔에게 말을 걸었다.
"얼굴이 몹시 창백한데. 그 오두막에서 있었던 일 때문에
상당히 충격을 받았소?"

"네." 수잔은 들리지 않을 정도의 목소리로 말했다. "가장 크게 충격을 받은 것은 이 사람이 뛰어내리려 한다는 것을 알아차리고서도 막을 수 없었을 때예요. 막으려고는 했지만 잡히질 않아서."

"내가 말하는 것은 이 사람이 뛰어내린 일이 아니고, 이 사람이 당신에게 한 행동을 말하는 겁니다." 마이크가 희미하고 답답하게 말했다. "그 동안 나는 죽 바로 200~300야드(약 200~300m)의 지점에 있었소. 두 사람이 오두막에 올라간 것은 나도 알고 있었지요. 이 사람이 차고 쪽으로 내려가는 것을 톰린슨 아주머니의 방 창에서 봤거든요. 그래서 뒤를 밟아봤지요. 이 사람과 둘이서만 이야기할 좋은 기회라고 생각하고서 말입니다. 그런데 그전에 역시 오두막을 향해 나 있는 당신의 발자국을 알아차리고서 나는 일부러 천천히 샛길을 걸어올라온 거지요. 내가 이 사람에게 얘기하는 것을 다른 사람들이 듣게 하고 싶지 않았기 때문이었소. 설마 당신의 신변에 위험한 일이 발생하리라고는 꿈에도 생각지 못했다오. 그런데 거기서 작은 우체통을 발견하고는 안을 들여다보았지요. 알약과 필의 편지를 발견하고는 마거트가 오두막의 창으로 던져버린 게 틀림없다고 생각했지요. 곧바로 올라갔으면 좋았을 텐데. 하지만 그땐 그녀가 당신에게 덤벼들었으리라고는 생각도 못했었소. 그건 나의 불찰이었지요. 그렇게 순진한 천의 얼굴을 했으므로, 그녀가 살인범이라는 사실을 알고는 있었지만, 도무지 나 자신도 믿기지가 않았던 겁니다. 아직도 그녀가 왜 당신을 죽이려고 했는지 이유를 모르겠소. 틀림없이 그녀는 제

정신이 아니었을 거요."

"이 사람은 내가 탐정이라고 생각했었던 거예요." 수잔이 말했다. "로키 로드스라는 이름을 가진 탐정이라고 생각했었던 거죠."

"아, 그래요?" 마이크가 말했다. 그는 잠시 입을 다물고 있다가 다시 이야기를 계속했다. "그거라면 내게 설명할 게 많이 있소. 아마, 그녀가 밀러를 살해한 것도 그것 때문인 것 같군요. 그렇다는 걸 알아차릴 때까지 나도 상당한 시간이 걸렸소. 그리고 이번에는 케이츠를 노리는 줄 알았었죠. 그래서 나는 그녀에게 당하지 않게 하려고 케이츠에게서 눈을 떼지 않고 있었답니다. 그래서 당신이 오늘 산책하러 나가자고 했을 때도 따라가지 않으려 했지요. 만일 그녀를 케이츠와 함께 집에 단둘만 남겨놓는다면 그녀가 무슨 일을 저지를지 몰랐거든요. 또 나로선 양심의 가책을 받는 것이 그때까지만으로도 충분했으니까요. 그러나 다음에 당신을 노리고 있다는 사실을 알았다면 내 정체를 밝히고서 증거를 찾아나섰을 겁니다."

"그럼, 당신이 로키 로드스인가요?"

"모두들 나를 그렇게 부르고 있소. 당신을 수지 큐라고 부르면 기분이 좋아지는 사람들이 말이오. 그러나 본명은 마이클 셸던 로드스요."

"그럼, 마지막 이름은 대지 않았군요?"

"그렇소, 4~5일 전에 그게 좋겠다고 생각했소. 그렇지만 결과는 오히려 나빴소. 그러나 나는 필이 아무것도 아닌 것을 가지고 헛소동을 치고 있다고 생각했고, 또 그의 부인도 탐정을 부른다면 싫어할 거라고 생각했기 때문이오. 그래서 필에게는 나를 모르는 척하라고 말해 놓고서, 부인에게 내 이름을 대기 전에 내 입장을 확실하게 정해 두려고 생각했었지요. 만일 의심스러운 점이 전혀 없으면 부인에게는 남편이 의심하고 있다는 것도 깨닫지 못하게 손을 뗄 계획이었소. 그런데 와보니 그가 이미 죽어 있었기에 나는 가명대로 밀고 나갔던 거지요."

"그 남편이 죽은 사실을 알고 있었나요? 웨더비 부인이 어제 아침 주인의 시체를 발견하기 전에요."

"물론." 마이크가 대답했다. "그녀는 나를 방에 남겨놓고 3층으로 가더군요. 나는 곧바로 필의 방으로 가서 시체를 발견했지요. 죽은 지 얼마 시간이 지나지 않았었소."

"질식사시킨 것은 아셨나요?"

"그랬답디까? 하지만 내게는 확신이 없었소. 베개에 그의 것인 듯한 이빨 자국이 남긴 했지만 다른 증거는 전혀 발견하지 못했소. 독을 사용하지 않았다니 빈틈이 없군. 독이었다면 흔적을 더듬을 수 있었을 텐데."

'그렇게 빈틈없어도 안되었는걸.' 하고 마거트는 자포자기가 되어 생각했다. '이 사람이 말하는 대로라면 좋겠어. 내가 죽어가고 있는 거라면 좋겠어. 만일 의사가 내 생명을 살려놓는다면 어떻게 하지? 나는 도대체 무엇을 위해 살아야 하는 걸까? 어떻게 되어도 사형당할 때까지만 목숨을 부지할 수 있을 뿐인걸. 이 남자의 정체를 왜 좀더 일찍 알아차리지 못했을까? 마이크가 로키 로드스라는 걸 어제만 알았어도 나는 잡히진 않았을 텐데. 이 남자가 지금쯤은 죽어 있고, 내게는 탄탄한 미래가 있었을 것이다.

"내가 누구고, 왜 왔는지, 몇 번이나 말을 꺼내려고 했는지 모릅니다." 마이크는 이야기를 계속했다. "어제 차고에서 이야기를 할 때 나는 그녀가 알아 차렸다고 생각했었소. 그녀는 지나가는 이야기처럼 로키 로드스라는 이름을 꺼냈는데, 내 쪽에서는 그녀가 내 정체를 알고 있는 건지, 아니면 정말 우연인지 확실히 알 수가 없었소. 나는 시치미를 뗀 얼굴로 일관했지만, 갑자기 사실을 털어놓아 허점을 찔러서 그녀를 자백시킬 순 없을까 하고 궁리했었지요. 그러나 좀더 증거를 손에 넣을 때까지 기다리는 게 좋겠다고 생각했지요. 그런데 너무 기다렸던 것 같군요."

"그래요." 수잔도 냉정하게 맞장구를 쳤다. "그렇게 기다리지만 않았다면 밀러 씨는 살았을 거예요."

"틀림없이 그 점은 내게도 책임이 있소." 마이크도 인정했지만 변명하듯이 말을 계속했다. "그렇지만 그녀가 다른 사람을 탐정이라고 믿을 위험이 있으리라고는 나로서는 전혀 알지도 못했소. 그렇다는 걸 알았다면 좀더 그에게 주의를 했을 게요. 어젯밤 그녀가 밀러를 데리고 차고로 갔을 때도 그녀가 나를 처치하는 데에 밀러의 힘을 빌리려고 그 얘기를 하러 갔을 거라고만 생각했었지요. 하지만 내 몸 정도는 지킬 수 있으니 안심하고 있었지요. 밀러가 죽고 나서도 그녀가 밀러를 죽일 동기가 있으리라고는 짐작도 못했소. 살인 직후에 우연치고는 너무 지나치긴 하지만, 잠시 동안은 나도 정말 사고인지도 모르겠다고 생각했을 정도였소."

"하지만 점화전의 열쇠는 갖고 갔겠죠? 그녀는 그것을 내게 물었어요."

"그래요. 열쇠는 갖고 갔소. 만에 하나 살인인지도 모르기 때문에 무엇 하나 놓치고 싶지 않았기 때문이오. 열쇠가 무슨 증거로서의 가치가 있으리라고 생각한 건 아니었소. 그 열쇠의 표면은 증거가 될 만한 지문이 확실하게 찍힐 만한 것은 아니지만, 그녀는 그런 건 몰랐을 테고, 또 그것을 갖고 있으면 그녀를 불안하게 할 수도 있겠다고 생각한 게요."

'지겨운 녀석!' 마거트는 어젯밤에 겪은 그 고뇌를 생각해 내고서 거칠게 생각했다. '그 열쇠를 가지러 어두운 차고까지 갔었지. 무서운 길! 게다가 중요한 그 열쇠가 없어졌다는 사실을 발견했을 때 느꼈던 놀라움. 도대체 누가 갖고 있을까 하고 그렇게도 불안해 했는데 모든 것이 물거품이라니.'

"이 부인은 그 열쇠를 대단히 중대한 것이라고 생각했어요." 수잔이 말했다. "치명적인 증거라고 믿고 있기에, 그것이 있는 곳을 내가 말하지 않았더니 매우 당황해 하더군요. 절대로 발견되지 않는 곳에 감추었다고 말했지요."

"어째서?" 마이크가 어이없다는 듯이 물었다. "당신은 열쇠에 관한 건 아무것도 몰랐는데? 그런데 어째서 그렇게 말했죠?"

"이 사람이 내가 로키 로드스가 틀림없다고 하길래, 나도 마지막에 가서는 그렇다고 말해 버렸어요." 수잔도 조금 멋쩍은 듯이 말했다. "게다가 열쇠에 대해서 모른다고 하면 로키 로드스로 밀고 나갈 수 없게 되거든요."

"아직도 모르겠는데. 어째서 자신이 로드스인 체한 거요? 그런 상황에서 그런 말을 하면 위험했을 텐데."

"간단해요." 수잔은 마지못해 말했다. "어떤 경우가 되든 이 사람은 내가 쓸데없는 일을 너무 많이 알고 있기 때문에 나를 죽일 거라고 했어요. 그래서 차라리 나를 탐정이라고 계속 생각하고 있으면——이 부인이 더 이상은 진짜 탐정을 찾지 않을 거라고 생각했거든요."

"그래요?" 마이크는 그렇게 말하고는 잠시 사이를 두었다가 똑같은 말을 계속했다. "그래, 당신은 대단한 아가씨입니다."

"아녜요." 수잔은 힘을 주어 말했다. "그런 게 아니에요. 로키 로드스가 다른 사람이라는 걸 그 사람에게 믿게 해서 내 생명을 구할 수 있었다고 하면 나 역시 그렇게 했을 거예요. 하지만 어차피 죽는 거라면 한 사람이든 두 사람이든 죽는 괴로움은 똑같아요."

"그럴지도 모르지." 마이크는 의심스러운 듯이 말했다. "그러나 남의 죽음까지 침착하게 받아들일 수 있는 사람은 그렇게 많진 않지요. 역시 당신은 훌륭하오."

조용해졌다. '마이크는 지금 그녀의 손을 잡고 있을 테지.' 하고 마거트는 화를 내고 있었다. 조금쯤 예의라는 것을 갖출 수 없는 걸까? '남의 임종에 직면해 있는 처지에 천연덕스럽게 연애질이라니. 하지만 이런 사람들이 무슨 짓을 하든지 나는 상관할 것 없잖아? 즐기고 싶다면 즐기게 내버려두지. 이제 나로선 어쩔 수도 없으니. 이 남자가 탐정

이고, 수잔이 이 남자에게 열을 올린다 해도 나는 그녀를 나무라지 않겠어.'

"하지만 내가 모르겠는 것은——" 마이크가 가까스로 입을 열었다. "상대가 많이 있었는데 그녀는 어째서 밀러를 선택했는지 아시오? 그 남자는 전혀 죄도 없는 사람 같았는데."

"그건 밀러 씨가 그녀가 무대에 나왔었던 것을 알았기 때문이라고 했어요." 수잔이 설명했다. "그녀의 남편에게서 들은 것이 아니면 알고 있을 리가 없다고 생각했던 거죠."

"그럼, 내가 그의 묘비명을 써버린 것 같군." 마이크가 꺼림칙한 듯이 말했다. "그에게 그 얘기를 해준 건 나였지요. 그게 비밀이라고는 생각도 못했소. 연극으로 한밑천 잡은 얘기나, 가정에 들어오기 위해 단념했었던 무대생활로 돌아갈 가능성 등을 득의양양하게 떠들어댈 만한 여자로 보였거든요. 필이 그녀와 결혼할 때 듀스와 같은 햇병아리 대 여배우를 브로드웨이와 할리우드에서 날치기해 왔다고 편지에 써서 보냈기 때문에, 그 사실이 그녀의 자랑거리일 거라고 생각했었던 거죠. 밀러가 그녀에게 필요 이상으로 너무 깊이 빠져 들어가는 것 같아서 너무 말려들어가면 좋지 않겠기에 그런 말을 해주었던 겁니다. 즉, 그녀는 제정신이 아닐지도 모르고, 또 여배우 출신이니까 마음에도 없는 교묘한 연극을 할 수도 있다고 말해 주었지요. 그런데 그날 오후 늦게 그녀가 자신의 신상에 관한 얘기를 들려줄 때 그녀가 과거를 비밀로 해두고 있다는 걸 알게 되었소. 그래서 그 뒤에 밀러에게 그 얘기는 하지 말라고 해두었었소. 그 남자는 믿을 수 없었지만 그래도 그렇게까지 중대한 문제가 되리라고는 생각지 못했던 거요. 게다가 만일 그가 무슨 얘기를 하면, 당연히 그녀가 누구에게서 들었느냐고 캐물을 것이고, 밀러는 내게서 들었다고 할 거라고 생각했지요. 그렇게 되면 내 정체는 탄로나 버리겠지만, 나는 그런 건 신경쓰지도 않았었소. 게다가 밀러가 그런 일로 위험을 당하리라고는 생각지도 못했소. 어쩌면 내가 사태를 지독히 복잡하게 만들어 버린 것 같군요."

"어쩔 수 없는 일이었어요." 수잔이 위로하는 얼굴로 말했다. "그 사람의 마음이 어떻게 움직이고 있는지 당신은 알 수 없었던 거예요. 그녀가 당신의 정체를 확인하려 했는지 어떤지도 당신은 몰랐을 테니까요."

"그건 그렇소. 오늘 아침까지 깨닫지 못했거든요. 그녀의 아침식사를 만들어 주고, 단둘이서 얘기할 좋은 기회라고 생각했었소. 그녀를 유죄로 만들 증거가 충분하게 갖춰졌다고 말해 줄 기회였죠. 내가 갖고 있는 편지를 잘 이용해서 자백시키면, 잘하면 가벼운 형량으로 끝나게 할 수 있을지도 모른다고 생각했었소. 어느쪽 배터리가 강한가 하는 승부가 될 뻔했었던 거죠. 물론 그때는 밀러를 그녀가 죽였다고 하는 확신은 없었소. 아가씨가 열쇠 케이스를 주울 때까지 그 점은 확신이 없었던 겁니다. 그 케이스에서 필요한 열쇠만 빼내고서 시트 위에 놓고 온 거니까, 그녀가 밤중에 차고로 가지러 갔었던 게 틀림없다는 증거가 되는 거요. 그녀에게 죄가 없으면 일부러 그런 짓을 할 리가 없소. 하지만 공교롭게 그때는 그 얘기를 할 기회가 없었소."

"내가 방해를 한 거로군요." 수잔이 미안한 듯이 말했다. "당신이 무슨 행동을 계획하고 있는지 제가 알고 있기만 했다면⋯⋯"

"아니오, 당신 때문이 아니오. 당신은 방에서 나가려고 했는데 케이츠가 뛰어들어왔소. 만일 내가 그때 아래로 내려가지 않는다면 케이츠가 열쇠 케이스에 관한 얘기를 한없이 떠들어댈지도 모른다고 생각했소. 어떤 이유에서인지 그는 나를 그녀와 단둘이만 있게 하지 않으려고 했소. 오늘 오후에도 그녀를 산책에 데리고 나가려고 하는데 케이츠가 끼여들어온 것을 알아차렸소?"

"네, 알아차렸어요." 수잔은 얼른 대답했다. "케이츠 씨의 생각은 알 것 같은 느낌이 들어요. 그분은 쓸데없는 일을 하고 있었던 거로군요."

"쓸데없는 참견을 하는 사람들이 가장 성가신 일을 만들어 주지요." 마이크가 엄숙하게 말했다. "무슨 생각을 하고 있었는지는 모르겠지만 케이츠가 내 일을 어렵게 만든 것만은 확실하오. 그녀와 단둘이서만 얘기할 기회가 올 때까지 내 계획은 실행할 수 없었고, 사실 시간이 촉박했었거든요. 게다가 나는 그녀가 케이츠를 해치우려는 것은 아닌가 하는 염려도 하고 있었소. 오늘 아침 케이츠가 진짜 작가라고는 믿기지 않는다는 말을 했기 때문이오. 그녀가 탐정에게 쫓기고 있다는 것은 눈치챘으나 누가 탐정인지 아직 알아차리지 못했다는 걸 나는 그때 알았소. 점점 얘기가 맞아 들어가는 것이었소. 그녀가 로키 로드스라는 이름을 내게

꺼낸 것도 내 반응을 보려고 하는 탐색이었던 거라고 생각
했소. 그리고 나서 그녀는 밀러가 탐정이라고 믿고서 밀러
를 죽인 뒤에 실수였다는 걸 깨달은 거요. 그녀는 틀림없이
남편이 내게 건 전화를 엿들었을 것이오. 그는 마을 약국에
서 전화를 한다며 자기 부인은 한 구역이나 떨어진 곳에
있다고 했었는데, 그게 아니었던 거요. 만일, 전화를 엿들
었다면 남편의 얘기 상대가 여자라고 생각할 리가 없잖겠
소? 때문에 나도 당신의 신변을 보호할 필요는 없다고 생
각했었던 거지요."

"그 사람은 전화를 엿들은 게 아녜요." 수잔이 설명했다.
"남편이 죽기 직전에 당신이 오는 중이라고 얘기했대요.
하지만 이름과 직업만 얘기했을 뿐, 그밖에 자세한 것은 하
나도 얘기하지 않았나 봐요."

"그래서 그녀는 어둠 속을 손으로 더듬는 입장이 되고
말았군. 네 사람 중에서 탐정을 찾고 있었으니. 나도 언젠
가는 들통나게 되어 있었구먼."

"아마 그렇지 않았을 거예요." 수잔이 말했다. "그 사람
은 당신 얘기가 사실이라는 증거가 신문이 있었다고 했거
든요."

"내 짐을 조사해 보고 그녀에게 도움이 되리라고는 생각
지 못했소. 그녀가 조사해 봤다는 것은 알고 있지만, 무엇
을 찾아내리라고는 생각 못했소. 선거유세여행에 따라다니
며 기사를 모은 것을 읽은 게 틀림없었나 봐요. 그 점에서
는 나는 사실을 말했으니까요. 진짜로 나는 후보자와 함께
여행하며 유세기사를 나를 고용한 신문사로 보냈거든요."

"그럼, 당신은 탐정인 동시에 신문기자라는 뜻인가요?"

"천만의 말씀." 그는 소리를 내어 웃었다. "신문사에서는 받은 원고를 거의 다시 썼지요. 하지만 항상 내 이름으로 나왔었소——아니, 세 번에 두 번까지는 그랬소. 우리 후보자는 협박당하고 있었습니다. 그래서 내가 고용되어 후보자를 수행하며 그 주위에서 범인을 찾아내고, 수상한 사람들을 떼어놓게 하는 일을 맡았소. 살며시 숨어 있는 게 일하기가 좋기 때문에 신문사에서는 나를 기자라고 하고서 빈틈없는 신분증명서까지 만들어 주고는, 내가 보낸 기사를 지면에 내준 거요. 그러던 중에 그 범인이 샌프란시스코에서 붙잡혔으므로 그 일을 일단락짓고는 큰 마음먹고 잠시 휴가를 떠나려고 하는데 필 웨더비에게서 SOS가 왔었던 거요. 어차피 신문기자 마이크 셸던으로 되어 있었으니까 그냥 그대로 계속 행동하기로 생각했지요. 신문기자로 행동하는 것이 증거를 찾아내는 데에 편리할 거라고 생각했거든요."

그 트렁크 속에 있는 사진——마거트는 완전하게 졌다고 생각했다. '사진과 이름이 실린 기사에 완전하게 속은 거야. 나는 치밀한 계획으로 이 남자만은 의심의 대상에서 제외시킬 수 있다고 생각했었어. 나는 똑똑하지 않았어. 죽나는 얼간이 같은 짓만 해왔고, 이 남자에게 뒤를 잡힐 수 있는 단서를 남겨놓았던 거야. 그러니 붙잡히는 것도 당연하겠지.' 그녀는 잠시 자기 자신에게 화를 내고 있었지만 그다지 심한 노여움은 아니었다. 그녀는 옆에서 주고받고 있는 대화에서 멀어져 가는 듯한 느낌이 들었다. 아직 말은 들려오지만 그 말의 의미를 알아듣기가 점점 어려워져 갔다.

"그 오두막에서 발견한 알약이 아마 당신이 처음부터 찾고 있었던 것인가 보죠? 웨더비 부인은 그것이 자신에게 가장 불리한 증거라는 걸 알고 있었어요. 남편이 그것을 숨겨놓았다고 했으니까 그 사람도 찾고 있었던 거죠."

"그것 참 이상하군. 난 사실, 그런 것은 전혀 찾지도 않았소. 필은 자기 부인이 독약을 먹이려 했다는 말은 했었소. 조사해 보고 싶은 알약을 갖고 있다고 말이오. 하지만 그것은 일주일 전의 일이니까 벌써 부인이 발견했을 테고, 또 진짜 독약이었다면 치워버렸을 거라고 생각했었던 거지요. 나는 특별히 그런 걸 찾을 생각은 없었고, 단지 무슨 증거가 될 만한 것은 없나 하고 찾았을 뿐이오."

"그래서 좀 발견했나요?"

"아주 조금. 그녀가 똑똑했다고 하기보다는 오히려 운이 좋았을 테지만, 증거가 아주 교묘하게 숨겨져 있었소. 그녀가 필을 죽인 것은 알고 있었지만, 아무것도 증거가 없었던 거요. 밀러를 살해한 것도 어느 정도 확신은 갖고 있었지만 역시 납득할 만한 증거가 없었소. 톰린슨 아주머니에 관한 것 역시 어떻게 단정지을 수 없었소."

"하지만 그녀도 살해당했다는 걸 알아차리셨나요? 부엌에서 그녀의 목소리를 들었다고 모두가 믿고 있었는데, 당신은 어떻게 알았죠?"

"그건 빤히 들여다보이는 트릭이지요. 하지만 당신을 속였으니까 훌륭한 방법이긴 하지요. 그러나 나는 곧 알아차렸소. 그게 직업이니까요. 오두막으로 나오기 전에 그녀의 방을 세심히 조사해서 그게 살인이며, 또 어떤 방법을 사용했는지를 나타내는 분명한 단서를 많이 발견했소. 그러나 배심원 앞에 내밀 수 있는 것은 하나도 없었소."

"그럼, 그녀는 알약을 치워버리기만 했으면 무사했다는 뜻이군요?"

"내가 그 알약을 손에 넣었다고 해도 그녀는 무사했을 게요." 마이크는 침울하게 대답했다. "사실, 그녀는 독약을 사용하지 않았으니, 독이 든 알약이 거기에 있었다는 것만으로는 별 의미가 없소. 필이 편지를 써놓은 것도 똑똑한 변호사라면 얼버무려 버릴 수도 있소. 다른 상황에서 보아 수상하다고 할 만한 점도 모두 그렇소. 게다가 그녀는 현금을 많이 갖고 있으니까 좋은 변호사를 고용할 수도 있을 테고 말이오. 내 손에 넣은 다른 증거 역시 뻔한 것들이라오. 그녀가 세 건의 살인을 저질렀다고 내가 내 자신을 이해시키기에만 충분한 증거로, 지방검사를 설득시켜 재판에 올릴 수는 없었을 것이오. 그러나 재판에서 열두 명의 배심원들을 납득시켜야 하는 문제에 부딪치면 내가 모은 증거로는 부족하오. 게다가 인정에 약한 배심원에게 그녀의 아름다움이 위력을 발휘할 것일 테니 말이오. 한번 그녀를 보기만 하고도 대개의 남자들은 그 재판이 부당하다고 생각하게 되겠죠. 무리도 아니겠지만요. 때문에 어떻게든 그녀의 자백을 받으려고 했었던 거요. 그것밖에 희망이 없으니까요. 그녀가 겁을 먹고 있었다는 것은 나도 알고 있었소. 그녀가 모든 일에서 신경이 견디지 못하고 날카로워졌다는 것을 알 수 있었소. 때문에 그녀를 바짝 몰아붙여, 보안관이 와서 수사의 권한을 내게서 빼앗아버리기 전에 그녀를 위협하여 진상을 들으려고 했었던 겁니다."

그는 말을 멈추었다. 마거트에게는 그가 움직이는 기미가 희미하게 들려왔다. 이번에 그가 입을 열었을 때 그 목소리가 훨씬 가까웠으므로 자기 위로 머리를 숙이고 있는 게 틀림없다는 걸 알았다.

"지금 막 숨을 거두었소." 그가 말했다. "이제 맥박이 전연 뛰질 않소. 끝이오. 법률의 손이 미치지 않는 곳에 있는데도 이런 죽음을 택하다니 이상한 사람이로군요. 이성을 잃지만 않았다면 살인죄에서 도망칠 수 있었을 텐데요."

마거트의 귀에 들어온 말은 이것이 마지막이었다. 〈끝〉

작가와 작품에 대해서

「탐정을 찾아라」의 작가 패트리셔 매거(Patricia McGerr, 1917
~1985)는 미국 중부에 있는 네브래스카 주에서 태어났다.
1937년에 콜롬비아 대학에서 저널리즘 석사과정을 이수한
그녀는, 도로건설협회 홍보부 과장으로 일하면서 틈틈이 글
을 써서 'Not Four More Years'라는 뮤지컬을 발표했다. 그
리고 나서 수년 간 '건축 기술'이라는 잡지에서 편집부 차장
으로 일하면서 추리소설계에 뛰어들게 되었다.

그녀의 첫번째 작품은 「피해자를 찾아라」(Pick Your Victim,
1946)였다. 이 작품은 알류샨 열도에 주둔하고 있는 어떤 병
사가 본국에서 보내온 신문을 보다가, 범인체포를 알린 신
문기사가 찢겨져 있는 것을 발견하게 되어, 지루함을 견디
지 못하고 있던 군인들과 함께 피해자를 추리하는 내용이
다.

두 번째 작품은 「범인을 찾아라」(The Seven Deadly Sisters, 1947)
이다. 미국에서 영국으로 이사한 주인공 부부는 어느 날 미
국 친구에게서 편지를 받는다. 그 편지에는 일곱 명의 숙모
중에서 남편을 살해하고 자살한 범인이 있다는 내용이 들
어 있었다. 그렇지만 일곱 명의 숙모 중에서 범인이 누구인
지는 써 있지 않았다. 그래서 남편은 잠도 자지 않고 걱정

하는 아내 세리를 위해서, 아내의 옛날 이야기를 들어보고
거기에서 범인을 지적해 주는 내용이다.

세 번째 작품이 바로 여기에 소개하는 「탐정을 찾아라」
(Catch Me If You Can, 1948)이다.

위에 열거한 세 작품의 공통적인 특징이라면, 범인을 찾
아 수사를 벌이던 기존 추리소설과는 정반대로 틀을 설정
했다는 사실이다. 먼저 범죄가 있고 난 다음에, 그 피해자의
주변에 있는 인물들을 추리해 나가는 기존의 공식을 탈피
한 이 기법을 꽤 주목할 만한 일이다.

특히, 「탐정을 찾아라」에서는 범인의 심리를 생동감 있게
깊이 파헤쳤다는 점이 돋보인다. 그리고 범인이 용의주도하
게 범죄를 저지르고 나서 초조와 불안 때문에 점점 더 큰
사건을 벌이는 자가당착에 빠지는 것을 보면서, 독자들은
범인의 입장에서 사건을 바라볼 수 있을 뿐만 아니라, 범인
의 심리를 하나하나 세세히 관찰하면서 앞으로 벌어지게
될 사건들을 추리해 나가는 묘미를 느낄 수 있을 것이다.

「탐정을 찾아라」 이후에 발표된 작품은 다음과 같다.

'Save The Witness'(목격자를 찾아라)(1949)

'Follow as The Night'(1950)

'Death In a Million Living Room'(1951)

'Fatal in My Fashion'(1954)

이 가운데서 'Follow As The Night'는 '그 여자를 죽여라'라
는 제목으로 프랑스에서 영화화되었는데, 역시 피해자를 찾

는 내용을 담고 있다.

한편 매거는 1954년에 「잃어버린 세월」이라는 일반소설을 쓰기도 했는데, 이 작품은 12년 전에 어린아이와 임신한 부인을 남겨두고 모습을 감춘 남편이 갑자기 돌아온 날 밤, 그 부인이 겪는 심리상태를 묘사한 내용이다. 이 소설도 역시 그녀의 남다른 취향과 일맥상통한다고 여겨진다.

그녀는 1955년 이후 약 10년 간 추리소설계에서 멀어졌다가 여자 스파이 헬레나 미드가 주인공인 시리즈로 컴백한 바 있다. 한편, 그녀는 약칭인 패트 매거(Pat McGerr)로도 알려져 있다.

■옮긴이/**김석환**

· 전 한국항공대학 학장
· 편저 —「탐정게임」「명탐정 대작전 21」外 다수
· 번역서 —「구름속의 죽음」「테이블 위의 카드」
「끝없는 밤」「갈색옷을 입은 사나이」「세번째 여자」外 다수

탐정을 찾아라

1990년 2월 28일 초판 1쇄 발행
2003년 2월 25일 중쇄 발행

지은이 패트리셔 매거
옮긴이 김 석 환
펴낸이 이 경 선
펴낸곳 해문출판사
주 소 서울시 마포구 합정동 388-28 합정빌딩 3층
전 화 325-4721,2
팩 스 325-4725
등 록 1978. 1. 28 제 3-82호

값 5,000원

ISBN 89-382-0314-X 04840
ISBN 89-382-0290-9 (세트)

E-mail : haemoon21@yahoo.co.kr

추리 문학의 여왕
"애거서 크리스티"

한 번 읽기 시작하면 도저히 눈을 뗄 수 없는 추리소설!!

애거서 크리스티는 추리문학에 대한 공로로
영국 엘리자베스 여왕으로부터 <데임>(남자 기사)
작위를 수여 받았습니다. 최고의 추리문학으로
평가되고 있는 그녀의 작품은 **전세계 인구 3분의 1**에
해당하는 사람들이 읽었으며, 지금도 변함 없이
온 세계인의 사랑을 받고 있습니다.

※추리문학에 20여년을 공들인 **해문출판사**에서는 크리스티의
전작품을 80권으로 완간, 인기리에 판매하고 있습니다.

최신 생활 영어를 간단하고 쉬운 문장으로 엮은 책!

나 혼자 떠나는
여행 영어회화

4□6판 / 216쪽 / 해문외국어연구회 편

즐거운 해외여행이 말이 통하지 않아 엉망이 되게 할 수는 없다!

해외여행이 잦은 요즘 말 한 마디도 제대로 구사할 줄 모르면서 비행기에 오르려니 왠지 불안하고 두려움이 앞섭니다.
그러나 꼭 필요한 회화를 마스터해 놓으면 세계 어딜 가도 마음 든든합니다.

이 책은 아주 기초적인 회화에서부터 모든 상황에 손쉽게 대처할 수 있는 생활회화와 여행 정보까지, 세심하고 다양하게 배려하여 만들었습니다.

해외여행의 훌륭한 길잡이, 이제 선택하십시오!

□ 90분용 테이프 포함

TRAVEL
ENGLISH
CONVERSATION

알고싶은 단어를 찾고 싶을 때
실물의 이미지가 떠오르지 않을 때
이미지는 아는데 단어를 모를 때
그림을 보고 빠르고
정확하게 찾는다!